唳天学术

（第7辑）

首都师范大学文学院博士生优秀论文集

首都师范大学文学院　主编

学苑出版社

图书在版编目（CIP）数据

喋天学术·第 7 辑/首都师范大学文学院编. —北京：学苑出版社，2011.7
ISBN 978 – 7 – 5077 – 3826 – 1

Ⅰ. ①喋…　Ⅱ. ①首…　Ⅲ. ①文学理论 – 文集②语言学 – 文集
Ⅳ. ①I0 – 53②H0 – 53

中国版本图书馆 CIP 数据核字（2011）第 158256 号

责任编辑：洪文雄
封面设计：石器时代
出版发行：学苑出版社
社　　址：北京市丰台区南方庄 2 号院 1 号楼
邮政编码：100079
网　　址：www. book001. com
电子信箱：xueyuan@ public. bta. net. cn
销售电话：010 – 67675512、67678944、67601101（邮购）
经　　销：新华书店
印　刷　厂：河北三河灵山红旗印刷厂
开　　本：787×1092　　1/16
印　　张：12
字　　数：250 千字
版　　次：2011 年 8 月第 1 版
印　　次：2011 年 8 月第 1 次印刷
定　　价：36.00 元

前　言

　　《唳天学术》是由首都师范大学文学院主编，以首师大文学院学科研究方向为主要内容，以在校博士和硕士研究生为基本作者队伍，面向青年读者的学术性辑刊。

　　作为主办单位的首都师范大学文学院，已有近 50 年的历史。现有中国语言文学系、高级涉外文秘系、比较文学系、戏剧影视文学系、文化产业管理系、对外汉语六个系，并有中国语言文学一级学科博士学位授予权，以及新闻传播学一级学科硕士学位授予权，一个国家级重点学科，两个北京市重点学科，一个北京市重点建设学科。还拥有中国语言文学博士后流站。此外，还设有教育部省属重点文科研究基地—— 中国诗歌研究中心。首都师范大学文学院目前已形成了比较完整的学科群体、开放性的学术氛围和良好的学术传统，涌现出一批在国内外学术界有较高声望的学者，以及在学术界有一定影响的中青年学术骨干，与此同时，研究生教育也有了长足的发展，研究生质量得到稳步的提高。

　　为检阅我院研究生的学术成果，为鼓励和引导同学们积极投身科学研究，为加强与兄弟院校及学术界的交流，并希望通过我院同学们的一得之见，推进相关学科的发展与建设，我们特创办《唳天学术》辑刊，每年出版。作者队伍以首都师范大学文学院的博士研究生和硕士研究生为主，今后我们也将适当选发兄弟院校研究生的优秀论文。

　　本刊之所以命名为"唳天学术"，是因为首都师范大学文学院原有的学生社团多是以"唳天"为名，包括唳天剧社、唳天文学社、唳天诗社等。"唳天"二字本是指仙鹤、鸿雁等鸣禽在辽阔的天空中自由地鸣叫，我们用它来作为这本学术辑刊的名字，意在为同学们的科学研究提供一个广阔的境域，同时也是为了强调一种学术自由的精神。

　　波兰天文学家哥白尼在公布他的日心说的时候，曾在扉页上引用了阿尔齐诺斯的一句名言："一个人要做一个哲学家，必须有自由的精神。"其实不只是做一个哲学家，做一个语言文学研究者，也一样要有自由的精神。有了自由的精神，才可能有健全的、独立的人格，才敢于敞开自己的心扉，不怕世俗的嘲笑和冷眼，在任何情况下都敢于说真话，不去欺世盗名，不去迎合流俗，不去装神弄鬼。有了自由的精神，才能超越传统的认识，摆脱狭隘的思维方式的拘囿，让思维在广阔的时间和空间中流动，才能调动自己意识和潜意识中的积累，才能有卓尔不群的发现。

　　《唳天学术》强调自由的精神，同时强调严谨的学风和严格的学术规范。为使我们培养的研究生适应国家对高层次人才的需要，为强化他们独立的科研能力，我们注重加强学术环境的营造，聘请国内外著名学者多人来院讲学，让学生打开眼界。我们还制订了研究生课程规划和有关毕业论文写作的措施，对开题报告、论文指导以及论文答辩等环节都提出了比较严格而又切实可行的要求，以不断提高我院研究生的培养质量，这将会从根本上保证《唉天学术》的学术水准。

"晴空一鹤排云上，便引诗情到碧霄。"科学研究是最富于独创性的精神劳动，愿年轻学子的心灵毫无拘束地在广阔的宇宙中自由遨游，《唉天学术》将成为你们腾飞的踏脚石。

吴思敬

目　录

·比较文学·

· 语言文字学 ·

双重否定句式与肯定的语义错位

张焕香

双重否定句式是人们普遍使用的一种语言现象，长期以来受到语言学界的广泛关注。学者们试图通过不同的视角，运用不同的理论，阐释其含义。本文中的双重否定句式指包含两个显性否定词（external negative）的句子（包括单句和复句）中。显性否定词指可以通过字形和词形直接判断出来的否定词，如英语中的"not, no, nothing, never, careless, illegal"以及现代汉语中的"不，没，非，未，莫，没有"等。隐性否定词不在本文的讨论范围内，本文也不对否定词之间的差异进行辨析。

一般来说，双重否定句式中两个表示否定意义的词在语义上互相抵消，表示肯定的意义，并加强肯定口气。《马氏文通》中将"双否"语言现象称之为"叠用两'不'字，业已互相抵消，无异正说"、"连用弗辞相消，同乎正意"[1]。吕叔湘先生也持这种观点，"一句之中，上下两次用否定词，就含有肯定的意思，正如代数里负乘负得正一样"[2]。叶斯帕森（Otto Jespersen）[3]也认为，只要两个否定词指的是同一个概念或同一个词（作为特殊否定），结果总是肯定的。有些学者对此持否定态度，丁声树[4]等认为，先后用两个"不"字的句子，有的和单纯肯定的意思差不多，而有的却不等于单纯的肯定。林文金[5]支持此观点。郎桂青[6]提出双重否定不仅仅可以表示肯定，也可以表示否定；杨林聪[7]举了一些双重否定不等于肯定的例子，并指出含有能愿动词的双重否定大大改变了原来肯定的意义，有时两个否定意义的词在一起是为了加强否定的口气，起强调作用。

近年来，学者们探讨了一些双重否定格式的构成形式、结构类型、语义关系，以及双重否定表示肯定的条件等，有一些学者对能愿动词的双重否定进行了逻辑学上的分析。然而，对于具体的"否定 + 否定"不等于肯定结构的研究寥寥无几，为数不多的研究还大多集中在联合型"不 A 不 B"结构上。本文试图对双重否定句式与肯定之间的语义错位（semantic misplacement）进行深入的刻画与分析，并从语法和逻辑相结合的角度做些探讨。语义错位在文中指双重否定句式表否定，或无法在肯定和否定之间做出选择。

一、联合型"不 A 不 B"结构

联合型"不 A 不 B"结构包括"不 A 不 B"、"非 A 非 B"、"无 A 无 B"、"不 A 非 B"、"无 A 不 B"、"既不 A 也不 B"、"不 A 还不 B"等结构和小句。

1. 联合型"不 A 不 B"四字成语

联合型"不 A 不 B"四字成语中的"不 A"和"不 B"之间是并列关系。用逻辑形式可以表示为：$\neg A \wedge \neg B$，其中"$\neg$"表示否定，"$\wedge$"表示合取，A 和 B 表示语素或词。

现代汉语中这种"不 A 不 B"的四字成语很多，例如：非亲非故、无缘无故、不折不扣、不干不净、不吵不闹等。这些成语中的两个否定词有的加强成语的否定语气，有的不表示否定或肯定，而表示处于中间状态。在具体的语境中这种中间状态可能恰到好处，可能勉强说得过去，也可能带有贬义色彩。具体见下面的例子：

（1）不干不净 ＝ 不干净　不理不睬 ＝ 不理睬　无情无义 ＝ 无情义

这类"不 A 不 B"中的"A"与"B"往往是语素，不是词，"A"和"B"合起来才表示一个概念。一个概念被一分为二，并分别以否定词"不"限制，强调了概念的否定意义，否定语气加强。

（2）"不上不下"表示"位置适中"；"不多不少"表示数量刚好。

"不好不坏"、"不新不旧"等表示处于中间状态，还勉强说得过去。

类似的成语：不左不右、不中不西、不前不后、不胖不瘦。

（3）你讲这些不咸不淡的话有什么意思？谁愿意听呢！

"不咸不淡"表示不满意的状态，带有贬义色彩。

在思维过程中，表示"适中"的联合型"不 A 不 B"成语，应在"不 A"、"不 B"同时存在时使用，这也是由合取连接词"$\wedge$"的逻辑特征所决定的。例如：当某物处在偏高或偏低的位置时，我们不可以用"不高不低"来形容，"不高不低"反映的是适中的位置。

·联合型"不 A 不 B"中的"不 A"和"不 B"按常理前后调换后语义不变，然而由于约定俗成，成语类"不 A 不 B"习惯上前后位置不予调换。

关于联合型"不 A 不 B"成语中"A"和"B"的语义关系，如相容、反对关系等，学者们已经有详尽的描述，本文不再赘述。有兴趣的读者可参看金昌平[8]、林敏[9]、傅远碧[10]等的文章。

另外，有些四字成语中虽然含有两个否定词，但作为约定俗成的固定表达方式，意义已发生了变化，不再是简单的词语相加关系。例如：不置可否、无可厚非等。

2. 联合型"不 A 不 B"单句

联合型"不 A 不 B"单句表示"既不 A 也不 B"，"不 A"和"不 B"之间是并列关系，二者不具有限制与被限制，修饰与被修饰的关系，也没有否定与被否定的关系[7]。换句话说，此结构中，两个否定意义的词虽出现在同一句子中，但各有各的否定对象，用逻辑形式可以表示为：⌐A∧ ⌐B，其中，A 和 B 均表示词或短语。例如：

（4）空闲时她既不看书也不看报。

（5）学这玩意儿，比学外语还难，不好认也不好记。

（6）外地人在北京天不怕地不怕，就怕警察，就怕警察查暂住证。

（7）我不明白也不知道，中国足球，你究竟要拿来什么？

3. 联合型"不 A，不 B"复句

与联合型"不 A 不 B"成语和单句一样，联合型"不 A，不 B"式中的"不 A"和"不 B"之间也是并列关系，不同的是两个否定词出现在不同的小句中，否定不同的对象。从逻辑的角度来说，句子由两个对客观情况做出否定断言的联言判断构成。用逻辑形式可以表示为：⌐p∧ ⌐q，其中，p 和 q 表示命题。例如：

（8）别人不知道，他也不知道。

（9）我看不懂这些科技文章中的术语，他不理解其中的内涵。

由以上例子可以看出，两个小句之间为并列关系，均表否定。我们可以在这两个小句之间加入连接词"并且"、"和"、"不但…… 而且……"、"既……又……"等来检验小句之间的并列关系。如下：

（10）别人不知道，并且他也不知道。

（11）我看不懂这些科技文章中的术语，而且他不理解其中的内涵。

二、否定词＋叙实动词＋否定小句

利奇[11]指出，根据谓词对从属述谓结构所规定的性质——叙实性、非叙实性和反叙实性，我们可以把它们分为叙实性、非叙实性和反叙实性动词。"realize"、"suspect"以及"pretend"可以分别作为这三种谓词的例子。叙实动词（factive verb）是讨论预设触发语时提及的，所以学者们对叙实动词也是从预设触发语角度定义的。

蓝纯[12]从预设角度对叙实动词进行了简单定义，"能够预设其宾语的真实性的动词称作'叙实动词'（如'知道，'明白'、'懂得），不能预设其宾语的真实性的动词称作'非叙实动词'（如'认定'、'打算'）"。"说"、"告诉"、"声称"等动词一般归入非叙实动词类，这是因为此类动词宾语的真实性很大程度上取决于主语的可信赖程度。

这类动词用于"否定词＋叙实动词＋否定小句"结构的例子如下：

（12）我不理解他不来参加我的婚礼。≠我理解他来参加我的婚礼。

（13）我不了解他不喜欢运动。≠我了解他喜欢运动。

（14）我不晓得你不去上海了。≠我晓得你去上海了。

（15）我不知道他不在家。≠我知道他在家。

（16）我不怕他不来。≠我怕他来。

（17）我不明白为什么总是不起作用。≠我明白为什么总起作用。

我们知道，叙实性特征提供了预设存在的条件，例（12）预设"他没来参加我们的婚礼"，例（13）预设"他不喜欢运动"。叙实性动词的否定式只是否认自己对所预设的事实的理解、认识和感受等，并不是对否定宾语小句的否定，因而不可转换成肯定结构。

需要说明的是，表达"相信行为"的动词，如英语中的"believe、imagine"等以及现代汉语中的"相信、认为"等，用在"否定词 + 动词 + 否定小句"的结构中，仍能满足"否定 + 否定 = 肯定"的条件。

（18）我不认为他不在家 = 我认为他在家。

（19）我不相信他不在家 = 我相信他在家。

这些动词属于"认知行为"这一范畴中，因不同的人对事物的认知会有差异，因此对同样的信息会表现出不同的信任程度。这足以说明使用"相信行为类"动词不能保证它后面所跟的宾语小句所表达的是一个事实，所以可以对这一否定小句进一步否定，也就是说，表述肯定的含义。

三、否定词 + 思考行为类动词 + 否定小句

思考行为类是十分笼统地表达思维的上位动词。我们几乎可以将思维类所有的动词都归入"思考"这一范畴。这样的动词有：分析、判断、思考、琢磨、想。这些动词表示认真仔细地思考，用心探求、探索事物或者分析事情，思索问题等，以便做出决定或者悟出道理。例如：

（20）你们不必分析他们为什么没打赢这场球。≠你们分析他们为什么打赢这场球。

（21）你不必判断他们不选择这个方案的理由。≠你判断他们选择这个方案的理由。

（22）你不需要思考他们为什么不接受此建议。≠你需要思考他们为什么接受此建议。

（23）我没有琢磨他为什么不好好复习。≠我琢磨他为什么好好学习。

（24）我没有想他为什么不去云南工作。≠我想他为什么去云南工作。

在这 5 个例子中，动词的宾语小句都表示过去的事情，也就是事实。这些事实是"分析、判断、思考、琢磨、想"的对象，它们必然是先于思维行为而存在的。在例（20）中，他们已经输了球，这件事的已然存在是不争的事实。动词"分析"前的否定词"不"是说明我们没有必要弄清楚他们输球的原因，句子仍保持否定意义。

思考行为类动词的否定结构后常接带有"为什么"或表示原因的词语的小句，说明思考分析的对象。

我们认为，思考的对象既可以是过去的已经存在的事物或者已经发生的事情，也可以是现在并不存在的事物和未发生的事情。例如：

（25）你们不能分析一下未来股市会不会走强。

（26）你不会判断一下火箭队和雄鹿队谁不会胜出。

（27）我没有想我们是不是应该放弃。

（28）我没有琢磨我该不该接着写下去。

（29）我没有想我到底能不能通过硕士论文答辩。

这 5 个例子中动词否定结构后面跟的宾语小句表达的都是将来之事，将来的事是不确定的，因而，宾语小句中常用表相反含义的"A 不 A"结构，以表示事情有两可的可能性，或者在几种可能性中选择符合否定小句描述内容的选项。这样的结构也不能转化为肯定结构。

四、含两个否定语素的结构

（30）不少的同志会不多的英语。

（31）不用的书捐给没钱的孩子。

上面的两个例子中，虽然每个句子中都出现了两个"不"或"没"，但应把它们看作否定语素，它们分别和"少"、"多"、"用"及"钱"组成离合词"不少"、"不多"、"不用"和"没钱"，充当句子中名词的修饰成分。这样的句子虽然表述了肯定的意义，但不是"否定之否定"构成的肯定。

五、含两个否定词的因果复句

因果复句是对客观存在的因果关系进行说明的复句。偏句提出一种事实情况作为依据，正句表示这种事实所必然导致的结果。原因和结果都是事实，而事实往往是无法改变的，所以用两次否定和用两次肯定所表示的意义是截然不同的[13]。由此可知，两个否定的分句表示否定，而两个肯定的因果分句仍表示肯定。例如：

（32）当时我没在场，不知道这事是谁干的。≠当时我在场，知道这件事是谁干的。

（33）你们读书没有长进，是因为不会动脑子思考问题。≠你们读书有长进，是因为会动脑子思考问题。

（34）我对中国队不是很了解，所以谈不上什么建议。

（35）人们本来就不对这次会议抱有很大希望，所以也就谈不到失望。

这种因果关系复句，常用"因为（由于）……所以……"、"……之所以……是因为……"、"因为"、"由于"、"所以"、"因此"等关联词语来连接正句和偏句。

六、语用因素对双重否定句式的影响

双重否定在形式上有两个否定成分，在意义上表示肯定。然而，仅从句法和语义上的界定还不够，一些语用因素也会对双重否定句式的判定产生影响。我们以学者们常论及的

"不是"结构为例。

（36）老王不是昨天晚上没有吃饭。

这句话可以用肯定形式来表达"老王昨天晚上吃饭了"，也就是说，例（36）属于双重否定句式。然而，我们在此句后增加不同的小句，双重否定句式会发生很大的变化。

（37）老王不是昨天晚上没有吃饭，而是吃了很多。

（38）老王不是昨天晚上没有吃饭，而是今天早晨也没吃。

例（37）后的小句"吃了很多"，不仅对"老王昨晚吃饭了"表示肯定，而且进一步提供了补充信息。与此相反，例（38）后的小句"今天早晨也没吃"，说明"老王昨晚吃饭"为假，也就是说，"老王不是昨天晚上没有吃饭"不表示肯定含义"老王昨晚吃了饭"，小句"今天早晨也没吃"使原来句子表述的肯定意义消失，而代之以否定意义。范振强等[14]将例（37）归为语义否定，即否定命题 p 的语义真值（p 不正确），例（38）称为语用否定，即否定命题 p 的适宜性（p 的表述不合适）。再如：

（39）不是我不来，而是他不让来。（语用否定）

（40）他不是不来，而是会晚点来。（语义否定）

（41）我不是不同意你去，是不赞成你去。（语义否定）

（42）我不是不赞成你去，是不同意你去。（语用否定）

由以上分析可见，双重否定句式是否表肯定还依赖于语用因素——语境。

余　论

我们认为，双重否定句式在句法形式上应具备两个否定词（本文仅涉及显性否定词）的形式标记，并通过"否定之否定"表达肯定的意义，否则就失去了其作为一种特定句法格式形式和语义的基础[7]。然而，我们在分析中发现了这样一些现象，如郎桂青[6]的例子"不笑不说话"、"无功不受禄"，这两种结构均可以转化为"如果不……就不……"的条件句式，"不 A"为条件句式的前件，"不 B"为后件。符合某些学者对双重否定句式的定位，如芜崧[15]的条件式和张琳[16]的"没有（无、非）＋名词性成分＋否定词"的双否结构形式。可是在语言使用中，我们很难对"不笑不说话"中是表肯定还是否定做出选择（郎桂青[6]认为"不笑不说"表示否定"不说话"，我们不认可这种观点）。例如：

（43）你班小辉（化名）像变了一个人似的，不笑不说话，说话也特好听了。

再者，我们经常用"无功不受禄"来表示否定含义"不受禄"，而不是肯定含义"有功"或"受禄"。例如：

（44）"是啊，所以我才说无功不受禄，这钱我不能收。"

因此，我们提出，关于双重否定句式的界定应从句法标记，语义内涵及语用层面上来考虑。必须结合形式、意义及语境对其进行界定。单纯从语义考虑即双重否定表示肯定，或仅从句式上，即包含有两个否定词的句子，都无法反映双重否定的全貌。

本文对双重否定句式与肯定的语义错位进行的分析还不十分穷尽。而且，如何运用形式化的工具来描述双重否定句式的语义特点或句法特征，都有待研究者做进一步深入细致的研究。

参考文献

［1］马建忠. 马氏文通［M］. 北京：商务印书馆，1983.

［2］吕叔湘. 中国文法要略［M］. 北京：商务印书馆，1982.

［3］叶斯帕森. 语法哲学［M］. 北京：语文出版社，1988.

［4］丁声树. 现代汉语语法讲话［M］. 北京：商务印书馆，1979.

［5］林文金. 关于双重否定的几个问题［J］. 福建论坛（人文社会科学版），1983（3）.

［6］郎桂青. 双重否定句表示肯定的条件［J］. 语文研究，1989（1）.

［7］杨林聪. 论双重否定与肯定的关系［J］. 湘潭大学社会科学学报，2001（8）.

［8］金昌平. "非 A 非 B"式成语的逻辑特征［J］. 思维与智慧，1985（3）.

［9］林敏. "不 A 不 B"格式语义分析［J］. 语文学刊，2009（2）.

［10］傅远碧. 谈谈不 A 不 B［J］. 绵阳师范高等专科学校学报，2002（3）.

［11］杰弗里·利奇. 语义学［M］. 上海：上海外语教育出版社，2002.

［12］蓝纯. 现代汉语预设引发项初探［J］. 外语研究，1999（3）.

［13］李琳莹. 现代汉语双重否定复句初探［J］. 天津师范大学学报，1997（2）.

［14］范振强、肖治野. 双重否定：否定之否定［J］. 安徽大学学报（哲学社会科学版），2010（2）.

［15］芜崧. 重新认识"双重否定"［J］. 湖北民族学院学报（哲学社会科学版），2003（2）.

［16］张琳. 双重否定相关问题探析［J］. 广西师范大学学报（哲学社会科学版），2010（8）.

〔张焕香　2009 级博士生　中国地质大学（北京）

外国语学院副教授　　指导教师：刘利民、周建设〕

龟腹甲新缀六则

何 会

甲骨缀合是甲骨学整理和研究的一项重要内容。甲骨缀合后材料更加完整，不仅有助于考释文字，通读卜辞，而且对于探讨殷商历史、文化、语言等方面的问题也大有裨益。笔者在整理和研究甲骨资料的过程中，偶有六组甲骨新缀，兹列于此（并附缀合图版），以求教于师友同好。由于我们缀合时依据的主要是甲骨拓本，未能核对实物，有些缀合是否妥当，敬请批评指正。

（1）A：《合集》2091 正（《历拓》28 正）。B：《合补》865（《怀特》535）。A、B 缀合见 ［图一］。

A、B 两片残甲，字体风格相同，均属于典宾肥笔类①。从龟腹甲部位上来说，A 片为右首甲，B 片为中甲，二者部位相合，且拼合后第二道盾纹（肱胸沟）②可贯通，"巳"、"祖"二字残笔亦可补足。故 A、B 当为一版之折，可以实缀。缀合后，卜辞可隶释如下③：

> 己巳卜，宾贞：祖乙若囗乙囗。
>
> ［己巳］卜，宾［贞］：囗。

值得注意的是，宾组卜辞，特别是典宾肥笔类卜辞，在首甲部位常见这种以中沟为对称轴，由内而外，分别契刻两条对贞卜辞的刻写形式。

（2）A：《合集》13312 =《铁》13.3 + 69.1（《京人》86）+ 85.1 + 110.1 =《缀

A：《合集》2091正

B：《合补》865

图一

新》264 =《叕》5［《合集》15162］（《合集》15162 已缀入《合集》13312 中）。B：
《合集》13213 =《善》2194。A、B 缀合见［图二］。

A：《合集》13312

B：《合集》13213

图二

A、B 两片残甲，字体风格相同，均属于典宾类。从龟腹甲部位来说，A 为右首甲、
中甲和部分右前甲、左首甲残片，B 为左首甲残片，二者部位相合。A、B 拼合后"六月"
的"月"字和"其"字残笔可相互补足，且界划线亦可相连贯。故 A、B 当为一版之折，
可以实缀。缀合后，卜辞可隶释如下：

　　□□卜，争贞：翌乙卯其宜易日。乙卯宜，允易日，昃阴于西。六月。

　　翌［乙］卯不其易日。

　　贞：☑塞亡☑。

"宜"，象陈肉于俎上之形，多用为祭名，亦用为动词。"昃"，《说文》："昃，日在西
方时侧也。"董作宾先生说："卜辞中昃为纪时专字，约当今下午二三时顷也。"④学者皆从
之。此版卜辞主要是对"乙卯"日天气状况的占卜。通过验辞，我们可以确切地知道，六
月的乙卯这一天举行了宜祭，天气晴好，但到了昃时，西方开始转阴。此版卜辞为进一步
研究殷商时期的气候状况，以及殷人对于时称的划分等，提供了极其可贵的资料。

　　（3）A：《合集》11725 正反（《北图》2281 正反、《文捃》1215 正反）。B：《合补》
4180（《历藏》21775）。A、B 缀合见［图三］。

A：《合集》11725正

《合集》11725反

B：《合补》4180

图三

A、B 两片残甲，字体相同，均属于典宾类。从龟腹甲形态看，A、B 均为右后甲残片，二者部位相合。拼合后断痕吻合，且残断处"屮"、"在"、"曰"三字残笔亦可相互补足。故 A、B 两片甲骨当为一版之折，可以实缀。缀合后，卜辞可隶释如下：

正：☑［王］占曰：屮☑□日壬申在☑告曰☑。一

反：王占曰：☑正隹☑。

此版卜辞，经缀合后，辞例虽仍不完整，但"干支＋在"这一辞例形式却并不常见，值得注意。

（4）A：　《合集》7078（《历拓》11613、《京》1523、《续存下》494、《华东师大》3）。B：　《合补》1680（《历藏》11088）。A、B 缀合见［图四］。

A：《合集》7078

B：《合补》1680

图四

A、B两片残甲，字体风格相同，均属于宾组一类。从龟腹甲形态看，A 为右后甲残片，B 为右尾甲残片，二者部位相合，且拼合后，"辛"字残笔亦可相互补足。故 A、B 当为一版之折，可以实缀。缀合后，卜辞可隶释如下：

　　□□卜，争贞：翌辛卯王步。一

　　☒雀［哉］🔲［邑］。二

　　此版值得注意的是，"□□卜，争贞：翌辛卯王步"一辞的刻写行款，在右后甲与右尾甲相接处较为常见。《合集》6834 正右尾甲部位"庚申卜，王贞：余伐不。三月"一辞的刻写行款便与此辞相类。

　　"☒雀［哉］🔲［邑］"一辞的隶释，可参看《合集》7077"［贞］：翌癸口［雀］弗其哉🔲邑"。两辞互相比刊，可知🔲"邑"当为地名。"雀"为人名或族名，在宾组卜辞中较为活跃。"哉"，陈剑先生释为"翦"[5]，意为"翦伐"、"翦灭"。由此可知，卜辞主要贞问"雀能否顺利翦灭🔲邑"。

　　（5）A：《合集》4066（《历拓》469）。B：《合补》1223（《历藏》7081）。A、B 缀合见［图五］。

　　A、B两片残甲，字体风格相同，均属于宾组三类。从龟腹甲部位上来说，A、B 均为中甲残片，拼合后中沟可贯通，且辞例完整。故二者当为一版之折，可以实缀。缀合后卜辞可隶释如下：

　　丁卯卜，贞：皂往先。一

　　贞：皂［勿］往先。一

　　甲骨缀合是一项学术性极强的工作。除了残片断痕密合之外，它还要求学者熟悉甲骨的形态与部位、分类与断代，以及字体的风格特征和辞例行款等，若能有同文卜辞来验证，则可以进一步提高缀合的可信度。此版同文见下。

A：《合集》4066

B：《合补》1223

图五

　　丁卯卜，贞：皂往先。一

　　丁卯卜，贞：皂往先。三

　　贞：勿先。九月。三

　　由同文卜辞来看，我们的缀合是可信的。它们都是宾组三类卜辞。"宾组三类卜辞主要存在于祖庚之世。"[6]时代主要属于董作宾先生五期分法中的第二期。"皂"是宾组较为常见的人名或族名。此组卜辞主要贞问"是否先派遣皂前往"。

　　（6）A：《英藏》1545（《库方》1919）。B：《合补》1358（《历藏》6118）。A、B 缀合见［图六］。

A：《英藏》1545正　　　　　　　　《英藏》1545反

B：《合补》1358

图六

　　A、B 两片残甲，字体风格相同，均为典宾类。从龟腹甲部位上看，A 为左首甲残片，B 为左前甲残片，二者部位相合，且拼合后"弗"字残笔亦可相互补足。故 A、B 当为一版之折，可以实缀。缀合后，卜辞可隶释如下：

　　贞：勿乎伐舌方弗［其］受有［又］。

　　"舌方"为武丁时期较为活跃的方国之一，长期与商王朝为敌，卜辞中亦见遭其侵扰之例证。此版主要贞问对其进行攻伐是否会受到佑护。

本文引用甲骨著录书及简称：

《甲骨文合集》——《合集》	《甲骨文合集补编》——《合补》
《刘体智善斋旧藏》——《善》	《甲骨续存》——《续存》
《甲骨缀合新编》——《缀新》	《甲骨文捃》——《文捃》
《北京图书馆所藏甲骨》——《北图》	《甲骨叕存》——《叕》
《怀特氏等收藏甲骨文字》——《怀特》	《铁云藏龟》——《铁》
《库方二氏藏甲骨卜辞》——《库方》	《英国所藏甲骨集》——《英藏》
《京都大学人文科学研究所藏甲骨文字》——《京人》	
《中国社会科学院历史研究所藏拓本》——《历拓》	

注释

①关于殷墟卜辞的分类以及各类卜辞的时代，参看黄天树师：《殷墟王卜辞的分类与断代》，文津出版社，1991 年；科学出版社，2007 年增订版。

②术语参看黄天树师：《甲骨形态学》一文，见《甲骨拼合集·附录》，学苑出版社，2010 年 8 月。

③为排印方便，本文引用释文尽量使用宽式。

④董作宾：《殷历谱》，中央研究院历史语言研究所专刊，石印本，1945 年。

⑤陈剑：《甲骨金文"戠"字补释》，《古文字研究》25 辑，40-43 页，中华书局，2004 年 10 月。

⑥黄天树师：《殷墟王卜辞的分类与断代》89 页，文津出版社，1991 年。

参考文献

[1] 董作宾. 殷历谱 [M]. 石印本. 台北：中央研究院历史语言研究所专刊，1945.

[2] 郭沫若主编. 甲骨文合集 [M]. 北京：中华书局，1978—1982.

[3] 胡厚宣主编. 甲骨文合集·材料来源表 [M]. 北京：中国社会科学出版社，1999.

[4] 胡厚宣主编. 甲骨文合集释文 [M]. 北京：中国社会科学出版社，1999.

[5] 黄天树. 殷墟王卜辞的分类与断代 [M]. 台北：文津出版社，1991 年 11 月第一版；北京：科学出版社，2007 年 10 月增订版.

[6] 黄天树主编. 甲骨拼合集 [M]. 北京：学苑出版社，2010.

[7] 李学勤、齐文心、艾兰主编. 英国所藏甲骨集 [M]. 北京：中华书局，1985.

[8] 彭邦炯、谢济、马季凡编. 甲骨文合集补编 [M]. 北京：语文出版社，1999.

[9] 许进雄. 怀特氏等收藏甲骨文字 [M]. 加拿大：加拿大安大略博物馆，1979.

[10] 许慎. 说文解字 [M]. 北京：中华书局，1999.

[11] 严一萍. 甲骨缀合新编 [M]. 台北：台北艺文印书馆，1975.

[12] 陈剑. 甲骨金文"戠"字补释 [J]. 古文字研究：中华书局，2004，25：40-43.

（何会　2009 级博士生　　指导教师：黄天树）

宾组胛骨新缀四则

李爱辉

摘　要：本文结合笔者所缀四组甲骨，分析利用同文卜辞解决甲骨缀合中的一些问题，并作相关说明和释文。

关键词：甲骨　同文卜辞　缀合

胡厚宣先生《〈甲骨文合集〉序》中说道：

> 殷人占卜，一件事，常常使用多块甲骨进行，占卜之后，每块甲骨，都刻上同样的卜辞，这样就出现了卜辞同文的例子。同文卜辞，如果遇到残缺，这块缺这几个字，那块缺那几个字，凑在一道，残缺的文字就可以相互补充。最早郭沫若同志写过《残辞互足二例》。这样的例子，我过去曾叫它作"同文"，后来也有人称它作"成套"。

同文卜辞不仅可以补残辞，而且对甲骨缀合也有所裨益。本文将结合笔者新缀甲骨，说明同文卜辞在拓本缀合中的作用。[1]

第一例：A、《合》548（《粹》1074）。B、《合》9539（《粹》893）。A、B 缀合见[图一]。

A、B 两块卜骨上的卜辞字体相同，均为典宾类。A 的断裂处留有的两道小横划，应是 B 上"其"字的笔画。这两版来源于《殷契萃编》。该书中拓本均选自刘体智所收藏的同一批甲骨，所以二者极有可能为一版所折。两版骨版拼合后，中间留有缝隙，左侧拓本出现叠加现象，缀合似乎存疑。通过同文卜辞《合》547 验证可知，这版缀合是成立的。

A 和《合》547 是同文卜辞，亦是同对卜辞。萧良琼先生在《卜辞文例与卜辞的整理和研究》一文中提出了"同对卜辞"这一概念，她说："全版同文但相互对称的一对。我们把这种情况的卜辞称之为'同对卜辞'"。同对卜辞的文例特点是"由牛的左右两块胛骨构成。它们的内容和版式完全相同，契刻和占卜顺序则左右两胛骨相互对称"[2]。根据此原则，将 B 缀于 A 下是有其合理性的。缀合后的释文隶释如下：

辛酉卜，争贞：勿乎以🀲伐舌方，弗其受业又。二

贞：勿择多🀲乎望舌方，其🀲。二

贞：乎黍，不其受年。

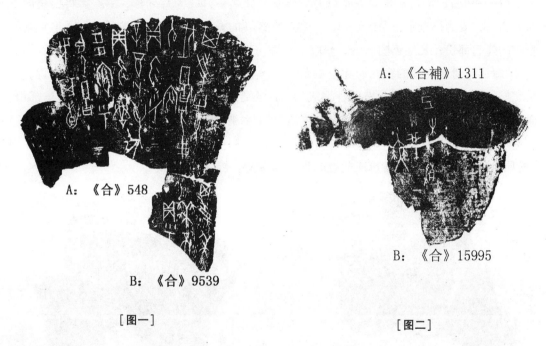

A：《合》548

B：《合》9539

[图一]

A：《合補》1311

B：《合》15995

[图二]

第二例：A、《合补》1311（《历藏》14443 正）。B、《合》15995（《善》60）。A、B **缀合见** [图二]。

A 版断面呈╱╲凹进，B 版断面呈╱╲凸起，它们的甲骨断面形态互补。两版同为宾组一类字体。A、B 两版的残划相拼后，恰好拼合出"我"、"舞"二字。缀合后"乙未卜，殼贞：我舞"这条卜辞可以通读。从同文卜辞《合》15996、15997、15998 来看，这版缀合从字体、文例上都是成立的。之所以会产生上述现象，应是骨版变形所致。骨版因长期曝露于空气中，必然会因为失水导致骨头萎缩变形，而这从拓本上是无法直观呈现的。

第三例：A、《合》3539（《虚》2362）。B、《合补》1340（《南明》278）。A、B **缀合见** [图三]。

两版甲骨的字体相同，均为典宾类。A、B 两版的断边上有"未"、"辛"、"翌"三字可以拼合。由同文卜辞《合集》3566 比照来看，将 B 版缀于 A 版的左下是没有问题的。缀合后得到一条完整的卜辞：

戊辰卜，殼贞：翌辛未勿令。四

缀合后骨版左上角骨臼的切角处仍然残断。胛骨骨首处的骨质相对骨扇、骨条要厚一些，其形态完整的相对要多一些。然而，骨首却极易在切去骨臼的臼角处发生断裂，如果此处还有刻字的话，那么残断现象就更为常见了。产生这一现象的原因可以结合陈梦家关于殷墟卜骨整治特点的总结来看：

（甲）将骨臼部份从长的一面切去一半或三分之一，成为月牙形；（乙）将臼角向下向外切去，成为一近乎正角的缺口；（丙）将直立的脊骨连根削去并削平之；（丁）削平骨臼的隆起部份；凡经锯削部份，暴露了骨理内部的多孔而粗涩的形状。[3]

"暴露了骨理内部的多孔而粗涩的形状"实际上指的就是"松质骨"。简单来说，一块完好的骨头是由皮质层和松质骨构成的。皮质骨就是骨头外面那一层坚硬的骨质部份，而松质骨就是里面结构较软的骨质部份。当我们对胛骨骨臼处进行完（甲）（乙）（丁）三道工序后，实际上是在去除臼角的同时，将其周围的"皮质骨"也一并去除了，使"松质骨"暴露在外，这就造成此处的骨头容易发生断裂。

A：《合》3539

B：《合补》1340

[图三]

A《合》15193

B《合補》714

[图四]

第四例：A、《合》15193（《粹》1114甲）。B、《合补》714（《历藏》19037）A、B缀合见[图四]。

《合》15193上所刻卜辞的字体为典宾类。从卜骨上所刻卜辞的行款来看，其前辞格式应为"某某卜，某贞"。因此，残掉骨版上的刻字应是"卜"字和"贞人名"。比照同文卜辞《合》15192、《合》15194的行款及卜辞内容来看，《合》15193残掉骨片上的贞人应为"殼"字。《合补》714正符合上述条件。《合》15193与《合补》714缀合后，卜骨的断处基本密合。拼合后的骨版在刻有"巳"字的地方还留有空隙，应是骨版沿"巳"字断裂造成的。缀合后变为一条完整的卜辞"辛卯卜，殼贞：我巳宾若。三"。

上述四版甲骨缀合中的骨版拓本，因为自然与人为的因素，其形态发生了变化，影响了缀合后骨版的密合度。通过与之相关的同文卜辞的验证可知这些缀合是正确，尤其是第一组缀合有叠加、不密合两种情况同时存在，如果没有同文作为其有力的支撑，这样一组缀合可能就会被忽视掉了。

本文引用甲骨著录书及简称：

《甲骨文合集》——《合》

《甲骨文合集补编》——《合补》

《刘体智善斋旧藏》——《善》

《殷契萃编》——《萃》

《中国社会科学院历史研究所藏甲骨》——《历藏》

《战后南北所见甲骨录》——《南明》

《殷虚卜辞》——《虚》

参考文献

[1] 陈梦家：殷虚卜辞综述 [M]. 北京：科学出版社，1956：10.

[2] 郭沫若主编. 甲骨文合集 [M]. 北京：中华书局，1978—1982.

[3] 胡厚宣主编. 甲骨文合集·材料来源表 [M]. 北京：中国社会科学出版社，1999.

[4] 胡厚宣主编. 甲骨文合集释文 [M]. 北京：中国社会科学出版社，1999.

[5] 黄天树. 殷墟王卜辞的分类与断代 [M]. 台北：文津出版社，1991 年 11 月第一版；北京：科学出版社，2007 年 10 月增订版.

[6] 彭邦炯、谢济、马季凡编. 甲骨文合集补编 [M]. 北京：语文出版社，1999.

[7] 萧良琼. 卜辞文例与卜辞的整理和研究 [J]. 甲骨文与殷商史第二辑 [J]. 上海：上海古籍出版社，1986：33.

（李爱辉　2010 级博士生　　指导教师：黄天树）

·中国古代近代文学·

《诗经·鄘风·定之方中》的礼乐文化精神

谷红丽

提　要：本文结合卫国的具体历史背景，从礼乐文化的角度对《诗经·鄘风·定之方中》进行了解读。本文认为，诗中营宫室、兴礼乐、行籍田礼、重马政不仅是卫国现实政治的需要，还是礼制国家运行之必需。

关键词：《诗经·鄘风·定之方中》　礼乐文化精神　解读

《鄘风·定之方中》是展现"卫风"礼乐文化内涵的关键诗作。关于此诗的礼乐文化内涵，《毛诗序》曰："文公徙居楚丘，始建城市而营宫室。得其时制，百姓说之，国家殷富焉。"①《毛诗序》的观点被后世的《诗经》研究者继承，都认为文公营造宫、室得其时制，"伐琴瑟"是不求近功，"说于桑田"为教民稼穑，"骓牝三千"则是国家殷富的标志。我们认为这些解读是错误的，而导致这种错误解读的原因在于对古代礼乐制度的隔膜。虽然姚小鸥教授曾在《诗经三颂与先秦礼乐文化》②一书中，对此篇的礼乐文化内涵有过精辟论述，然未深入展开。本文拟就此点继续进行探讨。为论述之便，兹全文移录如下：

> 定之方中，作于楚宫。揆之以日，作于楚室。树之榛栗，椅桐梓漆，爰伐琴瑟。
>
> 升彼虚矣，以望楚矣。望楚与堂，景山与京。降观于桑，卜云其吉，终焉允臧。
>
> 灵雨既零，命彼倌人。星言夙驾，说于桑田。匪直也人，秉心塞渊，牝三千。

首章言"作于楚宫"，"楚宫"，毛《传》："楚宫，楚丘之宫也。"郑《笺》："谓宗庙也。"先秦时期多称宗庙为"宫"，《左传》中有"武宫"、"桓宫"、"庄宫"，杜预皆注为"宗庙"。"宫"既为宗庙，那么"楚宫"就是建于楚丘之地的宗庙。《说文》："宗，尊祖庙也，从宀从示。"段玉裁注云："示谓神也，宀谓屋也。"③"宗"就是祭祀祖先的地方。"庙"，郑玄《礼记注》："庙之言，貌也；宗庙者，先祖之尊貌也。"④宗庙为古人祭祀先祖的场所。

宗庙既为古人祭祀先祖的场所，诗中美文公之功绩，为何首言营造宗庙？季本于《诗说解颐》中认为"筑宫以为劳劝农桑之所也"⑤，不确。诗中首言营造宗庙，是因为宗庙在古代社会中具有特殊的意义和功能，"大祭大飨于此，告朔行政亦于此"⑥。宗庙不但为祖先神主所在，还是统治者行使权力、发布政令的重要场所。另外，在宗庙举行的全体族人参加的宴飨活动可强化宗族成员间的团结（即收族），从而加强宗子的地位，是以宗法制为基础的国家政权得以巩固的关键所在，故《礼记·大传》曰："尊祖故敬宗，敬宗故收族，收族故宗庙严，宗庙严故重社稷。"⑦

营造宗庙，是古代礼制国家施政之首务，对于当时的卫国来说，更具有非比寻常的意义。卫国为狄人所灭，懿公被杀，乃立戴公。不久，戴公没，其弟文公立。齐桓公率诸侯之兵为卫筑城于楚丘，文公乃徙都于楚丘。这时文公重修宗庙并进行祭祀，具有象征国家政权延续的重要意义。对于文公来说，还能有什么功绩能与恢复宗庙祭祀相比？另外，卫国惨遭战乱，国破民流，当务之急就是稳定局面，安定人心。而要达到这一目的，营造宗庙恢复祭祀就是当时所需。

另外涉及到的一个关键词是"室"。郑《笺》："楚室，居室也。"诗中先言建宗庙后言营居室也是有礼制可征的，据《礼记·曲礼》载："君子将营宫室，宗庙为先，厩库为次，居室为后。"⑧居室后造，意在重先祖及国之用。虽为后建，但并不意味其重要性低。《礼记·曲礼》曰："三十曰壮，有室。"《疏》："妻居室中，故呼妻为室……因其贮物充实则曰室，室之言实也……云室者，含妾媵，事类为广。"⑨这里所说的"室"既是居住、生活的重要设施，也是成年男子娶妻生子繁衍子嗣的重要场所。

先秦以来一直都很重视婚姻的作用。首先，从自然本性角度来说，男女之欲是人类的本能，这就从自然属性上肯定了婚姻的必要性。即《孟子·告子》所谓："食，色，性也。"⑩《礼记·礼运》曰："饮食男女，人之大欲存焉。"⑪其次，从宗族角度来说，它能扩大男方家族，使人丁兴旺，故《礼记·昏义》曰："婚姻者合二姓之好，上以事宗庙，而下以继后世也。"⑫再者，我们还要认识到婚姻在古代立国中的重要性，婚姻负有繁衍人口的重要使命。在古代，由于生产力水平的限制，人口是国家重要的经济、军事资源，也是国家综合国力的重要体现。所以勾践为复兴越国，特别注重人口的繁衍，"将免者以告，公令医守之。生丈夫，二壶酒，一犬；生女子，二壶酒，一豚。生三人，公与之母；生二人，公与之饩"⑬。

据《左传·闵公二年》记载："卫之遗民男女七百有三十人，益之以共、滕之民为五千人。共及滕，卫别邑。立戴公。"⑭戴公即位时，卫之遗民仅七百余人，加上共、滕也仅五千人。戴公在位仅十余日，之后文公立，这时依然面临着人口匮乏的问题，那么营造居室以鼓励壮年男子娶妻生子已成为巩固国家政权的迫切需要，所以《诗》中对建造"居室"大加赞扬，并不为过。另外，营造居室，表示国家已经结束战乱步入稳定，开始进行建设。《左传·闵公二年》载："戴公庐于曹。"孔《疏》："庐于曹者，言随宜寄舍耳。"⑮民无恒产则无恒心，文公营造居室，在稳定民心的同时，也为礼制国家进一步实施礼乐活动、发展农业生产奠定基础。

由上文论述可知，营造宗庙居室，这在当时是建立国家且稳定政治局面的当务之需，故是赞美一个君主的最好夸辞。关于此点，我们可从《诗经》诸多诗篇中找到佐证：

似续妣祖，筑室百堵，西南其户。（《小雅·斯干》）

文王受命，有此武功。既伐于崇，作邑于丰……考卜维王，宅是镐京，维龟正

（《大雅·文王有声》）

召伯是营。有俶其城，寝庙既成。（《大

是尺。松桷有舄，路寝孔硕。新庙奕奕，

·閟宫》）

是虔。松桷有梴，旅楹有闲，寝成孔安。

均提及营造之功，且在《閟宫》、《殷武》

方中》在美卫文公时把营造宗庙、居室放

密切相关。《诗大序》曰："颂者，美盛德

"'成功'者，营造之功毕也。"⑯虽然孔

但是《诗大序》中的"成功"显然包

发现，上古统治者往往把营造之功视为所

的任务也就提上日程，故诗曰："树之榛

郑《笺》："树此六木于宫者，曰其长大可

琴瑟之材，此说不可从。榛、栗二木为制

，可为女贽，则有文献可征，据《周礼·

"⑰又《礼记·曲礼》："妇人之贽，榛、

乐活动，而且由榛木制成的榛笄还可用于

夫子诲之瑬，曰：'……盖榛以为笄，长

见，榛、栗二木虽不为制琴瑟之材，但均

料，其中椅、桐、梓可提供木料，漆树的黏

古代社会中，也非一般意义上的乐器，而

琴瑟"可用于燕飨之礼，《小雅·鹿鸣》：

《小雅·甫田》："琴瑟击鼓，以御田祖。"

来格，虞宾在位，群后德让。"⑳由于"琴

瑟"之乐音声谐和，可用于娱宾、娱神，故是祭祀、宴飨时的常用乐器。

古人种植树木，除可取其木料、果实以用之外，树木本身还可作为宫室障蔽、神主依

凭。姚舜牧《重订诗经疑问》曰："古人作宫室必树木于其侧，乃所树之木非榛栗之可以供笾实，即椅桐梓漆之可以作琴瑟，盖既藉之以障蔽，又资之以为莫大之用，是古人用虑之周到处，即民间五亩之宅，树墙下以桑，亦是此意。"[21]于宫室周围种植树木，既可藉之以障蔽，又可资之以用。另外，古人认为木之繁茂者，为神所凭，所以古人建庙、坛、墠时皆植名木。

文公植名木以备礼乐，说明卫国已经安定，开始大力实施礼乐建设。之所以有此理解，源于古人太平制礼作乐的观念。《周礼》贾公彦疏："周公以武王时未太平，不得制礼作乐。周公摄政六年，太平，乃制作礼乐。"[22]《白虎通·礼乐篇》："太平乃制礼作乐何？夫礼乐所以防奢淫。天下人民饥寒，何乐之乎？"[23]盖太平时期制作礼乐有两方面的含义，一则太平既久，民皆向化，所谓"衣食足而知礼节"、"仓廪实而知荣辱"[24]是也；一则礼以防情，乐以节性。即《论语·子路篇》所谓"既富矣，又何加焉？曰教之"[25]是也。所以诗中以"树之榛栗，椅桐梓漆，爰伐琴瑟"颂美文公，隐含了两个方面的含义：一方面是歌颂卫文公能够实施礼乐教化，另一方面则说明文公已使卫国步入稳定时期。

"民之大事在农"[26]，故与农事有关的祭典是周代礼乐文化的重要内容之一。在众多农事祭典中，周代的籍田礼是一个相当宏大的仪式。《定之方中》在美文公功绩时特别提及这一仪式，曰："灵雨既零，命彼倌人。星言夙驾，说于桑田。"对于此句的训解，郑《笺》认为："欲往为辞说于桑田，教民稼穑，务农急也。"郑玄训"说"为"辞说"，不可从。古文中"说"常通作"税"，《诗经》中就有四处，意为"舍"、"止"。《召南·甘棠》"召伯所说"，毛《传》："说，舍也。"《卫风·硕人》"说于农郊"，《释文》："说，本或作'税'，舍也。"《陈风·株林》"说于株野"，郑《笺》："以至株林或说舍焉或朝食焉。"《曹风·蜉蝣》"于我归说"，郑《笺》："说犹舍息也。"此四处皆作"舍"、"止"解，那么，"说于桑田"中"说"也应训为"舍"、"止"。

关于籍田礼，《礼记·月令》曰："乃择元辰，天子亲载耒耜，措之于参保介之御间，帅三公、九卿、诸侯、大夫躬耕帝籍。"[27]《国语·周语》："古者，……王乃使司徒咸戒公卿、百吏、庶民，司空除坛于籍，命农大夫咸戒农用。先时五日，瞽告有协风至，王即斋宫，百官御事，……及期，……王祼鬯，飨醴乃行，百吏、庶民毕从。及籍，……王耕一墢，班三之，庶民终于千亩。"[28]由引文可知，周代举行的籍田礼就是，选择良辰，天子亲载耒耜，率领各阶层国人到籍田举行的始耕典礼。以《礼记·月令》、《国语·周语》的相关记载与诗句进行比较，可知"灵雨既零，命彼倌人。星言夙驾，说于桑田"描述的正是籍田礼的相关过程。《定之方中》中的籍田礼是在下雨后举行的，这正体现出了《礼记·月令》中的"择"字。下雨之后进行耕作，土地松软，播种的成活率比较高，所以举行籍田礼，雨后为吉时。

文公能够择到降雨吉时，这又与籍田礼举行前的准备有关，《国语·周语》："先时五日，瞽告有协风至，即斋宫，百官御事，各即其斋。"《国语集解》："协，和也。……陈璩曰："协风即条风也。条之言调也，调即融，融即和，和即协。"[29]该月"天气下降，地气上腾，天地和同"㉚，故该月之风称为协风。协风至，即可带来农作物生长所需的雨水。故籍田礼举行前，瞽嚚切关注天气，发现协风将至，王或诸侯开始斋戒，以待吉日举行籍田礼。文公正是由于对农事丝毫不懈怠，严格按照礼制进行，所以能捕捉到雨后的吉日举行典礼。

对于古代农业社会的国君来说，举行籍田礼具有重要的经济、政治意义。关于此点，虢文公在劝谏周宣王时有详细论述："夫民之大事在农，上帝之粢盛于是乎出，民之蕃庶于是乎生，事之供给于是乎在，和协辑睦于是乎兴，财用蕃殖于是乎始，敦庬纯固于是乎成，是故稷为大官。"㉛又，"三时务农而一时讲武，故征则有威，守则有财。若是，乃能媚于神而和于民矣，则享祀时至而布施优裕也"㉜。举行籍田礼既表现了国君对农业的重视，更重要的是它说明国君能够担负起事神使民的责任。"王不听，三十九年，战于千亩，王师败绩于姜氏之戎。"韦注："言宣王不纳谏务农，无以事神使民，以致弱败之咎也。"㉝

对于卫国来说，举行籍田礼，还具有重要的现实意义。此举既可起到劝农之意，使卫国摆脱物资匮乏的局面，更重要的是它彰显了文公恪守礼制的精神。对于一个由于君主淫乱而终致灭亡的国家而言，继任国君能够敬事神明、恪守礼制、忠于本职就显得弥足珍贵。

"国之大事，在祀与戎"，而马又是当时戎事的重要组成部分，故诗篇美卫文公，卒章以"騋牝三千"作结。卫国马匹众多，《诗序》认为是"国家殷富"的标志，朱熹《诗集传》继承此说，并引《礼记》曰："问国君之富，数马以对。今言牝之众如此，则生息之蕃可见，而卫国之富亦可知矣。"㉞本文认为《诗序》、《诗集传》并未抓住问题的关键所在，究其因，在于对马匹在古代社会中作用的误解。

《周礼·辀人职》注："国马，谓种马、戎马、齐马、道马，高八尺，田马七尺，驽马六尺。"㉟《车攻》"我车既攻，我马既同"，毛《传》："宗庙齐豪，尚纯也。戎事齐力，尚强也。田猎齐足，尚疾也。"马匹不但是重要的交通运输工具，还是礼制国家运行所必需之物，且不同场合对马匹有不同的要求，祭祀时要求马匹毛色相同且纯净，戎事所用之马要强壮有力，田猎之马则以速度相当为佳。若无足够可供选择的马匹，国家的一些重要事务就无法进行。《左传·闵公二年》："归公乘马，祭服五称，牛、羊、豕、鸡、狗皆三百，与门材。"杜预注："门材，使先立门户。"㊱卫国无足够马匹，幸由齐国馈赠，才得以自立门户。

据史料载，西周春秋时期，战争主要以车战为主，车马多寡是衡量一国军事实力的重要标志，所以《诗经》中言及战争、田猎的诗大都注重对马的描述。卫国为狄人所灭，齐侯助其复国，"使公子无亏帅车三百乘，甲士三千人以戍曹。"㊲就连日常戍守所需车马，也需齐国馈赠，可见文公即位时车马极度匮乏，军事力量非常薄弱。对于有过兵败灭国经历的卫国来说，"騋牝三千"具有异乎寻常的意义。所以《左传》在赞美卫文公"敬教劝学"、"授方任能"之后，最后特别强调"元年革车三十乘，季年乃三百乘"。

综上所述，《定之方中》并非是对文公始建城市营宫室最终使国家殷富的简单赞美，其中而是蕴含了深刻的礼乐文化内涵。通过对此诗礼乐文化内涵的解读，说明文公能够使国家兴盛，就在于他能自觉遵循礼制社会对国家主政者的布政要求。相反，卫懿公好鹤，不能遵循礼制，给国家带来灭亡之灾。所以，作者对文公所实施的礼乐活动，大加赞扬，并书之竹帛。

注释

① 《毛诗正义》，阮刻《十三经注疏》本，上海古籍出版社1997年版，第315页。本文所引《毛诗正义》相关部分均出自此书。

② 姚小鸥教授在论及《駉》篇与先秦礼制国家的布政原则时，拿此篇与之相比，指出第一章讲宗庙建筑与乐器制造，这些都是祭祀所必须，为礼制国家运行之首务。二、三章言其重视农桑，最后以马匹大为蕃庶作结，马匹为装备战车之必需。参见姚小鸥《诗经三颂与先秦礼乐文化》，北京广播学院出版社2000年版，第173页。

③ （清）段玉裁《说文解字注》，上海古籍出版社1988年版，第342页。

④ 《礼记正义》，阮刻《十三经注疏》本，上海古籍出版社1997年版，第1589页。本文所引《礼记》部分均出自此书。

⑤ （明）季本《诗说解颐》，文津阁四库全书本，商务印书馆2005年版，第26册699页。

⑥ （清）胡承珙《毛诗后笺》，续修四库全书本，上海古籍出版社1995年版，第67册791-792页。

⑦ 《礼记正义》，第1508页。

⑧ 《礼记正义》，第1258页。

⑨ 《礼记正义》，第1232页。

⑩ （清）焦循：《孟子正义》，上海书店出版社1986年版，第437页。

⑪ 《礼记正义》，第1422页。

⑫ 《礼记正义》，第1680页。

⑬ 《国语》，上海古籍出版社1978年版，第635页。本文所引《国语》相关部分均出自此书。

⑭ 《春秋左传正义》，阮刻《十三经注疏》本，上海古籍出版社1997年版，第1788页。本文所引《春秋左传正义》相关部分均出自此书。

⑮ 《春秋左传正义》，第1788页。

⑯ 《毛诗正义》，第272页。

⑰ 《周礼注疏》，阮刻《十三经注疏》本，第671页。本文所引《周礼》部分均出自此书。

⑱ 《礼记正义》，第1270页。

⑲《礼记正义》，第 1278 页。

⑳杨筠如《尚书核诂》，陕西人民出版社 2005 年版，第 74-75 页。

㉑（明）姚舜牧：《重订诗经疑问》，文津阁四库全书本，第 27 册 231 页。

㉒《周礼注疏》，第 730 页。

㉓（清）陈立撰，吴则虞点校《白虎通疏证》，中华书局 1994 年版，第 98 页。

㉔（汉）班固：《汉书》，中华书局 1962 年版，第 112 页。

㉕《论语注疏》，阮刻《十三经注疏》本，上海古籍出版社 1997 年版，第 2507 页。

㉖《国语》，第 15 页。

㉗《礼记正义》，第 1356 页。

㉘《国语》，第 17-18 页。

㉙徐元诰撰，王树民、沈长云点校《国语集解》，中华书局 2002 年版，第 17 页。

㉚《礼记正义》，第 1356 页。

㉛《国语》，第 15 页。

㉜《国语》，第 21 页。

㉝《国语》，第 22 页。

㉞（宋）朱熹《诗集传》，上海古籍出版社 1958 年版，第 31 页。

㉟《周礼注疏》，第 913 页。

㊱《春秋左传正义》，第 1788 页。

㊲《春秋左传正义》，第 1788 页。

（谷红丽　2009 级博士生　　指导教师：鲁洪生）

再探《郑风·清人》诗旨

司全胜

摘　要：因《左传·闵公二年》的本事记载，《清人》成为《郑风》作品中在诗旨探究上争议最少的作品。但这段记载并不是叙述了因何创作这篇作品，而是叙述了如何赋引这篇作品。所以，此诗应是展示了清地官兵们在戍守边地时的训练场面，并表现出赞扬之倾向。而且，很多学者对作品中的"二矛重英"、"翱翔"、"逍遥"等词语的理解略有偏差。

关键词：清人　诗旨　本事

一

在《郑风》的二十一篇作品中，由于《左传·闵公二年》中一段似乎非常明确的、与诗作本事有关的记载，使得《清人》成为了其中在题旨问题上争议最少的作品。《左传·闵公二年》曰："郑人恶高克，使帅师次于河上，久而弗召。师溃而归，高克奔陈。郑人为之赋《清人》。"[①]

古代学者阐释此诗题旨的观点之间虽然也存在些许不同，但总体上较为一致，基本都以《左传》中的这段记载作为佐证。具体而言，古人所论诗旨主要可分为以下几种情况：

第一，"刺郑文公"说。如孔《疏》云："作《清人》诗者，刺文公也。文公之时，臣有高克者，志好财利，见利则为，而不顾其君。文公恶其如是，而欲远离之，而君弱臣强，又不能以理废退。适值有狄侵卫，郑与卫邻国，恐其来侵，文公乃使高克将兵御狄于境。狄人虽去，高克未还，乃陈其师旅，翱翔于河上。日月经久，而文公不召，军众自散而归，高克惧而奔陈。文公有臣、郑之公子名素者，恶此高克进之事君不以礼也，又恶此文公之退臣不以道。高克若拥兵作乱，则是危国，若将众出奔，则是亡师。公子素谓文公为此乃危国亡师之本，故作是《清人》之诗以刺之。"②其他持此说者还有《毛诗序》、郑《笺》、郑《郑志》、苏辙《诗集传》、李氏《集解》、黄氏《集解》、范处义的《诗补传》、吕祖谦的《吕氏家塾读诗记》、朱熹的《诗集传》、严粲的《诗缉》、辅广的《诗童子问》、刘瑾的《诗传通释》、许谦的《诗集传名物钞》、刘玉汝的《诗缵绪》、朱公迁的《诗经疏义会通》、胡广的《诗传大全》、朱谋□的《诗故》、姚舜牧的《重订诗经疑问》、万时华的《诗经偶笺》、何楷的《诗经世本古义》、朱朝瑛的《读诗略记》、张次仲的《待轩诗记》、范家相的《诗渖》、牟应震的《诗问》、方玉润的《诗经原始》等等。

第二，"刺高克"说。牟庭在其《诗切》中云："清人，谓清闲人也。高克内无职守，外无军争，栖迟河上，事外闲居，故诗人目为清闲之人尔。……一个清闲事外人，在其枢轴握兵要。四马着金甲，去国远陶陶。左军已自还，右军去而抽。中军清闲人，阴谋作私好。《清人》，刺弃师也。"③

第三，"美高克"说。此说出自清人龚橙的《诗本谊》："《清人》，国人美高克也。《左传》：'郑人恶高克，使帅师次于河上，久而弗召，师溃而归，高克奔陈。郑人为之赋《清人》。'此言诗有为高克赋，与卫人所为赋《硕人》同。上郑人谓文公，下郑人谓国人，非谓诗人恶高克也。《毛序》'刺文公'，所谓一国之事系一人之本领。高克好利而不顾其君，文公退之不以道。欲以申《序》刺谊，而非大师之谊故也。"④

二

不过，细思之下，《左传》中的这段记载是否确然就是此诗的本事还是非常值得怀疑的，这段文字是说的"赋诗言志"之赋诗，还是首次出现的创作此诗，也是有待商榷的。从总体看来，我认为这段记载所描述的可能是诵引《清人》，而不一定确然就是创作《清人》。之所以如此说，其主要原因大致如下：

第一，单从字句看，并不能确定这段记载即是《清人》一诗的本事，《左传》中的同类记载在句法上可为佐证。在《左传》中，类似《清人》一诗这样的记载、而且在句法上较为一致的内容是很多的。其主要引例如下：

篇 目	内 容
隐公三年	卫庄公娶于齐东宫得臣之妹，曰庄姜，卫人所为赋《硕人》也
闵公二年	许穆夫人赋《载驰》
闵公二年	郑人为之赋《清人》
文公六年	国人哀之，为之赋《黄鸟》
襄公十九年	穆叔见叔向，赋《载驰》之四章
定公四年	秦哀公为之赋《无衣》，九顿首而坐，秦师乃出

通过以上诸例，我们可以看出：《载驰》确为许穆夫人所作，所用动词为"赋"；《黄鸟》也确为秦人所作，但前面却说"国人哀之，为之赋"；《无衣》的前面也有"为之赋"，但只有清人王夫之认为是秦哀公所作⑤。而《清人》的前面是"郑人为之赋"。所以，单从字句的基本意思和语法看，是无法确然断定此段记载就是《清人》一诗的本事。对于这种或此或彼的问题，我们只有求助于好好研究《左传》中对此事的具体记载。

当然，也有人提出过不同意见。清人王夫之在其《诗经稗疏》中曰："《无衣》：《春秋》：申胥乞师，秦哀公为之赋《无衣》。刘向《新序》亦云然，《吴越春秋》亦曰'栢⑥赋《无衣》之诗，曰岂曰无衣'云云。为赋云者，与卫人为之赋《硕人》、郑人为之赋《清人》义例正同，则此诗哀公为申胥作也。若所赋为古诗，如子展赋《草虫》之类，但云赋，不言为赋也。"⑦另外，杨伯峻在其《春秋左传注》中也说："杜注：'《诗·秦风》，取其「王于兴师，修我戈矛」，「与子同仇」，「与子偕作」，「与子偕行」。'据《诗序》和杜注，《无衣》乃秦早有此诗，秦哀赋之以表示将出师耳。若以《传·隐三年》'卫人所为赋《硕人》也'、文六年'国人哀之，为之赋《黄鸟》'文法例之，似《无衣》乃秦哀专为救楚而作。详阮芝生《杜注拾遗》。"⑧

对于这种观点，我认为存在三点问题：第一，从文法角度对作品进行分析是可以的，但决不能只重文法，而忽略其他，尤其是对文本之意的分析。但以上二位前辈却在分析中均未涉及文本之意。第二，如果如此理解《无衣》的话，那"许穆夫人赋《载驰》"应如何作解呢？第三，从作品的基本内容看，此诗乃秦地好勇尚武民风的绝佳体现；其表述语言看，应非出自国君之口，更不应是国君一时之作。如《汉书》中曾曰："山西天水、陇西、安定、北地，处势迫近羌胡，民俗修习战备，高上勇力鞍马骑射。故秦诗曰：'王于兴师，修我甲兵，与子偕行。'其风声气俗自古而然，今之歌谣慷慨，风流犹存耳。"⑨再如，朱熹说："秦俗强悍，乐于战斗，故其人平居而相谓曰：'岂以子之无衣，而与子同袍乎？盖以王于兴师，则将修我戈矛，而与子同仇也。'其欢爱之心，足以相死如此。……秦人之俗，大抵尚气概，先勇力，忘生轻死，故其见于诗如此。"⑩

第二，对"郑人"一词难以确解。在《左传》的这段记载中，前后出现了两次"郑人"，而且，从字面意思看，这两个"郑人"在解释时总是难以前后疏通。

从这段记载的具体内容看，第一个"郑人"应该是指郑文公，要不然不会有权利可以让高克"帅师次于河上"，而且"久而弗召"。不过，按照《左传》在称呼上的惯例，此处称郑文公为"郑人"却是极为不妥的。《春秋》对此事的记载是："郑弃其师。"⑪《春秋谷梁传》曰："恶其长也，兼不反其众，则是弃其师也。"⑫《春秋公羊传》曰："郑弃其师者何？恶其将也。郑伯恶高克，使之将，逐而不纳，弃师之道也。"⑬从这些表述看，《左传》的编著者对郑文公基本持贬斥之见。但即便如此，作者也不应称呼郑文公为"郑人"，而应是"郑伯"、"文公"之类。在《左传》中，比郑文公昏庸、淫乱、无道的诸侯国国君大有人在，如鲁隐公、卫桓公、晋灵公等等，但对这些国君都无此称呼之法，为何偏要如此称呼郑文公呢？甚难疏解。另外，同为郑国国君的郑庄公在"郑伯克段于鄢"一事中也存有一些问题，所以《左传》中有云"称郑伯，讥失教也"⑭。两相对比，相差甚大，不知应如何作解。

文中的第二个"郑人"，应该是《清人》的作者或诵引者。如果是此诗的作者，那会是谁呢？《毛诗序》、范处义的《诗补传》、朱熹的《诗序辨说》等均认为是"公子素"。但对于公子素这个人，除了有学者称其为《清人》的作者外，在史籍中几乎找不到其他与其相关的点滴记载。还有的说"郑人"是从高克出征之人，也有可能是郑国的某位民间诗人等等。这些观点中的推测性和不确定性就更加明显了。可见，说公子素等是《清人》的作者，对于今人而言，难以相信；对于古人而言，其中可能包含着较多的猜测性。但是，如果说"郑人"是《清人》是诵引者，就不会出现这一问题。

既然按照《毛诗注疏》的解释，前一个"郑人"难以疏解，后一个"郑人"也具有极大猜测性，那么，站在今人的角度上，我们还不如说此段文字并非一定是《清人》的本事，有可能是对此诗进行诵引的一个事例。

第三，从文字内容看，可进行双向解说。如果《左传》中的这段记载确为《清人》一诗的本事，那么，再加上《春秋》、《谷梁传》和《公羊传》对此事的记载，我们基本可以认为：作者在诗中应表现出较为鲜明的批评或嘲讽的态度。于是，对作品的基本内容，我们可以作如此的解释：整篇作品含有辛辣的讽刺味道。高克率领的军队，战马披甲，是为雄壮；战车插矛，是为威武。但士兵们不是在为随时可能入侵的敌人认真备战，严阵以待，而是在河上流连闲逛；身为将帅的高克，闲来无事，只是在以练武来消磨时光。这样进行解释，似无甚问题。不过，除了这种解释方法之外，古今一些学者还提出了与嘲讽之说截然相反的观点——认为此诗旨在赞扬。有的认为是赞扬高克如清人龚橙的《诗本谊》，有的认为是赞美郑国清邑的军事训练如今人蒋立甫先生的《诗经选注》等等。因为，从作品中，他们看不出非常明显的贬斥和嘲讽之意，更看不出"逍遥"、"翱翔"等词表达了明显的贬义或反讽之义。

第四，因《毛诗序》和《左传》之间的亲密关系而产生的质疑。在先秦两汉的典籍中，《左传》对《毛诗》作品的赋引情况是最为详备的，《毛诗序》在解诗时也最喜欢引证和附会《左传》的记事。之所以如此，与河间献王刘德应该是有一定关系的。古文经学以《毛诗》、《左传》、《周官》为主，但《毛诗》出自河间献王之处，由其献于朝廷，后来被刘歆所重视才得以流传后世；《左传》虽非河间所献，但正是因为河间献王设置了《左传》博士，才使得其与《毛诗》一起流传下来。

对此，史籍中应明确记载。《汉书》中曰："毛公，赵人也，治诗为河间献王博士。授同国贯长卿，贯长卿授解延年，延年为阿武令，授徐敖，敖授九江陈侠，为王莽讲学大夫，由是言《毛诗》者本之徐敖。"⑮王应麟曰："《六义论》曰：'河间献王好学，其博士毛公善说《诗》，献王号之曰《毛诗》。'……《初学记》：'荀卿授鲁国毛亨，作《诂训传》以授赵国毛苌。时人谓亨为大毛公，苌为小毛公。'《诗谱》：'鲁人大毛公为《故训传》于其家，河间献王得而献之，以小毛公为博士。肃宗诏选高才，生受《毛诗》，遂行于世'。"⑯可见，《毛诗》之名是由河间献王所定，小毛公毛苌为河间献王博士，才使得《毛诗》得以流传后世。

对于《左传》，《汉书》曰："汉兴，北平侯张苍及梁太傅贾谊、京兆尹张敞，大中大夫刘公子皆修《春秋左氏传》。谊为《左氏传训故》，授赵人贯公，为河间献王博士。子长卿为荡阴令，授清河张禹……授尹更始，更始传子咸及翟方进、胡常……"⑰其后，刘歆从尹成、翟方进学《左传》。《说文解字》云："北平侯张苍献《春秋左氏传》。"⑱可见，汉秘府的《左传》虽然不是出自河间，但贯公是河间献王的《左传》博士，《左传》的得以流传确实主要依靠河间博士的传授。

作为学术中心，学者们之间可能会相互探讨，相互援引，相互吸取和借鉴。同被河间献王立为博士的《左传》和带有《诗序》的《诗经》，可能更会如此。所以，二者之间的关系才会如此密切。而《清人》中第一个"郑人"的难以疏解，对《左传》中"赋"以及"为之赋"的难以确解，可能就是由于二者的相互援引才造成的局部文字与整体内容的相互矛盾。此问题有待进一步考证。

不过，尽管在此提出了对《清人》一诗之本事的三点质疑，但我并不认为能够彻底推翻前人的见解，毕竟在缺乏确凿材料和可靠证据的前提下，断言之论是非常不妥当的。但是，这三点令人怀疑之处，不得不让我们重新审视《清人》一诗的相关问题。

总之，对于把《左传》中的这段记载作为《清人》一诗的本事，我认为是非常值得怀疑的。其原因主要有三：第一，文中有三个令人难以疏解之处；第二，《清人》一诗的本事已经距离我们这个时代太远了，而且今人只是把《清人》当作文学作品来阅读，在这种情况下，所谓"本事"有时不但不能有助于今人了解作品，还可能妨碍人们对作品的解读和接受。更何况，《毛诗序》以善于附会历史而著称，《清人》一诗的本事有可能只是恰巧较为吻合而已，并没有更为确凿和可靠的证据来进一步加以证明。第三，由于同为古文经的《左传》与《诗经》之间存在非常紧密的关系，所以《左传》中这段存在问题的记载有可能出于学者之间的相互援引。

因此，我倾向于把《左传》中的这段记载视为对《清人》一诗的诵引，而不是创作。

三

为了确然论定《清人》一诗的主旨，我们首先需要把作品中一些关键词语的意思确定一下：

（1）"清人"：毛《传》解释为"清，邑也"，郑《笺》解释为"清者，高克所帅众之邑也"，⑲陈奂认为是"清人，清邑之人"，⑳袁梅先生说是"清人，指高克所统帅的清邑的军旅"。㉑因此，其基本意义应是指由清地而来的士兵。

（2）"在彭"、"在消"、"在轴"：古今学者均认为"彭"、"消"、"轴"是郑卫交界之地，但隶属于郑。其具体论述，不再一一举例。

（3）"驷介旁旁"："驷介"，毛《传》说是"介，甲也"，郑《笺》解释为"驷，四马也"，朱熹解释为"四马而披甲也"应是指拉着战车的、披着铠甲的四马；"旁旁"，朱熹解释为"驱驰不息之貌"，马瑞辰认为是"《广雅》：彭彭、旁旁，盛也"，应是指马奔跑时的雄盛之态。后两章中的"驷介麃麃"、"驷介陶陶"，其意思与此句大致相同，都应该是说披着铠甲的四马拉着战车，跑起来很有气势。不过，朱熹认为"陶陶"是"乐而自适之貌"，所指是人，而不是马，有误。

（4）"二矛重英"：毛《传》解释为"重英，矛有英饰也"，郑《笺》解释为"二矛，酋矛、夷矛也，各有画饰"，孔《疏》解释为"重英与二矛共文，明是矛饰"。'也就是说，此句是指缘以英饰的两只矛。古今很多学者认为矛是插在战车之上，但于文中无据，似不可信。

（5）"翱翔"，朱熹解释为"游戏之貌"，《广雅》解释为"浮游也"，还有很多学者解释为"遨游"。毛《传》虽然没有对此进行解释，但在训释《齐风·载驱》中"鲁道有荡，齐子翱翔"时说"翱翔，犹彷徉也"。从毛《诗》的训释看，"翱翔"这一行为的主体应该是人，而且对这一行为持批评态度，认为清邑之兵在此闲来无事，只知在河上闲逛游玩。后人也多有持此说者，如严粲曾云："翱翔于河上之地，何为者耶？诗意谓彼既无事，不召之使还，将溃散矣。"[②]

但是，在《郑风·女曰鸡鸣》中有一句"将翱将翔"，其中的"翱翔"二字却与此有所不同。从作品的内容看，《女曰鸡鸣》中"翱翔"行为的表现者应是被赞美的，最起码对其行为没有批评倾向。严粲对此解释为"雍容和缓之意"，就是很好的说明。在《女曰鸡鸣》的文本表现和《毛诗序》的推测解说之间，我还是选择《女曰鸡鸣》中对"翱翔"一词的解释。因此，《清人》中"翱翔"一词应是表现人之行动像鸟飞翔一样，姿态很美，总体持赞美之态。

另外，从诗作文本的内在逻辑角度看，我还认为"二矛重英，河上乎翱翔"二句是表现士兵们在水上练习作战的英姿。"清人在彭，驷介旁旁"，是说在陆上练兵，无须赘述。"二矛重英，河上乎逍遥"二句是连在一起的，说的是练习水上作战时的情景。四句整合在一起，正好全面表现清人的能征善战。

之所以如此说，原因有二：其一，彭、消、轴，均是"河上地也"，意味着将来两军发生战事时可能会涉及到水中作战。其二，何谓"翱翔"？鸟飞之状，"高飞曰翱，布翼不动曰翔"。士兵们站在船上练习激战之法，如鸟儿翱翔之状，轻盈娴熟，毫无笨拙之感。又因"二矛重英，河上乎逍遥"二句是连在一起的，所以，我们可以断定，这两只缘以英饰的矛不应是插在战车上，而应是战船上。总之，通过这四句诗，充分表现了"清人"在练习作战时所表现出的令人赞美之态。

因此，第二章中的"逍遥"一词是指"清人"在河上来回穿行，在行动上毫无拘谨、笨拙之态，非常轻松自得，娴熟轻盈。第二章的"二矛重乔，河上乎逍遥"在理解上基本与第一章相同。

（6）"左旋右抽"：对于这句话，古今学者主要有四种解释：其一，以郑《笺》和朱熹的《诗集传》为代表。如郑《笺》云："左，左人，谓御者。右，车右也。"㉓朱熹说："左，谓御在将车之左，执辔而御马者也。旋，还车也。右，谓勇力之士，在将车之右，执兵以击刺者也。抽，拔刃也。"㉔等等。其二，以毛《传》为代表。如毛《传》曰："左旋，讲兵；右抽，抽矢以射。"㉕马瑞辰说："左旋者，谓将左手执旗指麾以相周旋，教其坐作进退之节，故《传》以为左旋为讲兵，与《说苑·尊贤篇》云'今将军方吞一国之权，提鼓擁旗，披坚执锐，回旋十万之师'，语正相合，非谓御者旋车也。抽通作搯。《说文》：'搯者，拔兵刃以习击刺也。'引诗'左旋右搯'。"㉖其三，以杨任之先生和程俊英先生为代表。如杨先生解释为"抽刀以刺，抽箭以射，左右旋转，形容练兵"，㉗程先生解释为"指身体向左边转用右手抽出刀剑，形容练习击刺的样子"㉘等等。其四，是高亨先生的解释，"旋，转也。抽，借为迪，进也。旋进都是写车马竞走"㉙。

在以上观点中，我较为赞成程俊英先生的意见。因为，这样解释更为符合人之常态。将身体向左转，然后用右手抽出挂在左边的刀剑之类的武器，这是我们经常看到的场景，无需多言。其实，无论是哪种解释，都是说兵将们在进行军事训练。这一点是最重要的。

（7）"中军作好"：毛《传》解释为"居军中为容好"，郑《笺》解释为"中军为将也"，㉚程俊英先生解释为"中军，古代军队分为三军，即上军、中军、下军。中军的将官是主帅"，㉛陈介白解释为"中军，即军中"，㉜朱熹解释为"好，谓容好"㉝等等。联系上一句的解释，此处的"中军"应理解为军中是较为合适的；至于"作好"，是说所描写之人的姿态和表现在军中是非常好的。

综合以上分析，《清人》一诗应主要表现了清地官兵们在戍守边地时的操练情况，而且字里行间带着叙述者较为明显的赞叹之情。当《左传·闵公二年》所记载的事件发生之后，郑人（泛指）通过赋引此诗以反讽文公或高克。

四

对于古人所论此诗的题旨，我认为，多多少少还是存在一定问题的。当然，这三种观点都是以《左传》所记载的事件作为此诗的本事。

对于"刺文公"说，我们不但在文中找不到任何与文公相关的信息和内容，而且，还从字面看不出有讽刺、嘲讽之倾向，这充分说明《诗序》的解说过于附会历史政治以说诗，偏离作品的文本之意有些太远了。

"刺高克"说，也与文本之基本倾向有别。文中对所叙述对象赞美有加，何来"刺"呢？如果要是"刺高克"的话，那只能《左传》中的记载是在赋引此诗，而不是创作此诗。

"美高克"说，与文本之基本倾向和态度是吻合的。但如果联系《左传》中的记载，会发现一个问题：高克的军队"自散而归"，高克"惧而奔陈"，但此处还要赞美高克，这说明"郑人"把此事是归咎于文公的。这与"刺文公"说又有何区别呢？因此，此说所犯错误与"刺文公"说是一致的。

今人在论定此诗题旨时，有的认为是讽刺高克，有的认为是讽刺"清人"，而有的则认为是赞美郑国清邑的士兵训练，还有的认为是女子忆念戍守边地的情人。多种情况，不一而足。

讽刺高克也好，讽刺清人也好，主要在于对"翱翔"、"逍遥"的理解出现了偏差。正如前面所论，这两个词语所表现之态度并非讽刺或批评，而是赞美。所以，此诗对作品中所表现之人物并无批贬之意。认为作品是在赞美郑国清邑的士兵训练，与文本之意非常切近，当为此诗题旨之确论。认为是女子忆念戍守边地的情人，对文本之意勉强可为疏通，但似乎与作品所表现的情景有些不吻合。忆念情人，心情应是略显无奈、忧郁乃至哀伤的，但从《清人》一诗的内容中是找不到这种感觉的。

注释

① （晋）杜预注，（唐）陆德明音义，（唐）孔颖达疏：《春秋左传注疏》卷十，《文渊阁四库全书》本。

② （汉）郑玄笺，（唐）陆德明音义，（唐）孔颖达疏：《毛诗注疏》卷七，《文渊阁四库全书》本。

③ （清）牟庭著：《诗切》，济南：齐鲁书社，1983年，第781-787页。

④ （清）龚橙撰：《诗本谊》，《续修四库全书》本。

⑤ （清）王夫之撰：《诗经稗疏》卷一，《文渊阁四库全书》本。

⑥当作"哀"，是说哀公。

⑦ （清）王夫之撰：《诗经稗疏》卷一，《文渊阁四库全书》本。

⑧杨伯峻编著：《春秋左传注》，北京：中华书局，1990年，第1548页。

⑨ （汉）班固撰，（唐）颜师古注：《前汉书》卷六十九，《文渊阁四库全书》本。

⑨ （宋）朱熹撰：《诗经集传》卷三，《文渊阁四库全书》本。

⑪ （晋）杜预注，（唐）陆德明音义，（唐）孔颖达疏：《春秋左传注疏》卷十，《文渊阁四库全书》本。

⑫ （晋）范宁集解，（唐）陆德明音义，（唐）杨士勋疏：《春秋谷梁传注疏》卷六，《文渊阁四库全书》本。

⑬ （汉）何休注，（唐）陆德明音义：《春秋公羊传注疏》卷九，《文渊阁四库全书》本。

⑭ （晋）杜预注，（唐）陆德明音义，（唐）孔颖达疏：《春秋左传注疏》卷十，《文渊阁四库全书》本。

⑮（汉）班固撰，（唐）颜师古注：《前汉书》卷八十八，《文渊阁四库全书》本。

⑯《宋》王应麟撰：《汉书艺文志考证》卷二，《文渊阁四库全书》本。

⑰（汉）班固撰，（唐）颜师古注：《前汉书》卷八十八，《文渊阁四库全书》本。

⑱（汉）许慎撰，（宋）徐铉增释：《说文解字·序》，《文渊阁四库全书》本。

⑲（汉）郑玄笺，（唐）陆德明音义，（唐）孔颖达疏：《毛诗注疏》卷七，《文渊阁四库全书》本。

⑳（清）陈奂撰：《诗毛氏传疏》卷七。《续修四库全书》本。

㉑袁梅著：《诗经译注》，济南：齐鲁书社，1985 年，第 250 页。

㉒（宋）严粲撰：《诗缉》卷八，《文渊阁四库全书》本。

㉓（汉）郑玄笺，（唐）陆德明音义，（唐）孔颖达疏：《毛诗注疏》卷七，《文渊阁四库全书》本。

㉔（宋）朱熹撰：《诗经集传》卷三，《文渊阁四库全书》本。

㉕（汉）郑玄笺，（唐）陆德明音义，（唐）孔颖达疏：《毛诗注疏》卷七，《文渊阁四库全书》本。

㉖（清）马瑞辰撰：《毛诗传笺通释》卷八，《续修四库全书》本。

㉗杨任之著：《诗经探源》，青岛：青岛出版社，2001 年，第 193 页。

㉘程俊英著：《诗经译注》，上海：上海古籍出版社，1995 年，第 146 页。

㉙高亨注：《诗经今注》，上海：上海古籍出版社，1980 年，第 112 页。

㉚（汉）郑玄笺，（唐）陆德明音义，（唐）孔颖达疏：《毛诗注疏》卷七，《文渊阁四库全书》本。

㉛程俊英著：《诗经译注》，上海：上海古籍出版社，1995 年，第 146 页。

㉜陈介白著：《诗经选译》，南昌：江西人民出版社，1980 年，第 112 页。

㉝（宋）朱熹撰：《诗经集传》卷三，《文渊阁四库全书》本。

参考文献

［1］（汉）郑玄笺.（唐）陆德明音义，（唐）孔颖达疏.《毛诗注疏》，《文渊阁四库全书》本.

［2］（宋）朱熹撰.《诗经集传》，《文渊阁四库全书》本.

［3］（宋）严粲撰.《诗缉》，《文渊阁四库全书》本.

［4］（清）王夫之撰.《诗经稗疏》，《文渊阁四库全书》本.

［5］（清）牟庭著.《诗切》，济南：齐鲁书社，1983.

［6］（清）龚橙撰.《诗本谊》，《续修四库全书》本.

［7］（清）陈奂撰.《诗毛氏传疏》，《续修四库全书》本.

［8］（清）马瑞辰撰.《毛诗传笺通释》，《续修四库全书》本.

［9］（晋）杜预注，（唐）陆德明音义，（唐）孔颖达疏.《春秋左传注疏》，《文渊阁

四库全书》本.

［10］（晋）范宁集解，（唐）陆德明音义，（唐）杨士勋疏.《春秋谷梁传注疏》，《文渊阁四库全书》本.

［11］（汉）何休注，（唐）陆德明音义.《春秋公羊传注疏》，《文渊阁四库全书》本.

［12］（汉）班固撰，（唐）颜师古注.《前汉书》，《文渊阁四库全书》本.

［13］《宋》王应麟撰.《汉书艺文志考证》，《文渊阁四库全书》本.

［14］（汉）许慎撰，（宋）徐铉增释.《说文解字》，《文渊阁四库全书》本.

［15］杨伯峻编著.《春秋左传注》.北京：中华书局，1990.

［16］高亨注.《诗经今注》.上海：上海古籍出版社，1980.

［17］陈介白著.《诗经选译》.南昌：江西人民出版社，1980.

［18］袁梅著.《诗经译注》.济南：齐鲁书社，1985.

［19］程俊英著.《诗经译注》.上海：上海古籍出版社，1995.

［20］杨任之著.《诗经探源》.青岛：青岛出版社，2001.

（司全胜　2008级博士生　　指导教师：鲁洪生）

欧阳修"简易"与"精意"文学思想探析

张　贵

摘　要： 欧阳修主张"简易"，即文学应平易、质朴、简洁，反对怪奇、艰涩；但同时他也反对因平易而流于浅俗，要求作品摆脱内容庸俗、鄙俚，词语尘下。他进一步针对诗歌提出"精意"，提倡境界塑造，推崇锻炼精工、构思新巧之作。达到质朴而不俚俗，平易、疏淡而不失余味。本文从文学、史学等方面对其上述见解做了论述。

关键词： 欧阳修　"简易"　"精意"　探析

作为诗文革新运动的领袖，欧阳修提出了很多精深绚烂的文学主张，本文拟就其"简易"与"精意"理论做一初步探讨。

一、"正途趋简易，慎勿事岖崎"

宋仁宗朝，"太学体"风气笼罩文坛，作家们纷纷以迂怪、新奇相高，田况《儒林公议》卷下记石介曾主盟上庠，"专以径直狂激为务，人多畏其口。"①张方平《贡院请诫励天下举人文章》指出石介："课诸生试所业，因其好尚，而遂成风，以怪诞诋讪为高，以流荡猥琐为赡。"②欧阳修对此深为不满，在《获麟赠姚辟先辈》中他强调："正途趋简易，慎勿事岖崎。"③明确主张平易、简洁，反对迂怪、新奇。

欧阳修思想中带有很多平易成分，《斲雕为朴赋》中他提出"素以为贵，将抱朴而是思，焕乎有文，俾运斤而悉去。"④主张祛除文章华丽雕饰的外表，返归平易质朴；《答徐无党第二书》中，欧阳修称"犹爱吾子辞意甚质"⑤，对徐无党质朴的文风予以称赞。《与张秀才第二书》称："其道，周公、孔子、孟轲之徒常履而行之者是也；其文章，则六经所载至今而取信者是也。其道易知而可法，其言易明而可行。"⑥欧阳修讲的"道"和"文章"的内容都是日常生活之事，极其易懂，并且这类文章语言平易、简明。

欧阳修主张平易质朴和他要求为文简洁是相统一的。他在《笔说·老氏说》中赞赏老子之书简要："然老子为书，比其余诸子已为简要也。"[⑦]欧阳修对尹洙为文简洁非常赞赏，《尹师鲁墓志铭》：

> 师鲁为文章，简而有法。博学强记，通知今古，长于《春秋》。[⑧]

《论尹师鲁墓志》：

> 述其文，则曰简而有法。此一句，在孔子六经惟《春秋》可当之，其他经非孔子自作文章，故虽有法而不简也。修于师鲁之文不薄矣，而世之无识者，不考文之轻重，但责言之多少，云师鲁文章不合只著一句道了。[⑨]

欧阳修称赞尹师鲁文章"简而有法"。所谓"简"，指文章的简洁、省便；"法"指文章的法度。"简而有法"指文章简洁省便，而又法度井然。在欧阳修看来，六经中只有《春秋》达到了"简而有法"的标准，尹师鲁文章在这方面与之相当，从中可以看出欧阳修对简洁之文的重视。

另外，从文人记述中我们也能窥见欧阳修的追求。黎靖德《朱子语类》卷一三九记载："欧公文亦多是修改到妙处。顷有人买得他《醉翁亭记》稿，初说滁州四面有山，凡数十字，末后改定，只曰：'环滁皆山也'五字而已。"[⑩]几十字的描述最后改定只有五字，且简洁而不失形象生动。清代潘永因《宋稗类抄》卷五记载，钱惟演在洛阳时修建一馆，让谢绛、尹洙、欧阳修各作一篇记文，文成之后，拿出相互比较，谢绛的五百字，欧阳修的五百多字，而尹洙的才三百八十多字，并且"语简事备，复典重有法"[⑪]，然而"欧公终未服在师鲁之下，独载酒往，通夕讲摩。师鲁曰：'大抵文字所忌者格弱字冗。诸君文诚高，然少未至者，格弱字冗尔。'永叔奋然持此说，别作一记，更减师鲁文二十字而成之，尤完粹有法。师鲁谓人曰：'欧九真一日千里也。'"[⑫]邵伯温《邵氏闻见录》卷八亦有相似记载："永叔文先成，凡千余言。师鲁曰：'某止用五百字可记。'及成，永叔服其简古。永叔自此始为古文。"[⑬]文中记载的正是欧阳修在为文简洁方面不甘落后于尹洙，而努力学习，并最终取得巨大进步的过程。

此外，欧阳修还主张为文"自然"，曾巩《与王介甫第一书》引欧阳修语："孟韩文虽高，不必似之也，取其自然耳。"[⑭]欧阳修《与渑池徐宰六通》（五）："所寄近著尤佳，论议正宜如此。然著撰苟多，他日更自精择，少去其繁，则峻洁矣。然不必勉强，勉强简节之，则不流畅，须待自然之至，其如常宜在心也。"[⑮]欧阳修指出应该去除繁琐，然后才能"峻洁"，所谓"峻洁"也就是"简而有法"；同时他也反对因简洁而妨害自然，主张简洁而又自然流畅。

对于史学著作，欧阳修同样极力推崇简洁，《与尹师鲁第二书》云：

> 今若便为正史，尽宜删削，存其大要，至如细小之事，虽有可纪，非干大体，自可存之小说，不足以累正史。数日检旧本，因尽删去矣，十亦去其三四。
>
> ……河东一传大妙，修本所取法此传，为此外亦有繁简未中，愿师鲁亦删之，则

尽妙也。⑯

《进新修唐书表》：

> 其君臣行事之始终，所以治乱兴衰之迹，与其典章制度之英，宜其粲然著在简
> 册。而纪次无法，详略失中，文采不明，事实零落。
>
> ……其事则增于前，其文则省于旧。⑰

可见，欧阳修为史主张删繁就简，"存其大要"，反对纷繁芜杂，失其章次。对欧阳修
为史求简曾有人提出过批评，如章学诚指出："欧阳之病，在逐文字而略于事实。"⑱王鸣
盛也说："《新唐书·本纪》较《旧唐书》减去十之七，可谓简极矣。意欲仿班、陈、范
也。夫文日趋繁，势也，作者当随时变通，不可泥古。纪唐而以班、陈、范之笔行之，于
情事必有所不尽。"⑲但欧阳修所讲求的是"简而有法"，繁简适宜，如《新五代史》开篇
《梁本纪第一》题下注云："本纪，因旧以为名，本原其所始起而纪次其事以时也。即位
以前，其事详，原本其所自来，故曲而备之，见其起之有渐有暴也。即位以后，其事略，
居尊任重，所责者大，故所书者简，惟简乃可立法。"⑳可见欧阳修在撰写史书时，有详有
略，有自己的标准。

欧阳修在其诗歌中多次表达了平易、简洁的主张，《获麟赠姚辟先辈》：

> 《春秋》二百年，文约义甚夷。㉑

《送焦千之秀才》：

> 读书趋简要，言说去杂冗。㉒

《送黎生下第还蜀》：

> 圣言简且直，慎勿迂其求。㉓

《送子野》：

> 念时文法密于织，羁縻束缚不自聊。㉔

欧阳修赞扬《春秋》为文简约平易，主张去繁就简，言简意明，反对文法繁琐、羁縻
不平易之作。

从以上论述可以看出，欧阳修一贯主张平易、简洁。他的这一见解在当时并不是孤立
现象，尹洙的作品亦是简洁、平易，这一点欧阳修在《尹师鲁墓志铭》、《论尹师鲁墓志》
等文章中曾有过论述。与之诗文唱和、关系密切的梅尧臣也有过相似论述，《林和靖先生
诗集序》中，梅尧臣称赞处士林逋："平淡邃美，读之令人忘百事也，其辞主乎静正，不
主乎刺讥。"㉕《读邵不疑学士诗卷杜挺之忽来因示之且伏高致辄书一时之语以奉呈》：
"作诗无古今，唯造平淡难。"㉖《依韵和晏相诗》："因吟适情性，稍欲到平淡。"㉗都极力
追求、推崇平淡之作。

与要求平易、质朴、简洁相一致，欧阳修反对怪奇、艰涩之风。《绛守居园池》：

尝闻绍述绛守居，偶来览登周四隅。异哉樊子怪可吁，心欲独出无古初。穷荒搜幽入有无，一语诘曲百盘纡。孰云已出不剽袭，句断欲学《盘庚》书。荒烟古木蔚遗墟，我来嗟祇得其余。柏槐端庄伟丈夫，苍颜郁郁老不枯。靓容新丽一何姝，清池翠盖拥红蕖。胡髯虎搏岂足道，记录细碎何区区。虑氏八卦画河图，禹汤皋陶暨唐虞。岂不古奥万世模，嫉世姣巧习卑污。以奇矫薄骇群愚，用此犹得追韩徒。我思其人为踌躇，作诗聊谑为坐娱。㉘

园池因樊宗师《绛守居园池记》得名，樊记作于唐长庆三年（八二三）五月十七日，孙冲重刻石于宋景祐元年（一〇〇四）九月五日。㉙欧阳修对樊宗师为文险怪给予了严厉批评。开头"尝闻绍述绛守居"到"句断欲学《盘庚》书"，欧阳修惊叹樊宗师的怪奇之作，认为他"穷荒搜幽"，极力独出心裁，苦求高古，实不过学《尚书·盘庚》的诘曲聱牙而已。接下来八句写废园残留的景物，并讥《绛守居园池记》不足称道。"虑氏八卦画河图"到"用此犹得追韩徒"六句写八卦、河图、《尚书》虽然古奥，仍为万世楷模，而樊宗师由于痛恨当时浮靡的文风，用险怪奇涩来矫正浅薄，以图惊世骇俗，实不足为训，但却得到韩愈的称赏。从诗中我们可以看到欧阳修对怪奇僻涩风气的声讨。《集古录跋尾》卷九《唐樊宗师绛守居园池记》："右《绛守居园池记》，唐樊宗师撰，或云此石宗师自书。呜呼！元和之际，文章之盛极矣，其怪奇至于如此！"㉚《集古录跋尾》卷六《唐韦维善政论》中写道："余尝患文士不能有所发明以警未悟，而好为新奇以自异，欲以怪而取名，如元结之徒是也。至于樊宗师，遂不胜其弊矣。"㉛欧阳修对元和之际文坛的怪奇之风发出感叹，批判一些文人不能有真知灼见，而以怪奇来标新立异，其弊端到了樊宗师更加突出。

欧阳修对元结求奇求怪的风气也有所批判。《集古录跋尾》卷七《唐元结洼尊铭》跋：

> 次山喜名之士也，其所有为，惟恐不异于人，所以自传于后世者，亦惟恐不奇而无以动人之耳目也。视其辞翰，可以知矣。古之君子诚耻于无闻，然不如是之汲汲也。㉜

《集古录跋尾》卷七《唐元结阳华岩铭》跋：

> 元结好奇之士也，其所居山水必自名之，惟恐不奇。而其文章用意亦然，而气力不足，故少遗韵。㉝

元结为了惊人耳目，异于众人，而刻意求奇，这在他的作品中有所体现，欧阳修对此表示了不满。

欧阳修对杜默诗的怪奇、迂腐、浅俗之作，也给予了批评。《赠杜默》诗中，他先是指出杜默诗的与众不同："杜子来访我，欲求相和鸣。顾我文字卑，未足当豪英。岂如子之辞，铿锽间镛笙。"㉞接着他间接地对其诗予以了否定："京东聚群盗，河北点新兵。饥荒与愁苦，道路日以盈。子盍引其吭，发声通下情。上闻天子聪，次使宰相听。何必九包禽，始能瑞尧庭。"关于杜默诗的特色，苏轼《仇池笔记》云："石介作《三豪诗》云：'曼卿豪于诗，永叔豪于文，师雄豪于歌。'永叔亦赠杜默师雄诗云：'赠之三豪篇，而我滥一名。'默歌少见于世，有云：'学海波中老龙，夫子门前大虫'，皆此类语。永叔不诮者，此公恶争名，且为介讳也。默豪气正是江东学究饮私酒，食瘴死牛肉，醉饱后所发也。作诗狂怪，至卢仝、马异极矣，若更求奇，便做杜默矣。"㉟由苏轼所引"学海波中老龙，圣人门前大虫"可知，杜默的诗歌不但怪奇，而且迂腐浅俗不可读。苏轼认为欧阳修不喜欢争名，并且碍于石介之名声，所以没有对其进行嘲笑。可见，欧阳修所间接反对的仍是怪奇迂腐之作。

欧阳修《议学状》："夫人之材行，若不因临事而见，则守常循理，无异众人。苟欲异众，则必为迂僻奇怪以取德行之名，而高谈虚论以求材识之誉。前日庆历之学，其弊是也。"㊱认为人的才能品行只有在遇到事情时才能展现，平时则遵循常理，若刻意求异，则必然发出怪癖之言论，以博取名声。欧阳修指出，庆历时以石介为首的学风弊端正在于此。并且，欧阳修对石介书法怪奇不可识也给予了批评，这和他的文学主张相一致，《与石推官第一书》：

> 君贶家有足下手作书一通，及有二像记石本。始见之，骇然不可识；徐而视定，辨其点画，乃可渐通。吁，何怪之甚也！……。㊲

《与石推官第二书》：

> 则书虽末事，而当从常法，不可以为怪，亦犹是矣。然足下了不省仆之意，凡仆之所陈者，非论书之善不善，但患乎近怪自异以惑后生也。㊳

欧阳修称其书"骇然不可识"，并且进一步阐明自己的主张，认为书法当从常法，不可追求怪异，欧阳修担心求怪求异风气会蛊惑后学之辈。

修史书时，欧阳修同样反对怪癖文风。相传欧阳修与宋祁同修《新唐书》，宋祁爱用古字，时常把文字改得艰涩怪癖，令人不可卒读。欧阳修对此甚为不满，便在宋的门上戏书"宵寐匪祯，札闼鸿庥"几个字，宋祁问是什么意思，欧阳修回答说是"夜梦不祥，书门大吉"，对宋祁喜用癖语的做法给予了讽刺。㊴

欧阳修反对怪奇之风不遗余力，他不仅在理论上予以反对，而且利用各种手段对之进行打击，欧阳发《先公事迹》记载："嘉祐二年，先公知贡举。时学者为文以新奇相尚，文体大坏。僻涩如'狼子豹孙，林林逐逐'之语；怪诞如'周公伻图，禹操畚锸，傅说负版筑，来筑太平之基'之说。公深革其弊，一时以怪僻知名在高等者，黜落几尽。二苏出于西川，人无知者，一旦拔在高等，榜出，士人纷然，惊怒怨谤。其后，稍稍信服。而五六年间，文格遂变而复古，公之力也。"㊵经过这次矫正之后，文坛风气为之一变，怪奇之风得到了遏制。

二、"辞严意正质非俚，古味虽淡醇不薄"

欧阳修反对作品流于浅俗、鄙俚，《读张李二生文赠石先生》："辞严意正质非俚，古味虽淡醇不薄。"[41]"辞严意正"，就是要求诗歌摆脱内容庸俗、鄙俚，词语尘下，从而达到质朴而不俚俗，平易、疏淡而不失余味。

《六一诗话》为欧阳修晚年退居汝阴所作，虽是随笔所记诗文逸事，但一些内容反映了他的文学见解。考察《六一诗话》我们会发现，他曾对浅俗之作予以批评否定。如：

> 仁宗朝，有数达官，以诗知名。常慕白乐天体，故其语多得于容易。尝有一联云："有禄肥妻子，无恩及吏民。"有戏之者云："昨日通衢遇一辎軿车，载极重，而羸牛甚苦，岂非足下肥妻子乎?"闻者传以为笑。[42]

欧阳修指出慕"白乐天体"者的诗歌"得于容易"，从其所举"有禄肥妻子，无恩及吏民"的例子可以看出，"容易"即指内容鄙俚、庸俗，词语尘下。欧阳修借戏者之言，对流于浅俗者进行了辛辣的讽刺。这些作品由于失去了诗歌应有的特征，因而被人调侃。再如：

> 圣俞尝云："诗句义理虽通，语涉浅俗而可笑者，亦其病也。如有《赠渔父》一联云'眼前不见市朝事，耳畔惟闻风水声。'说者云：'患肝肾风。'又有咏诗者云：'尽日觅不得，有时还自来。'本谓诗之好句难得尔，而说者云：'此是人家失却猫儿诗。'人皆以为笑也。"[43]

该条与上文所引用意相近，借梅圣俞之口讲了作诗浅俗者的一个笑话。评诗者因诗句俗下，便附会意思，进行嘲讽，令人喷饭。

不仅如此，在其他材料中，欧阳修也表达了类似观点。《集古录跋尾》卷十《唐王重荣德政碑》："彦谦以诗知名，而诗鄙俚，字画不甚工，皆非余所取也。"[44]明确声明不取鄙俚之诗。《内制集序》云："今学士所作文章多矣，至于青词斋文，必用老子、浮图之说；祈禳祕祝，往往近于家人里巷之事；而制诏取便于宣读，常拘以世俗所谓四六之文。其类多如此。然则果可谓之文章者欤?"[45]欧阳修认为近于家人里巷之事的祈禳祕祝，同用佛老之说的青词斋文，制诏所作四六之文一样，不可以称为是文章。从中可以看出他对浅俗之作的反对。《试笔·汉人善以文言道时事》："汉之文士，善以文言道时事，质而不俚，兹所以为难。"[46]称赏汉人之作质朴而不俚俗。

可见，欧阳修虽主张平易质朴、简洁自然的风格，但却反对一味追求平易，使作品流于浅俗、鄙俚，要求创作平易而不流于浅俗。

三、"务以精意相高"

欧阳修提倡境界塑造，他推崇锻炼精工、构思新巧之作，从而使诗歌含义深远，意出言外。这似乎与要求平易质朴有些不和谐，但却正是他的独到之处。

欧阳修为诗追求"精意"，《六一诗话》：

> 唐之晚年，诗人无复李、杜豪放之格，然亦务以精意相高。如周朴者，构思尤艰，每有所得，必极其雕琢，故时人称朴诗"月锻季炼，未及成篇，已播人口"。其名重当时如此，而今不复传矣。余少时犹见其集，其句有云："风暖鸟声碎，日高花影重，"又云："晚来山鸟闹，雨过杏花稀"，诚佳句也。[47]

《试笔·郊岛诗穷》：

> 其余林翁处士用意精到者，往往有之。若"鸡声茅店月，人迹板桥霜"，则羁孤行旅、流离辛苦之态见于数字之中。至于"野塘春水慢，花坞夕阳迟"，则春物融怡，人情和畅，又有言不能尽之意。兹亦精意刻琢之所得者邪。[48]

欧阳修指出晚唐诗人"务以精意相高"。周朴构思艰辛，他的锻炼、雕琢之作即是代表。他在《与梅圣俞四十六通》（三十五）云："某启。谷正来，承惠诗，老重深粹，不似顷刻间成，何其敏妙至此也。早来得笔绝佳，不图若此之精，其精如此，岂常有耶？"[49]文中所论"精"指"老重深粹，不似顷刻间成"，即雕琢功力深厚，使诗歌呈现出老成美。《礼部唱和诗序》："然绸缪反复，若断若续，而时发于奇怪，杂以诙嘲笑谑，及其至也，往往亦造于精微。"[50]"精微"当指诗歌不但要刻画"精"工，而且还要细致入微。"意"与王国维所论"境界"接近，属于我国古代文学的意境范畴。《试笔·郊岛诗穷》中欧阳修认为"鸡声茅店月，人迹板桥霜"、"野塘春水慢，花坞夕阳迟"，[51]能传神地写出作者所要表达的情与景，达到情景交融，且"又有言不能尽之意"[52]，这类作品就是所谓的"精意"之作。可见"精意"，一方面指诗歌细致入理，构思新巧，锻炼精严，有老成美；另一方面指诗歌情景交融，形象生动，含义悠远，意味无穷。《题青州山斋》：

> 吾常喜诵常建诗云："竹径通幽处，禅房花木深。"欲效其语作一联，久不可得，乃知造意者为难工也。晚来青州，始得山斋宴息，因谓不意平生想见而不能道以言者乃为己有，于是益欲希其仿佛，竟尔莫获一言。夫前人为开其端，而物景又在其目，然不得自称其怀，岂人才有限而不可强？将吾老矣，文思之衰邪？兹为终身之恨尔。熙宁庚戌仲夏月望日题。[53]

欧阳修极力模仿常建"竹径通幽处，禅房花木深"之佳句，却屡屡不得，于是发出感叹，认为"造意者为难工"。所谓"造意"之工，与其所言"精意"相近，当是指立意新巧，语句精工，言有尽而意无穷。欧阳修对"造意"之难深有体会，把不能做到"造意"之工视为"终身之恨"。

欧阳修对"精意"做了多次生动形象的注解，《六一诗话》：

> 圣俞尝语予曰："诗家虽率意，而造语亦难。若意新语工，得前人所未道者，斯为善也。必能状难写之景，如在目前，含不尽之意，见于言外，然后为至矣。贾岛

云：‘竹笼拾山果，瓦瓶担石泉。’姚合云：‘马随山鹿放，鸡逐野禽栖。’等是山邑荒僻，官况萧条，不如‘县古槐根出，官清马骨高’为工也。’余曰：“语之工者固如是。状难写之景，含不尽之意，何诗为然”？圣俞曰：“作者得于心，览者会以意，殆难指陈以言也。虽然，亦可略道其仿佛：若严维‘柳塘春水漫，花坞夕阳迟’，则天容时态，融和骀荡，岂不如在目前乎？又若温庭筠‘鸡声茅店月，人迹板桥霜’，贾岛‘怪禽啼旷野，落日恐行人’，则道路辛苦，羁愁旅思，岂不见于言外乎？”(54)

欧阳修借梅圣俞之口，表达了自己的观点。“率意”是就立意构思而言；“造语”当指遣词造句。诗人虽时有新颖精妙的立意构思，而遣词造语却非常困难，若能做到既语言工整，又立意新颖，就达到了佳境。诗歌的最高境界，在于锻炼之后能够做到“状难写之景，如在目前，含不尽之意，见于言外”。从材料所举温庭筠、严维的诗句可以看出，欧阳修追求的是诗歌构思精新，形象生动、真切，“如在目前”；意境悠远，味之不尽，“见于言外”。诗歌千锤百炼的目的，就在于能最大限度地表达出作者“得于心”的感受。

另外，他还对文章锻炼之“巧”多有论述。《试笔·温庭筠严维诗》：

诗之为巧，犹画工小笔尔，以此知文章与造化争巧可也。(55)

《西斋手植菊花过节始开偶书奉呈圣俞》：

文章损精神，何用觑天巧。(56)

欧阳修认为文章可与“造化争巧”，需要雕琢锻炼，损耗“精神”。

不但如此，他还举了一些“精意”之作，《六一诗话》：

国初浮图，以诗名于世者九人，故时有集，号《九僧诗》，今不复传矣。余少时闻人多称其一曰惠崇，馀八人者忘其名字也。余亦略记其诗，有云：‘马放降来地，雕盘战后云’。又云：‘春生桂岭外，人在海门西。’其佳句多类此。其集已亡，今人多不知有所谓九僧者矣，是可叹也。(57)

九僧是宋初“晚唐体”的代表人物，“晚唐体”学习贾岛、姚合，注重锻炼，提倡苦吟，欧阳修对九僧诗句极为推崇，文中所举诗例，他在《试笔·九僧诗》也有所称赞：“近世有《九僧诗》，极有好句，然今人家多不传。如‘马放降来地，雕盘战后云’，‘春生桂岭外，人在海门西’，今之文士未能有此句也。”(58)这两联都构思精巧，锻炼工整，意境悠远。《六一诗话》：

西洛故都，荒台废沼，遗迹依然，见于诗者多矣。惟钱文僖公一联最为警绝，云：“日上故陵烟漠漠，春归空苑水潺潺。”裴晋公绿野堂在午桥南，往时尝属张仆射齐贤家，仆射罢相归洛，日与宾客吟宴于其间，惟郑工部文宝一联最为警绝，云：“水暖凫鹭行哺子，溪深桃李卧开花。”人谓不减王维、杜甫也。钱诗好句尤多，而郑句不惟当时人莫及，虽其集中自及此者亦少。(59)

再如：

自科场用赋取人，进士不复留意于诗，故绝无可称者。惟天圣二年省试《采侯诗》，宋尚书祁最擅场，其句有"色映堋云烂，声迎羽月迟"，尤为京师传诵，当时举子目公为宋采侯。[⑩]

以上两条中，欧阳修分别举了钱惟演、郑文宝、宋祁的诗句，并对之大力称赏。考察这几联，我们会发现它们都是写景之作，构思新巧，观察细致，对仗工稳，刻画精细，绘声绘色，言有尽而意无穷。如"日上故陵烟漠漠，春归空苑水潺潺"，写景真切，烟雾蒙蒙，水声潺潺，如身临其境。传意上，"漠漠"、"空"等词奠定了全诗的基调，充满了强烈的历史意识和人生感叹。他在《盘车图》中说："古画画意不画形，梅诗咏物无隐情。忘形得意知者寡，不若见诗如见画。"[⑪]明确提出"见诗如见画"的主张，上面所举之诗即如诗如画，"状难写之景，如在目前；含不尽之意，见于言外"。又如《归田录》卷一："丁晋公之南迁也，行过潭州……，在海南，篇咏尤多，如'草解忘忧忧底事，花名含笑笑何人？'尤为人所传诵。"[⑫]这两句诗景意全出，于形于意都颇佳。欧阳修所赞赏的诗例鲜明地体现了他所追求"精意"的特色。

欧阳修不但如此要求，而且在创作中身体力行，我们从宋人笔记中可见一斑。无名氏《南窗纪谈》："欧阳文忠公虽作一二十字小束，亦必属稿，其不轻易如此。"[⑬]又宋沈作喆《寓简》卷八云："欧阳公晚年，常自窜定平生所为文，用思甚苦。其夫人止之曰：'何自苦如此，尚畏先生嗔邪？'公笑曰：'不畏先生嗔，却怕后生笑。'"[⑭]从以上两则材料可以看出，欧阳修作诗、作文从不轻易下笔，必是反复斟酌，殚精竭虑，精益求精。

上面提到，欧阳修要求文学平易、质朴、简洁，这和其"精意"的诗歌主张似乎有些不和谐，但他所追求的正是这样，于看似不和谐中见出特色。他的平易质朴不是浅俗鄙俚、"怪怪奇奇"，而是在锻炼到炉火纯青状况下达到的返璞归真。这种平易，语言虽浅近，但立意新巧，构思精严，锻炼工整，含义悠远，意味无穷，正如皎然所云："至险而不僻；至奇而不差；至丽而自然；至苦而无迹；至近而意远；至放而不迂。"[⑮]

注释

①田况《儒林公议》，丛书集成续编，第85册，（台湾）新文丰出版公司，第40页。
②张方平《乐全集》卷二0，影印文渊阁四库全书本。
③李逸安点校《欧阳修全集》，中华书局，2001版，第65页。
④李逸安点校《欧阳修全集》，中华书局，2001版，第855页。
⑤李逸安点校《欧阳修全集》，中华书局，2001版，第1012页。
⑥李逸安点校《欧阳修全集》，中华书局，2001版，第978页。
⑦李逸安点校《欧阳修全集》，中华书局，2001版，第1965页。
⑧李逸安点校《欧阳修全集》，中华书局，2001版，第65页。
⑨李逸安点校《欧阳修全集》，中华书局，2001版，第1045页。

⑩黎靖德编，王星贤点校《朱子语类》，中华书局，1986 年版，第 3308 页。

⑪潘永因编，刘卓英点校《宋稗类抄》，书目文献出版社，1985 年版，第 371 页。

⑫潘永因编，刘卓英点校《宋稗类抄》，书目文献出版社，1985 年版，第 371 页。

⑬邵伯温撰，刘德权、李剑雄点校《邵氏闻见录》，中华书局，1983 年版，第 81 页。

⑭陈杏珍、晁继周点校《曾巩集》，中华书局，1984 年版，第 255 页。

⑮李逸安点校《欧阳修全集》，中华书局，2001 版，第 2474 页。

⑯李逸安点校《欧阳修全集》，中华书局，2001 版，第 1000 页。

⑰李逸安点校《欧阳修全集》，中华书局，2001 版，第 1341 页。

⑱章学诚《文史通义》（史学例议上），辽宁教育出版社，1998 版，第 213 页。

⑲王鸣盛《十七史商榷》卷 70《新纪太简》，中华书局，1985 版，第 735 页。

⑳欧阳修撰，徐无党注《新五代史》，中华书局，1974 年版，第 1 页。

㉑李逸安点校《欧阳修全集》，中华书局，2001 版，第 65 页

㉒李逸安点校《欧阳修全集》，中华书局，2001 版，第 72 页。

㉓李逸安点校《欧阳修全集》，中华书局，2001 版，第 21 页。

㉔李逸安点校《欧阳修全集》，中华书局，2001 版，第 735 页。

㉕朱东润编年校注《梅尧臣集编年校注》，上海古籍出版社，2006 版，第 1150 页。

㉖朱东润编年校注《梅尧臣集编年校注》，上海古籍出版社，2006 版，第 845 页。

㉗朱东润编年校注《梅尧臣集编年校注》，上海古籍出版社，2006 版，第 368 页。

㉘李逸安点校《欧阳修全集》，中华书局，2001 版，第 26 页。

㉙参见陈新、杜维沫选注《欧阳修选集》，上海古籍出版社，1986 年版，第 83 页。

㉚李逸安点校《欧阳修全集》，中华书局，2001 版，第 2281 页。

㉛李逸安点校《欧阳修全集》，中华书局，2001 版，第 2210 页。

㉜李逸安点校《欧阳修全集》，中华书局，2001 版，第 2239 页。

㉝李逸安点校《欧阳修全集》，中华书局，2001 版，第 2239 页。

㉞李逸安点校《欧阳修全集》，中华书局，2001 版，第 14 页。

㉟华东师范大学古籍研究所点校注释《仇池笔记》，华东师范大学出版社，1983 版，第 208 页。

㊱李逸安点校《欧阳修全集》，中华书局，2001 版，第 1673 页。

㊲李逸安点校《欧阳修全集》，中华书局，2001 版，第 991 页。

㊳李逸安点校《欧阳修全集》，中华书局，2001 版，第 993 页。

㊴参见彭大翼撰《山堂肆考》卷一百二十，影印文渊阁四库全书本。

㊵李逸安点校《欧阳修全集》，中华书局，2001 版，第 2637 页。

㊶李逸安点校《欧阳修全集》，中华书局，2001 版，第 25 页。

㊷李逸安点校《欧阳修全集》，中华书局，2001 版，第 1949 页。

㊸李逸安点校《欧阳修全集》，中华书局，2001 版，第 1953 页。

㊹李逸安点校《欧阳修全集》，中华书局，2001 版，第 2305 页。

㊺李逸安点校《欧阳修全集》，中华书局，2001 版，第 598 页。

㊻李逸安点校《欧阳修全集》，中华书局，2001 版，第 1983 页。

㊼李逸安点校《欧阳修全集》，中华书局，2001 版，第 1952 页。

㊽李逸安点校《欧阳修全集》，中华书局，2001 版，第 1981 页。

㊾李逸安点校《欧阳修全集》，中华书局，2001 版，第 2460 页。

㊿李逸安点校《欧阳修全集》，中华书局，2001 版，第 597 页。

51李逸安点校《欧阳修全集》，中华书局，2001 版，第 1981 页。

52李逸安点校《欧阳修全集》，中华书局，2001 版，第 1981 页。

53李逸安点校《欧阳修全集》，中华书局，2001 版，第 1065 页。

54李逸安点校《欧阳修全集》，中华书局，2001 版，第 1952 页。

55李逸安点校《欧阳修全集》，中华书局，2001 版，第 1982 页。

56李逸安点校《欧阳修全集》，中华书局，2001 版，第 109 页。

57李逸安点校《欧阳修全集》，中华书局，2001 版，第 1951 页。

58李逸安点校《欧阳修全集》，中华书局，2001 版，第 1980 页。

59李逸安点校《欧阳修全集》，中华书局，2001 版，第 1955 页。

60李逸安点校《欧阳修全集》，中华书局，2001 版，第 1957 页。

61李逸安点校《欧阳修全集》，中华书局，2001 版，第 99 页。

62李逸安点校《欧阳修全集》，中华书局，2001 版，第 1919 页。

63无名氏《南窗纪谈》，中华书局，1985 版，第 1 页。

64沈作喆《寓简》，中华书局，1985 版，第 61 页。

65李壮鹰《诗式校注》，齐鲁书社，1986 版，第 21 页。

参考文献

［1］（宋）欧阳修著，李逸安点校：《欧阳修全集》，中华书局，2001 出版。

［2］（宋）欧阳修著，洪本健校笺：《欧阳修诗文集校笺》，上海古籍出版社，2009 年版。

［3］（宋）欧阳修著，陈新、杜维沫选注：《欧阳修文选》，人民文学出版社，1982 年版。

［4］（宋）欧阳修著，陈新、杜维沫选注《欧阳修选集》，上海古籍出版社，1986 年版。

［5］（宋）田况撰：《儒林公议》，丛书集成续编本。

［6］（宋）王辟之著：《渑水燕谈录》，中华书局，1981 年版。

［7］（宋）司马光著：《涑水记闻》，中华书局，1989 年版。

［8］（宋）叶梦得著：《石林燕语》，中华书局，1984 年版。

[9]（宋）魏泰著：《东轩笔录》，中华书局，1986 年版。

[10]（宋）邵伯温撰，刘德权、李剑雄点校：《邵氏闻见录》，中华书局，1983 年版。

[11]（宋）邵博撰，刘德权、李剑雄点校：《邵氏闻见后录》，中华书局，1983 年版。

[12]（宋）沈作喆撰：《寓简》，中华书局，1985 年版。

[13] 郭正忠著：《欧阳修》，上海古籍出版社，1982 年版。

[14] 刘德清著：《欧阳修论稿》，北京师范大学出版社，1991 年版。

[15] 洪本健编：《欧阳修资料汇编》，中华书局，1995 年版。

[16] 黄进德著：《欧阳修评传》，南京大学出版社，1998 年版。

[17] 顾永新著：《欧阳修学术研究》，人民文学出版社 2003 年版。

[18]［日］东英寿著，王振宇、李莉等译：《复古与创新—欧阳修散文与古文复兴》，上海古籍出版社，2005 年版。

[19] 刘宁. 论欧阳修诗歌的平易特色. 文学遗产，1996（1）.

[20] 吕肖奂. 欧阳修诗歌审美追求与创作效果的矛盾. 社会科学研究，2005.2.

[21] 韩立平. 试论欧阳修文学思想的四维性. 江西社会科学，2007.9.

[22]［美］陈玉诗（蒋述卓译）. 欧阳修的文学理论和实践. 文艺理论研究，1989（5）.

（张贵　2010 级博士生　　指导教师：马自力）

蒋士铨中年南归原因再探

王春晓

摘　要：蒋士铨是清代乾隆时期的重要作家，一生著述颇丰。乾隆二十九年（1764）的乞假南归，是蒋氏人生经历的分水岭，也是他文学创作的重要转折。本文在前人研究的基础上，试图通过文史材料的梳理，对蒋氏中年归隐的原因进行进一步探讨，以期为其文学作品的解读提供更多便利。

关键词：蒋士铨；南归；原因

蒋士铨（1725—1785），字心余，亦作莘畬、辛予、新愚，一字苕生，号清容，又号定甫，别署离垢居士、藏园主人、铅山倦客。江西铅山人。生于雍正三年（1725）十月二十八日，卒于乾隆五十年（1785）二月二十四日，享年六十一岁。作为清代中期的著名文人，士铨诗、词、古文俱佳，与袁枚、赵翼一起被誉为"乾隆三大家"，而他的戏剧作品更是被视为"南洪北孔"之后乾隆时期戏剧的最高成就。蒋氏一生经历颇为曲折，据其晚年自著之《清容居士行年录》进行考辨，就会发现乾隆二十九年（1764）四十岁时的乞假携母南归，不仅是他一生经历的重要转捩，也是其文学创作转变的一大契机。因此，厘清蒋士铨中年退鹢之真相，对于蒋氏文学作品的解读也就具有了极为重要的意义。

有关蒋氏壮年归隐的原因，一直是后人研究的症结所在。徐珂《曲稗·演临川梦传奇》曾言："蒋心余太史士铨，性峭直，不苟随时，以刚介为和珅所抑。留京八年，无所遇，以母老乞归。"[1]（P11-12）此说在后世影响甚大，但熊澄宇先生据史书考证以为，"蒋士铨离京时，和珅仅十四岁，此说实不可信"[2]（P13）。从目前笔者所掌握的资料来看，士铨辞官南旋的主要原因大概与以下几个方面密切相关。

一、性格刚峭导致他人构陷

首先，士铨出身寒门但却性格刚直、不屑攀附，导致小人构陷，在母亲钟氏夫人的劝令之下决定归里。士铨好友袁枚在《翰林院编修候补御史蒋公墓志铭》中说"（士铨）胸无单复，不解嗫嚅耳语。遇不可于意，虽权贵几微不能容。太夫人虑其性刚，劝令归里"[3](P1689-1701)，在为士铨诗集所作的序中又云，士铨"初入京师，望之者万颈胥延，登玉堂将速飞，忽不可于意，掉头归，其行止奇"[4](P2498)。

同治年编订的《铅山县志·蒋士铨传》中基本上延续了袁氏的说法，但又以为士铨不愿攀附显宦也是其归里的原因：

> 甲戌考授内阁中书，丁丑成进士，改庶吉士。庚辰散馆，授编修，充武英殿纂修，壬午充顺天乡试同考官，寻充《续文献通考》纂修官。当是时，士铨名震京师，名公卿争以识面为快。有显宦某欲罗致之，士铨意不屑，自以方柄入圆凿，恐不合，且得祸。钟太安人亦不乐俯仰黄尘中，遂奉以南旋，绘《归舟安稳图》，遍征题咏焉。[5]

除了已被推翻的徐珂的记载，目前尚无其他资料印证"显宦罗致"之事是否属实。但从众多友人对《归舟安稳图》的题咏及本人的诗作中却可以发现，士铨在这段时间极有可能因不屑依傍而遭人构陷。士铨好友，时居北京的王文治有诗《蒋心余前辈请假出都，将卜居江南之金陵，观其意气萧疏，似有终焉之志。惜贤哲之难留，羡高洁之莫逮，赋诗述别，情现乎辞》云：

> 有美一人兮在玉堂，怀烟水兮不能忘。舟横桂楫欲径渡，江波春壮天茫茫。金陵地肺，仙灵之都，琅玕一碧，琪花并栉。钟山之云欲去不竟去，散为空翠时有无。嗟君一生江海客，卧嵩立华天为窄。身长八尺口悬河，柱腹便便济时策。几多寒士待手援，亦有达官遭面斥。中年通籍登金闺，囊粟不疗东方饥。自愿退飞同鹢翼，难免谣诼加蛾眉。[6]

诗言"达官遭面斥"、"谣诼加蛾眉"或非虚言。好友赵翼《送蒋心余编修南归》诗也曾言"世谓灌夫能骂座，我援泷吏劝书绅"，"繁捷诗如马脱衔，才高翻致谤难缄。有间之于掌院者，故云"，[7](P184)前者援引韩愈《泷吏》之诗，意在规劝不要过于刚直；后一句则直接点明翰林院掌院学士处有人构陷士铨的事实。士铨本人此一时期的作品中，有一些也可以验证王、赵二人之语：

再叠韵柬心斋匏斋　贺新凉

> 水鸟愁钟鼓。问如何、猩猩鹦鹉，皆能言语？燕子颛当谁高下，一样傍人门户。孤雁把，更筹细数。蜂蜜蚕丝因何事？转香丸，只有蛝蜋许。蝉吸露，太清苦。百虫墐户争衔土，费商量、狐假虎威，鹊巢鸠主。蝴蝶飞飞迷香国，心死那家园墅。脱羽毛，号寒艰窭。不若蜉蝣衣裳美，海茫茫，精卫思填补。一声鹤，渺然去。[4](P1911)

不屑争辩，也不屑依傍，士铨以孤雁精卫自拟，决意以归隐全节以明志。当然，士铨的这种坚定与母亲的督促也不无关系。将母钟氏夫人《自题归舟安稳图七首》第一首云：

馆阁看儿十载陪，虑他福薄易生灾。寒儒所得要知足，随我扁舟归去来。[8]

二、彭家屏案的影响

　　钟氏夫人的担心并非杞人忧天，乾隆时期是整个中国封建时期文字狱最为严重的时期之一，且从初年到后期呈现明显的递增趋势。仅依照邓之诚先生《中华二千年史》卷五的记述进行统计就会发现，从乾隆元年（1736）到十年（1745），文字狱有 2 起，十年（1745）到二十年（1755）有 6 起，二十年（1755）到三十年（1765）有 9 起，三十年（1765）到四十年（1775）10 起，四十年（1775）到五十年（1785）竟达 44 起。②在这些文字狱中，不乏为人构陷而导致的冤案，亦有与士铨密切相关之人因为文字狱而付出了生命的代价。这就是爆发于乾隆二十二年（1757）的彭家屏案。据《清史稿 卷三百三十八列传一百二十五 彭家屏传》记载：

　　彭家屏，字乐君，河南夏邑人。康熙六十年进士，授刑部主事，累迁郎中。考选山西道御史，外授直隶清河道。三迁江西布政使。移云南，再移江苏。以病乞罢。乾隆二十二年春，高宗南巡，家屏迎谒。上谘岁事，家屏奏："夏邑及邻县永城上年被水灾独重。"河南巡抚图尔炳阿朝行在，上以家屏语诘之，犹言水未为灾，上命偕家屏往勘；又以问河东河道总督张师载，师载奏如家屏言，上谓师载笃实，语当不诳，饬图尔炳阿秉公勘奏，毋更回护。上幸徐州，见饥民困苦状，念夏邑、永城壤相接，被灾状亦当同；密令步军统领衙门员外郎观音保微服往视。上北还，发徐州，夏邑民张钦遮道言县吏讳灾，上申命图尔炳阿详勘。次邹县，夏邑民刘元德复诉县吏施赈不实，上不怿，诘主使，元德举诸生段昌绪，命侍卫成林监元德还夏邑按其事；而观音保还奏夏邑、永城、虞城、商丘四县灾甚重，积水久，田不可耕；灾民鬻子女，人不过钱二三百，观音保收灾民子二，以其券呈上。上为动容，诏举其事，谓："为吾赤子，而使骨肉不相顾至此，事不忍言。"因夺图尔炳阿职，戍乌里雅苏台，诸县吏皆坐罪。

　　成林至夏邑，与知县孙默召昌绪不至，捕诸家，於卧室得传钞吴三桂檄，以闻上。上遂怒，贷图尔炳阿遣戍及诸县吏罪，令直隶总督方观承覆按。召家屏诣京师，问其家有无三桂传钞檄及他禁书。家屏言有明季野史数种，未尝检阅，上责其辞遁，命夺职下刑部，使侍卫三泰按验。家屏子传笏虑得罪，焚其书，命逮昌绪、传笏下刑部，诛昌绪，家屏、传笏亦坐斩，籍其家，分田予贫民。图尔炳阿又以家屏族谱上，谱号大彭统记，御名皆直书不缺笔。上益怒，责家屏狂悖无君，即狱中赐自尽。秋谳，刑部入传笏情实，上以子为父隐，贷其死。上既谴家屏等，召图尔炳阿还京师，逮默下刑部，命观音保以通判知夏邑。手诏戒敕，谓："刁顽既除，良懦可悯。当善为抚绥，毋俾灾民失所也。"[9] (P11061-11062)

有关彭家屏一案，孟森先生曾作《彭家屏收藏明季野史案》一文，辑录《清史稿》、《乾隆东华录》及《实录》所载相关史实。从其中资料来看，彭家屏之死一方面固然由于其供述私藏《潞鹤纪闻》、《日本乞师》、《豫变纪略》、《酌中志》、《南迁录》这些所谓的"逆书"，以及"犯讳"之罪，但此案背后似乎有着更为重要的隐情。[10](P202-207)清史研究学者高翔先生以为，"彭家屏文字狱是彻头彻尾的冤案"，[11](P339)"导致彭家屏惨遭文字之祸的最重要的原因是他的政治表现与专制皇帝的独裁意旨发生了冲突"[11](P339)。参《实录》中有"定彭家屏斩罪，并指其为李卫门下走狗，每当奏对，于鄂尔泰父子极力诋毁"[10](P207)等语，则彭家屏被赐死在"图尔炳阿之株求，既抱怨而又图邀宠免罪"[10](P207)的原因之外，也可被视作乾隆帝平衡满汉大臣、防范朋党之弊的牺牲品。

蒋士铨与彭家屏之间不仅关系密切，而且交谊深厚。士铨《行年录》"乾隆十一年（1746）"记载："其年冬，受知于方伯彭青原先生，每相见，则呼曰蒋秀才。"[12]乾隆十四年（1749）父丧之后，士铨家贫衣食无所出，后于十五年（1750）正月赴南昌主纂南昌县志，也是应彭家屏之邀。士铨《一片石》杂剧中方伯的原型就是时任江西布政使的彭家屏。士铨一生对彭氏感佩有加，袁枚《翰林院编修候补御史蒋公墓志铭》记述说："常至其家，见供奉两木主，曰方伯彭公，曰督学金公，盖君少时受知最深者。其敬师友之谊，死生不易如此。"[3](P1698-1701)乾隆二十七年（1762）壬午，士铨三十八岁，彭家屏死后五年，彭子重光、观光前往北京探亲并与士铨相见。士铨为作《感事述怀诗为重光、观光两彭郎作，并示衣春观同年》长诗，怀念自己的师友彭家屏，诗中毫不避逆案之嫌称赞彭家屏"政举人心和"[4](P763)，并自责不能代彭赴难说："身代无由能，惊恸惟自伤。"[4](P763)此时虽距离彭家屏案发已有几年，彭家后人亦已被赦免，但是士铨的这一举动却仍有以身犯险的可能性。士铨性格刚直、见义勇为、不屑依附，难免得罪小人，招致谤言，与彭氏遗孤关系密切也极有可能授人口实，并惹祸上身。因此壬午年冬，士铨以为母恪守孝道为由请假南旋，或是出于母亲的严命，但亦是明哲保身不得不为之举。

三、经世济用抱负难酬

士铨向负济世利民之志，在京八年却一直居身馆臣，自觉怀才不遇。士铨文集中，现存乾隆二十四年（1759）他写给江苏巡抚的陈宏谋的自荐信，信中言词恳切地说：

> 某家素贫苦，生甫一龄，先君子寄室外家，远游天末，乃从母教，得卒《六经》。十岁从父浮汉涉河，出入梁、晋，束缚马背，驰骋诵书。二十三岁幸举于乡，明年失怙，伶仃求食，支持家累六七载。三十官中书，越三载，乃得读书词馆，今且三十五龄矣。少学多病，忧道之念，不胜于贫，处世之愚，日形其拙。举粗粝为甘旨之供，对晨昏伤敬养之薄，依依衰疾，惧切于怀。当此艰难，不遣旷达，既欲曲全其定守，焉能倖冀于偿来？心已寡欢，学难渐进。且近来相尚文词，不务根柢，牵附恒仃，义难通晓，伊川所谓"有无之所补，无之亦所阙"，以某驽钝，平居非有关于世道人心

之书，未敢涉猎，媲青配白，少时虽曾为之，今已弃去，莫知所底，精力有限，可胜坐废？故知此职十年内外，可跻显要，自维小器，力不能堪，以是思求一官，从守令奔走，稍求自效。盖自识字后，本以明体达用，济物利人，未尝令人专心剽窃无用之言，苟求富贵，言念及此，身世渺然。十年来屈指二三有学君子，笃实爱民，皆登上考，黜陟之公，于斯已见，循良之业，岂不可期？而况内外之受恩如一，尊卑之效忠不殊，此志士不乐为文人，而惧空言之无益于实用也。[4](P2310-2311)

陈宏谋是乾隆时期著名的封疆大吏、理学名臣，曾历任六省巡抚，在任颇有令声并深得乾隆皇帝器重。士铨此书作于其写作《官戒诗》之后，信中坦言自己并非不知任职翰林院十年左右多有官居显要的可能，但是他还是请求陈宏谋可以考虑给自己一官半职，让自己可以真正地利国利民有所作为。从士铨的生平经历来看，士铨的这一愿望当时并未能达成。

士铨业师金德瑛在《忠雅堂诗序》中说：

编修蒋君清容，予视学江西所拔士。君起寒畯，四龄，母授书，断竹篾为波磔点画，攒促成字教之。十一，父缚之马背，游太行。十五，完《九经》，乃就傅，甫冠而归。二十二，予以诗古文辞识之。明年食饩，登贤书。自是数从予使车游，请业甚勤。甲戌，释褐官中书。丁丑，予主礼闱，君成进士，朝考冠其列。三年散馆，授今职。君耿介廉敏，不偕于俗。官都下，闭门谢客，日依侍母侧，刻苦斋盐中。且数数拯人患苦，以是日空乏。壬午，分校京闱，得士十五人。每慨然向予曰："某以穷士，忝窃待从，拙于仕宦，自揣宜教授于乡；吾母又不乐俯仰尘土中。明年且令乞请去，公为如何？"予曰："君行其志可耳，又奚疑？"[4](P2496)③

从此序文所载来看，士铨似乎早有退意。他继续留身京师，或许是为了等待一个外放的机会。但是乾隆二十七年正月（1762），金德瑛的去世使得出身贫寒的士铨在京更无凭靠。此年八月六日，士铨与王文治、赵翼、纪昀等人一起以翰林院编修的身份充顺天乡试同考官，期间士铨诗兴颇健，深以自己得以为国选材而幸。但是一年之后，士铨便告假南旋，起因当是由于赵翼所言有人构陷之事。南旋之前，士铨诗词多有慨叹怀才不遇之语：

无　　题

官柳琅邪本易攀，长条跕地惜春残。如何解作漫天絮，不点王孙八宝鞍。
红酣绿瘦小庭芳，乳燕鸣鸠取次狂。不信桃花人影乱，翻令仙犬吠刘郎。[4](P778)

同年李衣山以内忧别去赋

中年盛哀乐，况与君别离。君去得所托，我穷欲之何？悠悠人海中，九陌车雷驰。知己古曰难，颇戒求人知。坐废兀兀身，日诵无益词。嗟哉同年友，死亡间化离。食禄感深恩，抱志将语谁？当秋两行泪，因君情益悲。[4](P840)

叠韵留别纪心斋戴匏斋　贺新凉

挺拔兰台鼓，信从来、销魂惟别，黯然难语。说《礼》敦《诗》周旋久，梦绕两公堂户。把人物、恒沙量数。只有惺惺解怜惜，是斯文、未丧天公许。识字矣，者般苦。落红已葬胭脂土。算杨花、漂茵入溷，年年谁主？猿鹤形骸麋鹿性，未可久居亭墅。况臣是、孤生寒窭。衮衮诸公登台省，看明时、无阙须人补。不才者，义当去。[4](P1909)

从这些诗词中不难看出，生于寒门而又志节凛然的士铨在当时无人识举的状况。乾隆二十九年甲申（1764），"裘师颖荐予（蒋士铨）入景山为内伶填词，或可受上知，予力拒之"[12](P763)。裘师颖即裘曰修，士铨与裘氏二子超然、超臣交往密切，亦深得裘曰修赏识。裘氏本人喜爱戏曲，也曾有过戏曲创作实践，他的举荐并无恶意，或是他为了挽留士铨所作的最后努力。但是对于士铨来说，"三复馆阁文，郁郁伤怀抱。岂无俳优词？所虑终害道"[4](P820)，居身馆阁文臣尚且担心被人以俳优视之，有损自己的名节，入景山为内伶填词的事情更是他所不能够接受的。因此，裘曰修的这一举动反而使得他的去意更为坚定也更为迫切。

同年八月，士铨离开京师，由通州经由运河水路举家南归。临行《自题归舟安稳图》词云：

水调歌头

缓缓弄春水，未是急流中。舟比退飞六鹢，那要满帆风。画里溪山不改，镜里须眉可笑，骨肉老诗翁。潇洒一官足，磊落半生穷。母康宁，妻婉娩，子童蒙。去拣江山佳处，小筑百花丛。醒则奉觞上寿，醉则关门熟睡，旧事海天空。勿以悠悠说，乱我读书胸。[4](P1914)

结　语

熊澄宇先生在其《蒋士铨剧作研究》中以为，裘曰修的举荐是蒋氏南归的直接原因，除了个性刚直之外，士铨居京生活贫窭也是他辞官归隐的原因之一。但士铨的离京更重要的原因可能仍在于由性格耿介导致的构陷、彭家屏案的影响以及出身寒门长期沉于下僚。首先，在裘曰修荐举之前的壬午年冬，士铨就已经向主事请辞，而裘氏举荐则是次年之事。其次，在士铨居京及南归之后的诗词中，确实都曾描述过自己早年在京时的贫寒生活，作于晚年的《述怀》诗中就曾云"索米金马门，忍饥求豆区。觍然人子心，慷慨归来兮"[4](P1759)。较之离职之后典裘度日，翰林院编修七品的俸禄，毕竟聊胜于无。也正是因为上述种种遭际，南旋之后士铨的心境才会如此地复杂与忧郁。《临川梦》中，汤显祖拒绝张居正罗致又婉拒入京征召的相关情节与士铨本人的遭遇如此的类似，剧中对该情节的细致描画也足见此段遭际在士铨一生中影响之深。

注释

①作者简介：王春晓，女，山东临清人，首都师范大学文学院中国古代文学专业博士研究生。

②详参邓之诚《中华二千年史·卷五》，中华书局，1956－1958年。亦可参高翔《康雍乾三帝统治思想研究》，卷之三"盛世的思虑：乾隆政治轨迹"，"持盈保泰：文治与高压"，中国人民大学出版社，1995年。

③笔者按，金德瑛亡于乾隆二十七年壬午正月，而诗序所言分校京闱事发生于是年秋，金德瑛此序或曾经人添纂，但所记之事当属实，姑引之。

参考文献

[1] 徐珂. 曲稗 ［M］. 北京：中华书局《新曲苑》本，第七册，民国二十九年（1940）.

[2] 熊澄宇. 蒋士铨剧作研究 ［M］. 北京：中国戏剧出版社，1988.

[3]（清）袁枚著，周本淳标校. 小仓山房续文集 ［M］. 上海：上海古籍出版社，1988.

[4]（清）蒋士铨著，邵海清校，李梦生笺. 忠雅堂集校笺 ［M］. 上海：上海古籍出版社，1993.

[5]（清）张廷珩修，［清］华祝三纂. 铅山县志 ［M］. 同治十二年（1873）刻本.

[6]（清）王文治. 王梦楼诗集 ［M］. 上海：同文图书馆，民国五年（1916）石印本.

[7]（清）赵翼著，李学颖、曹光甫校点. 瓯北集 ［M］. 上海：上海古籍出版社，1997.

[8]（清）钟令嘉. 柴车倦游集 ［M］. 蔡氏娜嬛别馆，清道光二十四年（1844）刻本.

[9] 赵尔巽等. 清史稿 ［M］. 北京：中华书局，1977.

[10] 孟森. 明清史论著集刊 ［M］. 北京：中华书局，2006.

[11] 高翔. 康雍乾三帝统治思想研究 ［M］. 北京：中国人民大学出版社，1995.

[12]（清）蒋士铨编，（清）蒋立仁补编. 清容居士行年录 ［M］. 北京：国家图书馆馆藏，编号001896878，清（1644—1911）刻本.

（王春晓　2008级博士生　　指导教师：张燕瑾）

清代戏曲家沈起凤交游初考

赵 星

摘 要：沈起凤是清代乾隆年间著名的词曲家、小说家。他在家乡苏州和友人组织过两次诗社，也和不少词曲家有过交往。这些诗社友人及其他友人都对沈起凤的文学创作产生了深远的影响，因此有必要对其交游情况进行一番考察。

关键字：沈起凤；交游；创作

沈起凤（1741—1802），字桐威，号蘋渔，又号红心词客，江苏吴县人。他是清代乾隆年间著名的词曲家、小说家，著有《红心词》、《蘋渔四种曲》、《谐铎》等作品。在这些作品中，以文言小说集《谐铎》最为知名，吴梅先生曾说："生平撰述，以《谐铎》一种最播人口，几妇孺皆知矣。"[1],458历来的小说史论著在论及清代文言小说时也都给予《谐铎》以充分的重视，如侯忠义、刘世林所著的《中国文言小说史稿》（下）推许《谐铎》"所取得的成就，要高出同代小说《子不语》、《阅微草堂笔记》一大格"[2],235。但小说研究者的关注重点多集中在《谐铎》作为小说的艺术特色上，而忽略了其本身所具有的笔记色彩。徐朔方先生指出："《谐铎》……笔记成分压倒小说成分。卷二的《隔牖谈诗》、卷十的《祥鸦》、卷十二的《卜将军庙灵签》，以及另外一些篇章，都带有真实的自传色彩，很少虚构。"[3],587这就需要研究者将更多的目光投向沈起凤的家世和交游上，只有这样才能更加深入地理解《谐铎》这部作品，但这也是目前学界所缺乏的。有鉴于此，本文便将考察的重点放在沈起凤的交游情况上。

沈起凤一生名位不显，虽然"在乾隆间名满大江南北，一时公卿咸折节交之"[4],卷首①，但他们只是看中沈起凤的戏曲才华，并非真心推重。真正与沈起凤交好的是那些和他有着相似遭遇的下层文人。沈起凤曾在家乡苏州参与过两次诗社，与社者多为苏州地区的文人，有些还是他的同窗，这些友人后来都成为沈起凤的终身挚友。他们同沈起凤有着相似的经历和爱好，对沈的文学创作产生了积极的影响。下面先介绍沈起凤所参加的两个诗社，再叙及其他曾对沈起凤的文学创作产生过较大影响的友人。

一、水村诗社

关于水村诗社的结社时间和参与成员，吴翌凤（1742—1819）在《东斋脞语》中记载：

> 丁亥清明后一日与诸同人结水村诗社，陈文澜学海、周涣初宾、陶净蘅磐、沈桐威起凤、徐道耕春福、陈复生元基、戴寿岂延年、余式南尚德、林煜奇蕃钟及余凡十人各有诗数十首。余尝为《水村诗友歌》纪其事。未几涣初亡，最后煜奇死，诸君子或出或处，合并为难矣。[5]

丁亥是乾隆三十二年（1767），这一年沈起凤27岁，吴翌凤26岁，林蕃钟（1745—1784）23岁。大家都是自小相识的好友，有的还在一处读书，此时恰值青春年华，便共以金榜题名相激励，结成诗社便成了一件再自然不过的事情了。

到了第二年，大家又聚在一起举行水村诗社第二集。同年秋，沈起凤和林蕃钟考中了举人，不久便北上应会试去了。大家同为生活而奔忙，再也没有机会举行诗社活动了。下面就水村诗社中与沈起凤交往密切的几位友人简介于下：

1. 吴翌凤

吴翌凤与沈起凤年岁相仿，交情极深。吴氏的《与稽斋丛稿》中有多首怀念起凤的诗作。其中卷一保存有吴写在水村诗社第二集中的诗作，名为《水村诗人歌效饮中八仙诗体》。有四句诗是写沈起凤的：

> 蒉渔作诗如用兵，出奇制胜谁敢撄。六步七步无倒行，振笔作势千人惊。[6],卷一

按，吴翌凤初名凤鸣，字伊仲，号枚庵，是清中叶吴中地区著名的藏书家及学者。除《与稽斋丛稿》和《东斋脞语》外，他还编著有《吴梅村诗集笺注》、《怀旧集》、《卬须集》、《国朝文征》、《经籍举要》和《逊志堂杂钞》传世。《清史列传》谓其"博雅工诗文，少寓陶氏东斋，寝馈书史积二十年"[7],卷七十三。和沈起凤一样，吴翌凤也长期远离家乡漂泊在外。对于沈起凤"口多微词，往往隐寓讥讪"的性格，吴翌凤曾寄诗规劝；沈起凤撰成《谐铎》一书后，吴翌凤更是为朋友的处境感到担心，由此可见二人友情之深。

沈起凤本人的诗作流传下来的极少，吴翌凤的《怀旧集》中还保存了沈氏的十四首诗歌；另外，目前所能见到的唯一一首他寄给吴翌凤的诗作也赖吴氏保存了下来[6],卷十七。

2. 戴延年

戴延年是沈起凤少年时代一起读书的同窗好友。沈氏的文集《蒉渔杂著》中有《戴药坪文集序》一文[4]；《谐铎》中的《蟋蟀郡》一篇以有戴延年为主人公[8],146。

按，戴延年，字寿岂，号药坪。民国《吴县志》卷六八本传谓其："善度曲，诗、古文、法书皆工。……著有《吴语》、《秋灯丛话》、《抟沙录》、《丛桂山房诗》。"[9],卷六十八 今

前三种均存于《昭代丛书》中,《丛桂山房诗》未见,由沈起凤的序文来看,戴延年当日还编有文集。另,姚燮在《今乐考证》中称"戴延年《药坪词》有《题沈赘渔〈桐桂缘〉乐府》词"[10],291,可见他还有词集传世,并且其中还有题赠沈起凤戏曲作品的词作。

戴延年和沈起凤二人自小便有着相似的爱好。《谐铎》称戴"性豪迈,脱略边幅。好读《山海经》及《搜神》、《述异》诸书。"[8],149沈起凤在《兰笑居隐语》一文也自叙"予幼读《齐谐》,长耽《宾戏》"[4],可见二人对于古小说有着共同的偏好。另外二人又均善度曲,沈起凤后来走上戏曲小说的创作道路和这位老友的影响是分不开的。

3. 水村诗社中的其他友人

吴翌凤晚年编有《怀旧》、《卬须》二集,以诗存人,保存了不少友人的生平资料。今依二集,兼考其他文献,对水村诗社中的其他成员略作介绍。

陈学海(?—1786),字文澜,长洲人,布衣,著有《雪蕉诗钞》。《怀旧集》述其"晚岁贫甚,骨肉都尽,上无一瓦之覆,依人以居。丙午四月,暴卒于城西唐氏寓馆"[11],卷五丙午是乾隆五十一年(1786),《雪蕉诗钞》今未见。

周宾,字涣初,号蔗乡,吴县人,诸生。吴翌凤云众人两结水村诗社后"未几涣初亡",知其早卒。

徐春福,原名莘,字道耕,昆山人,吴县诸生。著有《任庵漫稿》,今亦未见。

陈元基(?—1808),字复生,号小梧,吴县人。诸生。《谐铎》中的《帖嘲》一篇讲的便是他的故事,开头写道:"陈小梧,家吴之专诸里。负才傲物,多所凌折。"[8],44《怀旧集》也谓其"性伉直,无城府,遇所不可,觚觚岳岳,面赤以争,人皆惮之"[11],卷八二者倒可互相印证,同时这也说明了《谐铎》的征实性。《与稽斋丛稿》中有作于嘉庆十三年(1808)的《哭陈小梧二首》[6],卷十六,知陈元基卒于此年。

陶磬,字净蘅,钱塘人。寓居苏州。

余尚德,字式南,休宁人,布衣。著有《啸山诗钞》。黄燮清《国朝词综续编》称他号啸山,有《碧水词》[12],卷三。今其诗词集均未见,只有《国朝词综续编》中存词数首。

林蕃钟是沈起凤的姊丈。林蕃钟,字煜奇,号蠡槎,在当地是一位颇有名气的书法家。吴翌凤称他:

> "童草时即能作擘窠书,有名。后书日益工,名日益盛,见者谓入董香光之室无异词。构书室曰'小宝晋斋',曰'颐山楼',中蓄法书名帖甚多。"[6],卷十二

《皇清书史》也引方志称他"喜临仿晋唐碑贴,以能书名"[13],149。另外,林蕃钟还是一位填词名家,著有《兰叶词》二卷[14],527。咸同年间孙麟趾选辑《清七家词选》,林蕃钟同厉鹗、吴锡麒等人并为七家之一[15],452。值得一提的是沈氏家族中能填词者颇多,家族文化传统无疑在其中发挥了巨大的作用。林蕃钟和沈起凤一生经历,颇多相似之处,除了同出沈父沈惌门下外,他们同年中举,同入京师参加会试,同样铩羽而归,最后又潦倒于县教谕这样的冷官。后来沈起凤的女儿沈纕嫁给了林蕃钟的长子林衍潮,两家是亲上

加亲。《国朝词综》中保存的林蕃钟所作的《春霁》一阕，是寄给沈起凤的[16],卷四十二。

二、碧桃诗社

碧桃诗社的发起人是石韫玉（1756—1837），在《赵开仲〈乳初轩诗〉序》一文中，他详细介绍了起社缘起、参与其中的友人以及诗社的主要活动：

> 余举于乡试，春官不第，归结碧桃诗社。同社者七人，张氏青臣、王氏念丰、张氏景谋、沈氏桐翙、芷生，其二则余与开仲也。每月一会，会之日晨集宵散。不立程课，惟纵谈古今事，于经史百家有不能通处，辄相与质疑辨难，晚设肴酒小饮，时时以隶事为筋政。[17],三稿卷二

吴嵰《独学老人年谱》在乾隆四十七年（1782）条下云："是岁公与张青城、沈桐威、赵开仲、张景谋、王念丰、沈芷生结碧桃诗社。"[18],216此时沈起凤已经结束了在苏州织造校勘戏曲的工作，正好有时间参与其事。其实沈起凤比其他几位与社者年纪都要大得多，由于弟弟沈清瑞的缘故才被拉了进来。沈清瑞（1758—1791）和石韫玉、王芑孙（1755—1817）等人相友善，此时他们正像沈起凤、吴翌凤当年结水村诗社那样，正在积极地准备科举考试。值得注意的是沈清瑞《沈氏群峰集》中有《碧桃诗课序》一文，文中并没有提到其兄参与其中[19],卷五，大概沈起凤参加碧桃诗社也只是偶一为之。

1. 石韫玉

石韫玉，字执如，晚号独学老人。乾隆五十五年（1790）一甲一名进士，官至山东按察使。《清史列传》卷七二有传。除了《独学庐丛稿》外，石韫玉还作有《伏生授经》等九部杂剧，合称《花间九奏》，另外还有《红楼梦》杂剧一种，承应戏二种，并存于世。

石韫玉和沈氏兄弟交好，《独学庐初稿》卷一中存有他们举行碧桃诗社时的诗章。其中有一组诗名《苏门六子诗》，写沈起凤的一首是这样写的：

> 江南有词人，自号红心客。篇篇新乐府，画遍旗亭壁。天生风雅才，寓意霓裳拍。虽工郁轮调，耻入歧王宅。言泉波澜壮，艺苑町畦闢。偶然说经义，尽扫诸生籍。纷纶出奇解，夺我五花席。[16],初稿卷一

沈起凤、沈清瑞去世后，又是石韫玉细心搜求他们的遗著，将它们刊刻行世②。《沈氏四种传奇序》一文也是最早记述沈起凤生平的文献资料[16],余稿。

2. 王芑孙

王芑孙，字念丰，号惕甫、铁夫，长洲人。乾隆五十三年（1788）召试举人，官华亭教谕，著有《渊雅堂全集》。王氏长期在京城坐馆，一时公卿皆与之交，因此在当时名气颇大。《清代七百名人传》说他"身短而瘠，负气甚高"[20],1784，沈起凤与其并没有更多的交往。今存《渊雅堂全集》中只有一处提到了沈起凤，并且还在嘲笑他"孝廉作曲不曾廉"[21],外集·瑶想词。

3．其他碧桃诗社友人

张邦弼（？—1787），字青臣，号补梧，长洲人。著有《补梧诗钞》。《谐铎》中有《黑衣太仆》一篇讲的是张邦弼在江西分宜所见到的奇事，当是沈起凤从张邦弼处听来的[8],106。

赵基（1740—？），字开仲，号药亭，吴江人。官金匮县训导，著有《乳初轩诗选》四卷外集一卷。他和石韫玉、王芑孙都是亲家，也曾经在《谐铎》中的《死嫁》一篇出过场[8],125。剩下的一位是张景谋，名诒，崇明人，寓居苏州。

三、沈氏的其他友人

1．钱棨、严福等同窗及同年友

钱棨（1742—1799），字振威，号湘舲，长洲人。从考秀才起，连中三元，为乾隆四十六年（1781）状元。官内阁学士，云南学政。著有《湘舲诗稿》四卷。《谐铎》刻成后，钱棨为其作序，序中云"予与薲渔人兄共笔砚者垂二十年"[8],192，可见二人交情匪浅。《谐铎》中《老面鬼》一篇所写的是沈起凤和钱棨同在张鹏门下读书时的趣事[8],38。一同在张鹏门下读书的还有严福。严福，字景仁，号爱亭，吴县人。在乾隆五十二年（1787）考中会元。

沈起凤中举时的同年友有范恒、童引年、徐枞等人，沈将他们也都写进了《谐铎》中③。嘉庆四年（1799），沈起凤调任全椒教谕，他的上一任王润也是他的同年友[22],卷九，这大概和他调任全椒有一定的关系。

2．施源

施源，字实君，号蒙泉，吴县人。乾隆三十九年（1774）举人，官黟县、舒城县令。吴翌凤在《东斋脞语》中云："又尝与桐威、寿岂、煜奇暨施实君源为填词。"[6]沈起凤和施源、林蕃钟、戴延年、吴翌凤均以填词知名吴中。陈廷焯在《百雨斋词话》卷五中说：

> 作者日盛，而愈趋愈下，芝田、晴波、蠡槎、薲渔，间有可观，余则竟尚新声，务穷纤巧，几忘却此中甘苦。[23],3737

吴衡照《莲子居词话》亦云：

> 吴中擅词学者，如朱上舍昂、施明府源、沈进士清瑞、吴茂才翌凤，各自名家，瓣香南渡，俱卓然可传者也。[23],2473

可见这几人当日在吴中擅名词场。沈起凤在《谐铎》中讲到了才女沈绮琴的故事，说她曾在施源的词稿上题辞[8],30。

3．王昶

王昶（1724—1806），字德甫，号述庵，又号兰泉，乾隆十九年（1754）进士。曾从阿桂赴云南军营效力，以功任吏部员外郎。王昶在当时名声很大，与王鸣盛（1722—

1797）、钱大昕（1728—1804）等人并称"吴中七子"。乾隆四十五年（1780）年初，乾隆皇帝第五次南巡，他率领着大批文武官员，由北京出发开赴浙江。王昶亦在随銮侍驾之列，此时，王昶给沈起凤寄去了聘书，"犹忆公游浙水，我往苏台。当蒋济辟阮之年，来昌黎荐樊之帖"[4]。可惜，沈起凤此时身体不适，并没有成行。苏台即苏州，沈起凤此时回苏州大概是应苏州织造之聘查勘曲谱。

据严荣所编的《述庵先生年谱》记载，王昶在乾隆四十五年（1780）至四十七年（1782）期间曾两赴浙江，第一次便是本年随乾隆南巡，第二次是在四十七年十月受浙闽巡抚陈辉祖之邀赴杭州修《西湖志》[24],卷尾。据《寄少司寇兰泉王公书》一文来看，沈接到王昶的聘书的时间在乾隆四十六年（1781）赴苏州查勘曲谱之前，因此当以第一次为是。

《谐铎》成书后，王昶应沈起凤之请为《谐铎》作序[8],193。王昶邀沈起凤入幕，主要是看中了沈的戏曲才华。但后来沈起凤深刻地反省了自己的戏曲创作行为，尤其是在官府的雇佣下的戏曲创作。他甚至还认为："予半生福泽，被轻薄业折尽矣。"[8],189在《辞陈制军聘书》一文中，他宣称自己"学士倦游，皈依绣佛；司勋别去，冷落欢场"[4]。

4. 朱夰

当时有不少文人都曾受雇于官府，为官府或皇帝编创戏曲，朱夰便是其中一位。

朱夰，字公放，别号黄稗老人，归安人。他精通音律，曾受庄有恭之聘，创作迎銮新曲，曲出之后，一时为之纸贵。后来他又在两淮巡盐御史卢见曾府上创作了《玉尺楼》传奇[25],272。沈起凤可算是朱夰的同行，大概就在达官贵人的府邸里，二人相识并结为好友。朱夰去世后，沈起凤为作《祭朱黄稗文》[4]。

5. 左潢

沈起凤的另一位好友左潢虽然也是戏曲家，但与朱夰等人在创作目的上并不完全相同。左潢，字晴川，人称巽毂先生，安徽桐城人。乾隆四十二年（1777）举人，历官歙县、丹阳教谕。曾作《瑞芝堂四六》、《兰桂仙》传奇等。他创作戏曲的目的完全是为了表彰节义，宣扬封建伦理道德。沈起凤应左潢之请为《兰桂仙》传奇谱曲，也不禁赞叹道："真有稗世教之文。"[26],卷尾俨然与左潢有知己之感。其实《谐铎》又何尝不是披着诙谐外衣的教化文字呢？从沈起凤与左潢的交往来看，沈起凤晚年十分厌弃自己早年所作的无聊应制之作，却对世教文字情有独钟。尽管如此，他依然得不到世人的理解，这从吴翌凤寄给他的"志士达生原不死，世人欲杀亦堪怜"那两句诗便可以看出来[6],卷十五。

从目前所掌握的资料来看，沈起凤的友人当然不会仅限于上面所论及的诸人。限于条件，俟将来考证翔实后再行补充。

注释

①沈亮《蘋渔先生骈体文序》，见《蘋渔杂著》，清钞本。

②沈起凤的《红心词》、《蘋渔四种曲》以及沈清瑞的《沈氏群峰集》均赖石韫玉刊刻问世。

③沈起凤的同年友参见曹允源等纂修民国《吴县志·科第》，民国二十二年(1933)刻本。

参考文献

[1] 吴梅. 吴梅戏曲论文集 [M]. 北京：中国戏剧出版社，1983.

[2] 侯忠义、刘世林. 中国文言小说史稿（下） [M]. 北京：北京大学出版社，1993.

[3] 徐朔方. 小说考信编 [M]. 上海：上海古籍出版社，1997.

[4] 沈起凤. 蘉渔杂著（清钞本），今藏于国家图书馆.

[5] 吴翌凤. 东斋脞语，昭代丛书本.

[6] 吴翌凤. 与稽斋丛稿，续修四库全书本.

[7] 《清史列传》卷七十三，王钟翰点校，中华书局，1987.

[8] 沈起凤. 谐铎 [M]. 北京：人民文学出版社，2006.

[9] 曹允源等纂修民国《吴县志》卷六十八，民国二十二年刻本.

[10] 姚燮. 《今乐考证》，《中国古典戏曲论著集成》第十册，中国戏剧出版社，1980.

[11] 吴翌凤. 《怀旧集》，嘉庆年间刻本.

[12] 黄燮清辑. 《国朝词综续编》，续修四库全书本.

[13] 李放纂辑. 《皇清书史》，周骏富辑《清代传记丛刊》艺林类23，明文书局1985.

[14] 叶恭绰辑. 《全清词钞》[M]. 北京：中华书局，1982.

[15] 严迪昌. 清词史 [M]. 南京：江苏古籍出版社，2001.

[16] 王昶辑. 《国朝词综》，续修四库全书本.

[17] 石韫玉. 《独学庐丛稿》，续修四库全书本.

[18] 陆萼庭. 沈起凤年表——清代戏曲家丛考之一. 戏曲论丛第一辑 [J] 兰州：甘肃人民出版社，1986.

[19] 沈清瑞《沈氏群峰集》，民国二十二年刻本.

[20] 蔡冠洛. 清代七百名人传 [M]. 北京：中国书店，1987.

[21] 王芑孙. 《渊雅堂全集》，续修四库全书本.

[22] 汪韵珊等纂民国《全椒县志》，中国地方志集成本.

[23] 唐圭璋辑. 《词话丛编》，中华书局，2005.

[24] 王昶. 《春融堂集》，续修四库全书本.

[25] 赵景深、张增元辑. 《方志著录元明清曲家传略》，中华书局，1987.

[26] 左潢. 《兰桂仙》，清嘉庆七年刻本.

（赵星 2009级博士生 指导教师：张燕瑾）

龚自珍、王国维诗学思想中的人格特征论

郭青林

摘 要：作为诗学命题，龚自珍的"完"和王国维的"境界"说都有着明确的人格诉求，主要表现在：龚自珍在对圣贤理想的追求中建立起一种重事功的道德人格；王国维则在完全之人物的追求中建立起一种重自由的审美人格。这两种不同倾向的人格特点不只是先秦以来传统人格思想在近代的延续，而且昭示了近代之际传统人格开始向现代人格的转变，体现了近代知识分子在民族危机中的内心世界和人文精神。

关键词：龚自珍 王国维 完 境界

龚自珍以"童心"作为人的生命本体，要求恢复人的正直本性，这一思想的逻辑发展旨在建构一种"完"的人格品质。王国维亦以"赤子"为人的生命理想状态，要求人活着就应像赤子那样因无欲而自由，这一思想的逻辑发展就是建构一种自由的生命境界。前者有着较为浓厚的道德意识，功利色彩，后者则有较为明显的自由意识，审美性质。二者都立足于现实中人的感性存在，追求着各自的人格理想。这是近代来临之际，传统人格开始向现代人格转变的一个重要体现。

一

龚氏在《书汤海秋诗集后》中云："人以诗名，诗尤以人名。唐大家若李、杜、韩及昌谷、玉谿；及宋、元，眉山、涪陵、遗山，当代吴娄东，皆诗与人为一，人外无诗，诗外无人，其面目也完。"[1]241从艺术理论的角度看，这里是说作品的风格与作者的个性应完全一致。可从两方面来理解。一是说作者的本人的情感个性决定了诗的情感个性色彩，即所谓"诗品出于人品"。二是说诗中所表现出来的情感个性，也能显现作者的情感个性特征，即"人品现于诗品"。对作者来说，"面目"是指其情感个性特征，对作品而言，指

其所呈现的整体艺术风格。至于"完",龚氏认为"何以谓之完也？海秋心迹尽在是，所欲言者在是，所不欲言而卒不能不言在是，所不欲言而竟不言，于所不言求其言亦在是。要不肯掊撅他人之言以为己言，任举一篇，无论识与不识，曰：此汤益阳之诗。"[1]241 "心迹"是指真实自然的心理状态，包括人的情感、思想、意识等诸多活动。"言"就是表达，能够完整地把自己的心理活动真实地表达出来，或还原为外在的物质活动，使得人的外在的言语行为和人内在的心理活动完全一致，以至能互相发见，即是"完"。

细而析之，龚氏的"完"内蕴了以下几点要求。一是尊重人的独特个性。他指出"民我性不齐，是智愚、强弱、美丑之始"（《壬癸之际胎观第二》）[1]14。每个人生来都有自己独特的个性，具有不同的独特个性的人创作出的诗歌必然各具特色，面目各异，这是"诗与人为一"的前提，如果是千人一面，也就不存在什么"完"；二是强调情感的真实。无论是"欲言"还是"不欲言"，诗歌都是诗人真实"心迹"的自然表现，没有真实的情感，也就没有诗歌真正之"面目"；三是重视诗文的独创性，所谓"不肯掊撅他人之言以为己言"，就是说诗文内容和风格必须是己之所出，不可摹拟颠倒，以致"记称剿说雷同"、"混混失面目"（《叙嘉定七生》）[1]174。

可以看出，龚氏所谓的"完"正是以其抽象人性论为基础，旨在建构一种理想的人格。尊重人的独特个性，就是尊重人的人格尊严，这是"尊其心"思想的进一步延伸。强调情感的真实性，就是强调人的生命真实性，是其"尊情"理论的重要组成部分。重视诗文的独创性，就是重视人的生命的主观能动性，这是其"心力"思想的必然要求。对人的个性、情感、尊严乃至创造力的全面尊重，这是近代之际，个体生命的觉醒之先机，这种觉醒既不同于魏晋时期以追求享乐为特征的人的自觉，也不同于晚明时期的以尊重情欲为特征的个性解放思潮，它在重视个体生命感性的基础上，开启了近代思想自由之先河，具有现代意义上的精神启蒙性质。一句话，"这已不是儒家诗教的'人文合一'，而是重视诗人童心自然状态的完美人格的结果"[4]。

与龚氏相似，王氏之"境界"理论，也含有"完"这一思想。《人间词话》云："词以境界为最上。有境界则自成高格，自有名句。"[2]76 对于"境界"这一援自佛经中的概念，本意是指疆界、疆域，佛经中意为"自家势力所及之境土"（《佛学大辞典》），指个人在人的感受能力之所及，或精神上所能达到的境地。艺术作品中则指情、景和事物交融所形成的艺术高度。[5]1 对此，王氏又言："境非独谓景物也，喜怒哀乐，亦人心中之一境界。故能写真景物、真感情者，谓之有境界。否则谓之无境界。"（《人间词话》）[2]77 也就是说"境界"不只是对"景"，而且还对"情"而言，对艺术作品来说，不论是写景，还是言情，都必须真实地将所要表现的"景"与"情"传达出来，才能说构成"境界"。"真"或"真实"，是"境界"说的关键所在。

艺术作品如何才能做到真实？王氏认为艺术作者要具备两个条件：一是词人要葆有"赤子之心"，所谓"词人者，不失其赤子之心者也"（《人间词话》）[2]78，因为"赤子"的特点是"知力盛于意志"，能够挣脱意志的束缚，保持一颗自由的心态，故能"以自然之眼观物，以自然之舌言情"[2]83。二是对宇宙人生要既能"入乎其内"又能"出乎其外"。"入乎其内，故能写之；出乎其外，故能观之。入乎其内，故有生气。出乎其外，故有高致。"（《人间词话》）[2]84这两个条件是艺术作品能够达到"境界"的重要保证，但是，两个条件并非一般人所能具备，王氏指出"文学者，不外知识与感情交代之结果而已。苟无锐敏之知识与深邃之感情者，不足与于文学之事。此其所以但为天才游戏之事业，而不能以他道劝者也"，（《文学小言》）[2]17而"天才者，或数十年而一出，或数百年而一出，而又须济之以学问，助之以德性，始能产真正之大文学"（《文学小言》）[2]17。在王氏看来，天才拥锐敏之知识、深邃之情感、崇高之德性诸素养于一身，其中最重要的是"德性"。

"三代以下之诗人，无过于屈子、渊明、子美、子瞻者。此四子者若无文学之天才，其人格亦自足千古。故无高尚伟大之人格，而有高尚伟大之文章者，殆未之有也。"（《人间词话》）[2]17"高尚伟大之人格"是说作者的德性所达到的修养程度，"高尚伟大之文学"是说文学作品所达到的思想和艺术高度，也就是要有"境界"。作者的人格特征与作品的"境界"有着内在的一致性。他论文天祥词，谓"风骨甚高，亦有境界"（《人间词话》）[2]89。这里的"风骨"即由文格所表现出来的人格，因此，只有人格与文格统一，才称得上有境界。

据此可知，王氏之"境界"同龚氏之"完"有着共同的特征，即在强调情感和表现的真实性的基础上，要求人品和诗品的统一。不同的地方在于，王氏更注重对作者的艺术才能之要求，他对天才的推崇，对第一流的大学问家、大文学家的敬重，就表现了这一特征。在他看来，天才、大学问家、大文学家的共同之处就在于他们的知识、情感、意志等都得到充分的发展，是真正的"完全之人物"（《论教育之宗旨》）[2]57。因此，"境界"说也体现了王氏所追求的人格理想。

二

具体说来，"完"在人格上的要求主要体现在以下几点，即"尊其心"、"尊情"、"尊我"，这三点分别对应的是人的人格尊严、情感、创造力。在龚氏看来，一个真正的人应该具有人格尊严、丰富的情感和无穷的创造力诸多品质。但具有这些品质的人在现实社会中却难得一见。乾隆之后，"人心惯于泰侈，风俗习于游荡，京师其尤甚者"（《西域置行省议》）[1]106，社会风气每况愈下。据此他指出，"历览近代之士，自其敷奏之日，始进之年，而耻已存者寡矣！官益久，则气愈媮；望愈崇，则谄愈固；地益近，则媚亦益工"。这些心中已经没有廉耻感、正义感的人对"古者大臣巍然岸然师傅自处之风，非但目未睹，耳未闻，梦亦未之及"。以致"臣节之盛，扫地尽矣"。"堂陛之言，探喜怒以为之节，蒙色笑，获燕闲之赏，则扬扬然以喜，出夸其门生、妻子。小不霁，则头抢地而出，别求夫可以受眷之法，彼其心岂真敬畏哉？"（《明良论二》）[1]32这些人以苟且为能事，争媚邀宠，只想着个人之得失，而不思国家之安危。"内外大小之臣，具思全躯保室家，不复有所作为。"[1]30（《明良论二》）不仅不能"自尊其心"，而且连最起码的道德责任意识都缺乏。

"无羞恶之心，非人也"（《孟子·尽心上》），廉耻观念作为人性重要的组成部分，是人的人格独立和自尊的前提，也是国家的独立和尊严的重要体现。"天下有一不伦之人，天下渐化为非人伦矣。"（《定庵先生年谱》）[1]617正是基于这种道德观念的自觉，他认为，"农工之人、肩荷背负之子则无耻，则辱其身而已；富而无耻者，辱其家而已；士无耻，则名之曰辱国；卿大夫无耻，名之曰辱社稷"（《明良论二》)[1]32。"士皆知有耻，则国家永无耻矣；士不知耻，为国之大耻。"[1]31所以如此，是因为士气与国运有着紧密的关系，"士气申则朝廷益尊，士业世则祖宗益高，士诗书则民听德益美"（《乙丙之际塾议第二十五》)[1]12。

不难看出，龚氏所追求的人格之"完"，是针对士心颓废这一客现社会现实而言的，其目的在于唤起士人肩负起国运民瘼的责任。在他看来，"一代之策，必一代材人任之"，国家的强盛"甚赖有士"（《乙丙之际箸议第六》)[1]5。在国家政治生活中"士"主要扮着王治下究、民隐上达的这一不可替代的重要角色，他们的行为及精神面貌自然关系着国家的盛衰。他指出："衰世者，文类治世，名类治世，声音笑貌类治世。"（《乙丙之际箸议第九》)[1]6貌似治世的"虚伪"是"衰世"之衰的重要表征，其根本原因是士人胸中的"能忧心、能愤心，能思虑心、能作为心、能有廉耻心，能无渣滓心"[1]6被摧锄殆尽，以致人性严重扭曲，已无法胜任治国安邦之责任。"迩来士气少凌替，毋乃大官表师空趑趄。委蛇貌托养元气，所惜内少肝与肠。杀人何必尽砒附，庸医至矣精消亡。"（《饮少宰王定九宅，少宰命赋诗》)[1]499士人的"心力"及其表现出来的创造力，面对黑暗现实的"感慨激奋"的激情及其表现出的人格尊严已经严重丧失，与此相应的国运衰微，正是龚氏所深深忧虑的。

王氏认为："人之有生，以欲望生也。欲望之将达也，有希望之快乐；不得达则有失望之苦痛。然欲望之能达者一，而不能达者什佰，故人生之苦痛亦多矣。"（《去毒篇》)[3]13欲望生之于人心，故人心在欲望的驱动下须臾不能停息，因此倍感生存之苦痛。"人欲医此苦痛，于是用种种之方法"，于是"一切嗜好由此起也"（《人间嗜好之研究》)[3]15。然而，一切嗜好皆有高下卑劣之分，"若抑制卑劣之嗜好，不可不易之以高尚之嗜好，不然，则必有溃决之一日"[3]17。而所谓高尚之嗜好，也就是指文学与美术。"若夫最高尚之嗜好，如文学、美术，亦不外势力之欲之发表。"（《人间嗜好之研究》)[3]29在他看来，文学与美术能泄导人的"势力之欲"，因此是医治人生苦痛的最佳良方。

美术对人生的作用如此，对国家亦然。他指出："夫中国之衰弱极矣，然就国民之资格言之，固无以劣于他国民……要之，此事虽非与知识道德绝不相关系，然其最终之原因，则于国民无希望，无慰藉。一言以蔽之：其原因存于感情上而已。"（《去毒篇》)[3]13国家的衰弱是因为国民感情上出现问题，而"感情上之疾病，非以感情治之不可。"[3]14他认为"感情之最高之满足，必求之于文学、美术"（《奏定经学科大学文学科章书后》）[3]39，这是因为"吾人对宗教之兴味，存于未来，而对美术之兴味，存于现在。故宗教之慰藉，理想的，而美术之慰藉，现实的也"（《去毒篇》）[3]14。在他看来，宗教和美术都能给国民以感情的慰藉，但美术更具有现实性，因为它揭示的是宇宙人生之真理。

《孔子之美育主义》云："此时之境界：无希望，无恐怖，无内界之争斗，无利无害，无人无我，不随绳墨而自合于道德之法则。一人如此，则优入圣域；社会如此，则成华胥之国。"[3]94"此时之境界"是指审美之境界，人只要进入此种境界，心灵就会因无欲而自由，就会因心灵的净化而合于道德之要求。因此，美术不仅能给处在利害关系束缚中的心灵以自由之慰藉，而且还能提升人的道德品质，有着健全人格的作用。

对此，王氏曾引席勒话予以解释："谓人曰与美相接，则其感情日益高，而暴慢鄙倍之心自益远。故美术者科学与道德之生产地也。又谓审美之境界乃不关利害之境界，故气质之欲灭，而道德之欲得由之以生。故审美之境界乃物质之境界与道德之境界之津梁也。""最高之理想存于美丽之心（Beautiful soul），其为性质也，高尚纯洁，不知有内界之争斗，而唯乐于守道德之法则，此性质唯可由美育得之。"[3]94这里的"最高之理想"，也就是生命的最高之境界，也是自由和自为统一之境界。

龚氏也关注人精神生命的建构，但在内容上却力图以儒家之修齐治平的理想来重新构造知识分子的精神世界，有着较为浓厚的名儒情结和道德观念。而在王氏这里，传统道德观念已经淡化，对个体生命自由的自觉意识和追求已经不是以儒家伦理为主导的价值观所能包括。

三

从"完"的人格要求出发，在人才的培养上，龚氏要求"各因性情之近"。《与人笺五》云："手教言者是也。人才如其面，岂不然？岂不然？此正人才所以绝胜。"所谓"手教言者"也就是教育，它是"人才绝胜"的根本原因。龚氏进而指出："主上优闲，海宇平康，山川清淑，家世久长，人心皆定，士大夫以暇日养子弟之性情，既养之于家，国人又养之于国，天胎地息，以深以安，于是各因性情之近，而人才成。"[1]338人才的培养主要是培育人的"性情"，它离不开平和安宁的环境和正确的培养方法。"龚氏之言性也，则宗无善无不善而已矣，善恶皆后起者。"（《阐告子》）[1]129在他看来，人性之初，本无善恶之分，只是后来沾染了道理闻见，才分所谓"善"与"恶"。这就是说，人的性情如何与后天教育的是分不开的。"民我性不齐，是智愚、强弱、美丑之始。"（《壬癸之际胎观第二》）[1]14因后天的教育不同，所以人的性情也就会有智愚、强弱、美丑之别，而后天的教育归根到底要受社会环境的制约。龚氏指出，在国泰民安的治世，是士人读书成才的绝佳时机，而在日之将夕的衰世，士人只能"避席畏闻文字狱，读书只为稻粱谋"（《咏史》）[1]1471，心力已消失殆尽，已失去成才的基本条件。

　　既然民性不齐，那么在培养方法上应"各以性情之近"，即依照各自不同的个性来实施教育，让其成长为社会所需要的人才。所谓：

> "高者成峰陵，碓者成川流，娴者成阡陌，幽者成蹊径，驶者成泷湍，险者成峒谷，平者成原陆，纯者成人民，驳者成鳞角，怪者成精魅，和者成参苓，华者成梅芝，戾者成棘刺，朴者成稻桑，毒者成砒附，重者成钟彝，英者成珠玉，润者成云霞，闲者成丘垤，拙者成崔巍，皆天地国家之所养也，日月之所煦也，山川之所咻也。"（《与人笺五》）[1]339

　　也就是说让不同个性的人都尽可能地得到发展，即使是险者、怪者、戾者等具有叛逆性格的人，也应该让他们有自由的发展空间，而不是加以"约束"和"羁縻"（《明良论四》)[1]35。在《病梅馆记》中，龚氏以梅喻人，对统治者摧残人性进行强烈批判："或曰：梅以曲为美，直则无姿；以欹为美，正则无景；梅以疏为美，密则无态，有以文人画士孤僻之隐，明告鬻梅者，斫其正，养其旁条；删其密，夭其稚枝；锄其直，遏其生气，以求重价，而江、浙之梅皆病。文人画士之祸之烈至此哉！"[1]186这种摧残的结果只能是"缚草为形，实之腐肉"（《与人笺五》)[1]339，人的个性被扭曲，情感被压抑，创造力被窒息，使原本活泼、自然、感性的生命形同腐肉，毫无生气。

　　对此，龚氏明确表示要"纵之，顺之"，"以替疗之"（《病梅馆记》)[1]186。要求解除对人的束缚，还给人的生命以自由。唯如此，人才能"自尊其心"，才会有"感慨激奋"，才会有学大道、谋大事之精神追求，才能算是"完"人。龚氏对人主为了"国事便，民听壹"而施行的"苦心奇术"（《京师乐籍说》)[1]118极为反感，他指出"昔者霸天下之氏，称祖之庙，其力强，其志武，其聪明上，其财多，未尝不仇天下之士"，要么"积百年之力，以震荡摧锄天下之廉耻"（《古史钩沉论一》[1]20，要么限以资格，致使"士大夫尽奄然而无有生气"（《明良论三》)[1]34。

　　王氏则重视美育。"教育之宗旨何在？在使人为完全之人物而已。何谓完全之人物？谓人之能力无不发达且调和是也。人之能力分为内外二者：一曰身体之能力，一曰精神之能力。发达其身体而萎缩其精神，或发达其精神而罢敝其身体，皆非所谓完全者也。完全之人物，精神与身体必不可不为调和之发达。"（《论教育之宗旨》)[3]32在王氏看来，人的德、智、体、美等诸种能力都得到全面的发展，由此而造就的人格即是"完全之人物"，这与传统教育专门注重人的道德品质的培养并造就的士林人格相比，无疑是一种历史性的突破。在人的各种能力中，王氏更注重的是人精神能力的培养。"而精神之中又分为三部：知力、感情及意志是也。对此三者而有真美善之理想：'真'者知力之理想，'美'者感情之理想，'善'者意志之理想也。完全之人物不可不备真美善之三德，欲达此理想，于是教育之事起。教育之事亦分为三部：智育、德育（即意育）、美育（即情育）是也。"[3]32他认为教育主要是对人进行智育、德育、美育，使人具备真、善、美三种理想品质，在精神上成长为一个有着较高的智力、崇高的理想和完美的情感的人。

他指出："德育与智育之必要，人人知之，至于美育有不得不一言者。"（《论教育之宗旨》）[3]33 在教育的三部分中，他注重的是美育。"盖人心之动，无不束缚于一己之利害；独美之为物，使人忘一己之利害而入于高尚纯洁之域，此最纯粹之快乐也。"[3]33 王氏从叔本华悲观意志哲学出发，认为世界的本质是意志，人的生命亦然。既如此，人生就要受意志和欲望的束缚，其主要表现是人的心灵因受利害关系的桎梏而不得自由。"人之所以朝夕营营者，安归乎？归于一己之利害而已。"（《孔子之美育主义》）[3]93 要想获得自由，只有摆脱利害关系的桎梏，才有可能实现。而这只有借助美或美术。"美之为物，不关于吾人之利害者也。吾人观美时，亦不知有一己之利害。"[3]93 也就是说，美或美术能够使人摆脱利害关系所带来的生命苦痛，在精神上获得自由。但在现实社会中，美术却被漠视：

若夫终身局于利害之桎梏中，而不知美为何物者，则滔滔皆是。（《叔本华之哲学及其教育学说》）[3]192

呜呼！我中国非美术之国也！一切学业，以利用之大宗旨贯注之。治一学，必质其有用与否；为一事，必问其有益与否。美之为物，为世人所不顾久矣！（《孔子之美育主义》）[3]94

以我国人审美之趣味之缺乏如此，则其朝夕营营，逐一己之利害而不知返者，安足怪哉！安足怪哉！[3]95

可以看出，王氏对美育的重视，正是出于对人的精神生命的关注。"要之，美育者一面使人之感情发达，以达完美之域；一面又为德育与智育之手段，此又教育者所不可不留意也。"（《论教育之宗旨》）[3]33 所谓"完美之域"也就是"境界"，在他看来，只有人的精神达到以上"境界"论之，才能算得上"完全之人物"。

四

龚氏诗云："何敢自矜医国手，药方只贩古时丹。"（《己亥杂诗》）[1]513 "医国手"是指具有治国安邦才能的贤良之臣，龚氏以此自谓，表明其人生观仍是以儒家伦理道德规范为标准，追求的是修齐治平的人生理想。"古时丹"是指历代帝王治国之成功经验，也就是儒家的治国之道。龚氏心目中理想的社会是夏商周"三代之治"，其针对现实所提出的种种"对策"也就是三代之治国经验，这是只知读经明道、以道自任的传统知识分子经世观念自觉的结果。在龚氏骨子里所坚持仍是"士志于道"的士人传统，反映在人格上就是追求一种圣贤理想，这就是"完"的全部人格内涵。

因此，龚氏特别强调个体对社会的责任，将人生的意义归结为人的社会价值实现。这种思想的极度发展，使其所追求的人格，在一定程度上突破了传统的伦理规范，具有了启蒙性质。他对"自尊其心"的强调，对自我的尊崇，对人的情感的尊重，都不同程度地动摇了封建正统思想的统治基础，具有鲜明近代人文主义色彩。梁启超言："语近世思想自由之向导，必数定庵。"（《论中国学术思变迁之大趋势》）[6]116 "晚清思想之解放，自珍确与有功焉"（《清代学术概论》）[6]197此言确实不虚。但要注意的是，龚氏之思想自由是建立在培养统治阶级合格人才的基础上的，它并未造成知识分子生存方式及其价值观的根本变化，在本质上并未背离传统的儒学规范。

准确地说，龚氏所追求的人格之"完"，也只是要求士大夫一改扭曲的人性，重新回到孔子所规范的"士志于道"的既定信条中，担负起天下道义的责任。它与范仲淹的"先天下之忧而忧，后天下之乐而乐"或者顾炎武的"天下兴亡，匹夫有责"相比，并没有多出什么新的东西来，都是以牺牲个体感性生命为代价来维护以皇帝为代表的社会统治秩序的理性需要。真正在传统的人格规范中兑变出新质、有着鲜明的自觉意识的是王国维。在王氏身上，既有着传统士人以道自任的性格内涵，又有着现代文人的精神气息即对生命自由的要求。这种对生命自由的要求既不同于道家的旨归自然的生命逍遥意识，它在重视人的感性生存的基础上强调人的存在意义和价值，又不同于佛家在对此岸世界的怀疑中滋生的悲悯情怀，它从关注人的感性存在出发，在对人生问题的思考中隐含着追求生命意义的极大热情。工氏身上所体现出来自由人格显然具有现代人文主义的精神特质。

具体而言，这种自由人格有别于传统人格的最根本之处是在价值观上，变以传统儒学为主导的重视人的社会价值为重视人的本身的生命价值。它与老庄以来的重生传统不一样在于，这种价值观更具有现代性的人文关怀。王氏坚信康德"当视人人为一目的，不可视为手段"[3]21这一信条，其思想的出发点始终立足于对个体生命关怀的基础之上，并致力于宇宙人生问题的研究，在谋求个体生存的基础上进而谋求整个人类的生存福祉。他对天才的推崇、对美术的重视、对人心的关注，目标只有一个，即谋求人的生命自由。在他看来，生命获得了自由，就是人生之"境界"。换句话讲，自由就是境界，或者境界就是自由。王氏所谓"完形之人物"有一个很重要的标准，就是其感情之理想的实现，所谓"感情之理想"，就是美，就是摆脱利害关系束缚之心灵的自由，就是精神上之完美"境界"。

较之龚氏，王氏之自由人格有着浓厚唯美倾向。龚氏所追求的圣贤品格是经历了修、齐、治、平之后，在个人的社会价值得以实现的基础上，达到个体生命的道德认同。因此特别强调个体生命的"入世"精神，具有极强的功利性质。而王氏之"境界"是经过生命的痛苦历炼之后所达到自由之"境界"，是建立在洞悉宇宙人生之真相的基础上，在"美"的洗礼中完成的精神涅槃。它以拒绝功利为前提，因此具有浓厚的唯美色彩。

综而论之，无论是龚氏之"完"还是王氏之"境界"都有着各自的人格诉求，体现了知识分子身上特有的那种人文精神。从先秦以来，儒道两家就有着两种不同的人格诉求：一种是在对圣贤理想的追求中建立起一种重事功的道德人格；一种是在自然人性的追求中建立起一种重自由的审美人格。龚自珍的"完"和王国维的"境界"正是这两种人格诉求的典型代表，并昭示着近代之际传统人格开始向现代人格的转变。从龚氏所追求的圣贤理想到王氏的完形之人物，不仅是传统人格思想在近代的延续，也意味着近代来临之际知识分子的精神世界完成了某种程度的兑变。但这不是说传统的道德理想被具有现代知识结构的知识分子所抛弃，而只是在一定程度上昭示了在新思潮的冲击下，一部分深受中国传统文化浸染的知识分子的心路历程。他们对人的生命本身及其意义的思考，以及对人生道路不同的选择及价值追求，更是体现了处在民族危机中的知识分子人格上的复杂性以及企求自由的情怀。

参考文献

[1] 龚自珍. 龚自珍全集. [M] 王佩诤校. 上海：上海古籍出版社，1999.

[2] 王国维. 王国维文集（上部）[M]. 姚淦铭、王燕编. 北京：中国文史出版社，1997.

[3] 王国维. 王国维文集（下部）[M]. 姚淦铭、王燕编. 北京：中国文史出版社，1997.

[4] 杨柏岭. 为何写作：论龚自珍的心力美学 [J]. 古代文艺理论研究，2005（12）.

[5] 周锡山. 人间词话：汇编、汇校、汇评 [G]. 山西：北岳文艺出版社，2004.

[6] 梁启超. 清代学术概论 [M]. 夏晓虹点校. 北京：中国人民大学出版社，2004.

（郭青林　2010 级博士生　　指导教师：陶礼天）

现实主义与20世纪中国文学

徐向昱

摘　要： 现实主义取代古典主义成为中国现代文学主潮，反映了审美理想由古典和谐向近代崇高的历史转换。以理性主义和人道主义为核心的"五四"启蒙精神构成了中国现代现实主义文学的思想根基。但是，"五四"之后，随着中国社会矛盾和民族危机的日益加深，激进的政治意识形态压倒了启蒙思想，现实主义文学的发展也因此而受到抑制，同时，一种具有政治色彩的新古典主义文学以现实主义的名义得到迅速发展，这种状况一直持续到当代，并在"文革"中发展到了极端，"文革"后，现实主义文学一度复兴，并重新成为文学主潮，但不久就因受到现代主义文学的挑战和文学商业化潮流的冲击而逐渐走向衰落。

关键词： 古典主义　和谐　崇高　启蒙　人道主义　理性主义　现实主义

现实主义作为20世纪中国文学主潮，曾产生过广泛而深刻的历史影响。对这一文学思潮的发展脉络进行知识考古学意义上的探察，不仅有助于我们更深入地理解20世纪中国文学的复杂面貌和曲折进程，而且也可以为新世纪的文学发展提供有益的借鉴。

一、概念辨析：作为文学思潮的现实主义

无论在中国还是在西方，现实主义都是含义最丰富，概念最模糊，同时又是地位最重要的文学理论术语之一。由于人们对现实主义所下的五花八门的定义造成了其内涵的歧义丛生，因此，在梳理20世纪中国现实主义文学思潮的历史谱系之前，有必要进行概念辨析和意义确定。

一般来说，对于现实主义，可以从创作方法、精神旨趣、写作技巧、艺术风格、文学思潮和流派等不同的层面进行理解。从创作方法角度来看，现实主义涵盖了一切历史和民

族。从精神取向的角度来看，现实主义又囊括了一切文学作品。这种对现实主义"无边"的宽泛理解实际上使这一术语失去了理论的精确性、有效性和严肃性。另一方面，从写作技巧的狭义角度和艺术风格的微观层面对现实主义进行讨论又失之琐屑狭隘。只有将现实主义定位为特定历史时期具有深刻社会物质基础和思想文化背景的文学思潮，才能使这一概念既具有意义的稳定性，又具有历史的具体性，从而避免上述种种流行阐释的偏颇。

在西方，作为文学思潮的现实主义和浪漫主义一样，都是近现代社会的产物，与古代古典主义文学思潮有着根本的差异①。古代低下的社会生产力水平决定了古人生活方式的封闭，心理结构和思维水平的单纯，以及对于和谐的审美理想的崇尚。古典主义文学思潮就是在这样的社会物质和美学思想的基础上产生和发展的。虽然西方古代发达的认识论诗学传统和强烈的宗教意识使其古典文学更侧重于对真理和上帝做形而上的沉思，中国古代儒家伦理学诗学和道家自然论诗学更强调文以载道和天人合一，但两者在以和谐为美的观念方面则并无二致，所不同的只是西方多从抽象的理论形式出发，讲究秩序和比例，中国则多从具体的艺术实践出发，追求温柔敦厚和含蓄蕴藉。

作为文学思潮的古典主义体现了主观与客观、表现与再现、情感与理智、写意与写实、典型与意境、理想与现实、个体与社会、时间与空间、想象与思维、内容与形式等诸多矛盾的素朴统一。虽然由于中西艺术传统的差异导致了两者在侧重点上有所不同，如西方重再现、摹仿、写实，中国重表现、抒情、写意，但这并非本质的区别。实际上，无论是在西方还是在中国的古代，客体理性的严格控制都造成了主体地位的低下和自我个性的压抑，这决定了上述矛盾对立的要素仍然会在一个未分化的统一体中和谐相处。

作为文学思潮的古典主义被现实主义和浪漫主义所取代是伴随着近代资本主义的兴起而完成的。资本主义使社会生产力得到了空前的解放和突飞猛进的发展，马克思和恩格斯谈到这一点时说："资产阶级在它的不到一百年的阶级统治中所创造的生产力，比过去一切时代创造的生产力还要多，还要大。"②社会生活的巨变促使人的精神空间和对象世界都变得更为错综复杂，各种矛盾交织在一起，原本素朴和谐的统一体开始走向破裂，审美理想向着以冲突动荡和对立分化为主要特征的崇高形态转化。这一审美理想的历史转换最终促成了古典主义文学思潮的终结以及现实主义与浪漫主义这彼此对立的两大文学思潮的诞生。作为文学思潮的现实主义和浪漫主义分别体现了审美意识的主观和客观两个侧面，从而呈现出截然相反的艺术特征，但这并不意味着两者毫无共同之处。资本主义现代文明所带来的主体地位的提升、自我意识的觉醒和自由个性的解放，使现实主义和浪漫主义分享了共同的思想资源并在反对循规蹈矩的古典主义方面达成了一致。

现实主义文学的主要艺术特征—客观真实性—实际上是建立在高扬的主体性思想基础上的，由此决定了在其内部形成一种张力结构，这具体体现为主观与客观、真实性与倾向性、细节与总体、个别与一般、现象与本质、情感与理智、偶然与必然等各种矛盾要素的对立统一。典型作为现实主义文学的核心概念表达了弥合上述矛盾和理论紧张的内在要求，但同时也留下了巨大的阐释空间，为以后人们对现实主义含义聚众纷纭的长期论争埋下了伏笔。

现实主义文学对现实的客观再现是建立在以理性批判精神和人道主义思想为基础的主体性内涵之上的，这在现实主义文学的典范形态—西方19世纪批判现实主义文学中得到了完美的体现。在中国，漫长的皇权专制压制了资本主义的生长，现实主义和浪漫主义都因缺乏社会土壤和思想基础而迟迟难以发展，直到明朝中末期，随着资本主义萌芽的出现和个性意识的增强，现实主义和浪漫主义文学得到了初步发展，但不幸的是很快就被清朝严酷的文化专制主义扼杀在了摇篮之中。当现实主义和浪漫主义文学再度兴起时，历史的脚步已经进入了20世纪。

二、作为文学思潮的现实主义在中国的兴起："五四"启蒙主义文学

1840年之后，帝国主义用坚船利炮敲开了腐朽的满清王朝封闭的国门。这次来自西方工业文明的挑战不同于以往历史上任何一次蛮族入侵，是所谓"三千年未有之变局"，中华民族面临亡国灭种的生存危机。这迫使中国不得不向西方学习，走上现代化的发展道路。从器物层面的洋务运动到制度层面的戊戌变法，再到思想文化层面的"五四"新文化运动，中国现代性变革的主题被不断推向更深入的层次。

以思想启蒙为宗旨的"五四"新文化运动一方面激进地批判代表传统文化主流的儒家思想，另一方面大力引进以科学和民主为旗帜的西方近现代思想，这对于20世纪中国社会历史进程和文化发展产生了深远的影响。应该指出的是，"五四"新文化运动所高扬的科学民主精神主要并非表现在物质技术和政治制度层面。这里的科学是指一种理性评判的态度和分析的方法，人们借此可以破除对于圣贤尊长的迷信盲从，进而否定权威，破坏偶像，抨击礼教吃人的罪恶，重估一切价值。民主是指人道主义的情感和立场，人们以此来冲击尊卑有序、等级森严的伦理规范，反对专制，抗击压迫，追求人格的独立平等和个性的自由解放。

除了理性主义和人道主义思想之外，马克思主义、无政府主义、进化论、泛神论等西方近现代不同历史阶段的文化思潮也都共时性地潮水般涌入中国，造成思想的空前活跃。具有启蒙主义性质的文学革命就是在此文化背景下发生的。作为"五四"新文化运动重要的一翼，文学革命以毫不妥协的斗争姿态提倡白话文，反对文言文，提倡新道德，反对旧道德，从形式到内容都宣告了古典主义文学的终结，从而有力地推动了审美理想由和谐向崇高的历史转换。

作为文学革命主将的胡适在《文学改良刍议》一文中首次提出语言形式改革的主张，后来又发表《易卜生主义》一文，鼓吹个性解放和写实主义文学。文学革命的另一位领军人物陈独秀在《文学革命论》一文中旗帜鲜明地表明了推倒古典文学、山林文学和贵族文学，建立写实文学、社会文学和平民文学的态度。后来又以不容置疑的口气表示"白话为文学正宗之说"绝对正确，因而"必不容反对者有讨论之余地，必以吾辈所主张者为绝对

之是，而不容他人之匡正之"③。这一时期文学理论的重镇周作人则在《人的文学》和《平民文学》两篇重要文章中从"个人主义的人间本位主义"立场出发，系统阐发了文学的人道主义精神，要求作家应该真实地描写普通男女的悲欢成败，认为文学"以真为主，美即在其中"④。作为真正显示了文学革命创作实绩的伟大作家，鲁迅一方面怀着改造国民性的思想启蒙目的进行小说创作，其作品因深刻反映了辛亥革命前后中国的社会现实和精神面貌，被誉为"中国反封建思想革命的一面镜子"⑤。另一方面，他也在一系列文章中从理论上尖锐批判了古典文学不敢正视现实苦难和真实人生的弊病，指出其大团圆的模式自欺欺人，缺乏深沉的悲剧意识，实际上使人陷入了"瞒和骗的大泽"。面对"世界日日改变"的形势，他发出热情的呼唤："我们的作家取下假面，真诚地，深入地，大胆地看取人生并且写出他的血和肉来的时候早到了；早就应该有一片崭新的文场，早就应该有几个凶猛的闯将。"⑥

鲁迅的小说是以理性主义和人道主义为主要内容的"五四"启蒙主义文学的典范。在他的笔下，正是因为有了理性的思考，狂人才对亘古未变、天经地义的伦理信条发出了"从来如此，便对么"的疑问；也正是有了人性的觉醒，子君才能仿效娜拉，毅然决然地从家庭中出走，勇敢地宣称："我是我自己的，他们谁也没有干涉我的权力！"在鲁迅示范性的创作之外，文学革命后兴起的两个重要的文学社团—文学研究会和创造社，标志着文学思潮和流派意义上的现实主义和浪漫主义在中国的兴起。

文学研究会所倡导的现实主义文学具有鲜明的启蒙色彩。周作人在文学研究会成立的宣言中批判了传统游戏消遣的文学观念，主张一种严肃的为人生和改良人生的文学。郑振铎进一步要求文学反映社会黑暗和民生疾苦，呼吁一种充满血和泪的文学。茅盾则从创作方法的层面对现实主义进行了较为详尽的阐释，着重指出客观观察和精密描写对于文学创作的重要性。在创作方面，文学研究会作家最早开始了问题小说的写作尝试。这些作品虽然思想空泛，技巧稚嫩，但毕竟走出了中国现代现实主义文学发展的第一步，其历史贡献不容抹煞。后来，叶绍钧等从问题小说起步的作家，逐步克服了早期主观理念化的倾向，走上客观冷静的写实之路，成为现实主义文学的中坚力量。

在鲁迅影响下的乡土小说，通过描摹中国农村宗法制社会的风俗图画，寄托了浓厚的乡愁和深沉的反思，是继问题小说后现实主义文学又一重要潮流，并且在题材的扩大、思想的深刻、技巧的圆熟和风格的多样等方面进一步推进了现实主义文学的发展。

"五四"之后，随着茅盾、巴金、老舍、曹禺等文学大家的涌现，现实主义文学将"五四"启蒙主义精神发扬光大，达到了其发展的最高峰，成为了中国现代文学的主潮。同时，一些左翼作家以马克思主义阶级分析的观点反映现实、批判社会，进一步充实了"五四"时期现实主义文学以理性主义和人道主义为核心的启蒙主义思想内涵。还有众多的与左翼作家保持同调的作家，也因为表现了对现实社会的深刻剖析，对民众苦难的深切同情，对荒谬现状的辛辣嘲讽，而壮大了现实主义文学的力量。

此外，还有以胡风为精神导师的"七月派"作家群，体现了现实主义文学的另一种特殊形态。他们仍坚持"五四"启蒙主义的思想理念，充满理性批判色彩和人道主义关怀，体现出一种强烈的"主观战斗精神"。这种在主客体统一中侧重主体心理冲突的现实主义文学，既与以茅盾为代表的注重客观冷静地观察和描写的现实主义形成对立，同时也与当时正在兴起的强调党性原则和政治规范的唯物辩证法的现实主义和社会主义现实主义有所不同，这是一种集启蒙主义思想内容和强烈的个人生命体验于一体的现实主义文学。"七月派"的存在显示了中国现代现实主义文学思潮的多元取向。

三、作为文学思潮的现实主义向古典主义的变异

现实主义文学在中国的勃兴是现代性工程的产物。在西方，现代性的建设经历了一个从思想启蒙到政治改革再到经济发展这样一个循序渐进、持续数百年的漫长过程，形成了一种相对成熟完善的发展机制。与此不同，中国的现代性不是自然生成的，而是具有"后发外生"的特点。内忧外患所造成的深刻的民族矛盾和激烈的阶级斗争，从一开始就使面向长远、从容有序的思想启蒙与峻急焦灼、急功近利的救亡意识互相缠绕，难解难分，形成所谓"启蒙与救亡的双重变奏"⑦。随着民族危机的迫在眉睫，救亡图存的压力日益沉重，建立在理性主义和人道主义启蒙思想基础上的个人主体性，最终不得不服从以民族、国家、政党、人民等以神圣集体名义发布的"绝对律令"。从文化发展战略方面来看，这很容易导向简单粗暴的文化专制主义，从审美理想方面来看则表现为以强制性的和谐一致取代充满矛盾差异的崇高美，这一审美理想由近现代向古典的回归决定了作为文学思潮的现实主义必然向古典主义发生变异。

这一变异的开端可以追溯到 20 年代后期，倡导革命文学的创造社和太阳社对以鲁迅、茅盾、叶绍钧为代表的具有写实倾向的"五四"启蒙主义文学的激烈批判。创造社元老郭沫若在"五四"时期曾以鼓吹个性解放和自我抒情而著称，其诗集《女神》以狂飙突进的姿态开中国现代浪漫主义文学之先河，同时也成为"五四"启蒙主义文学的重要代表。但此时他却公然宣称文学创作应该消灭个性，服从集体，做政治的留声机，自己甘愿成为一个标语口号人。太阳社的主将蒋光慈根本否定现实主义文学的客观真实论，指出"纯客观的观察是不可能的事情"⑧，要真正洞察本质的"真实"，必须要拥有马克思主义世界观。正是在此意义上，太阳社的理论代表钱杏邨将时代性、现实性和未来性看作了三位一体的关系。他认为现实性之所以能够体现时代精神，是因为其反映了未来历史的必然趋势。反之，与未来脱离断裂的现实性就是落后于时代的"死去的"现实性，这种本质上虚假的现实性正是"五四"启蒙主义现实主义文学所表现的主要内容，因此必须予以清算。不难看出，革命文学论者与"五四"启蒙主义现实主义者对现实性的不同理解，实际上反映了在启蒙与救亡、个人主体性与阶级主体性之间存在的深刻矛盾。

革命文学高度重视政治立场和世界观对于文学创作的决定作用，是一种强调主观性并且具有浪漫理想色彩的文学思潮。由于其主观性必须要服从反映客观真理的马克思主义理

论，因而革命文学就要求主客观相统一。同时，由于马克思主义理论反映了历史发展的必然趋势，因而这又要求文学所表现的当前的现实性必然包含未来的理想性，从而做到浪漫的理想与严峻的现实相统一。这一特点表现在审美理想上实际上就是古典的和谐，而革命文学不过是一种高度政治化的古典主义文学。

由于革命文学和之后的左翼文学对于新写实主义、唯物辩证法的现实主义和社会主义现实主义等创作方法的大力倡导，披着现实主义外衣的高度政治化的古典主义文学得到了迅速发展。这一文学思潮权威化的理论总结最终完成于毛泽东发表于 1942 年的《在延安文艺座谈会上的讲话》。在这篇对以后文艺发展具有指导意义的纲领性文献里，毛泽东主要阐发了政治工具论的文学观念，这是由当时强敌环伺的战争背景所决定的。在《讲话》中，马克思主义阶级论的政治话语取代了理性主义、人道主义的启蒙话语，建立在个人主体性基础上的独立自由的思考让位于集体性的阶级主体的化身——党的领导。从这一理论逻辑出发，《讲话》对文学的服务对象、批评标准、作家的创作态度和思想改造、文学遗产的批判与继承、作品的普及和提高、艺术形式与内容的统一等问题都作了明确而严格的规范。

作为毛泽东文艺思想的集中体现，《讲话》不但具有鲜明的政治色彩，而且还包含着强烈的民族意识，是一种高度中国化的马克思主义文学理论。近代以来，建设强大的民族国家一直是中国人民魂牵梦绕的理想，知识分子进行思想启蒙的深层动力其实也正是为了实现民族复兴的最终目的。抗战爆发之后，高涨的民族情绪与激进的政治意识很快结为一体，而宣扬理性批判和个性解放的启蒙精神此时已不合时宜了，这一思想进程在《讲话》中主要表现为对于文学大众化、民族化的要求和对小资产阶级知识分子"独立王国"的责难，这实际上表现了政治话语和民族话语对启蒙话语的批判。

由于以《讲话》为代表的毛泽东文艺思想在建国之后强有力地支配了当代文学的发展，因而具有理性主义和人道主义启蒙精神的现实主义文学就失去了生存的空间，所谓社会主义现实主义和"两结合"的文学思潮都不过是一种改头换面的高度政治化的古典主义文学而已。

从革命文学所倡导的新写实主义和唯物辩证法的创作方法到左翼文学和建国初期文学所确立的社会主义现实主义的创作方法，再到 1958 年由毛泽东提出并在"文革"中发展到极端的"两结合"的创作方法，反映了政治化古典主义文学所遵循的写作规范经历了一个从个人认信的主义话语到纪律约束的政党话语再到权威独断的领袖话语这样一个演变过程⑨。在此过程中，随着话语规范的日趋严格和狭隘，文学独立的审美空间也日趋萎缩。这预示着这种高度政治化的古典主义文学必将走向自我消亡的毁灭之路。

中国当代的古典主义文学思潮是政治一体化时代的产物。这一时期权威政治意识形态对理性主义和人道主义的启蒙思想和自由主义的个人主体性的压制，一方面是传统专制主义幽灵的重现，另一方面又是中国寻求不同于西方资本主义现代性的大胆尝试。从前一方面来说是历史向前现代性的封建专制主义的反动倒退，从后一方面来说，则表现了一种建设"另类"现代性或"反现代性的现代性"的努力。正是这种历史的复杂性使当代政治化的古典主义文学与古代的古典主义文学既存在一致性，又带有各自时代的特点。不过，从思想基础、美学理想和艺术特征等方面来看，两者并不存在根本性的差异，也都与经典的现实主义文学有着截然不同的思想艺术特征。

从20世纪中国文学史发展的角度来看，作为现代性构建的产物，"五四"启蒙主义的现实主义文学体现着审美理想由古典和谐向近现代崇高的历史转换，而高度政治化的古典主义文学则试图强行消除主观与客观、理想与现实、本质与现象、偶然与必然、个性与共性、情感与理智、个体与社会等多重的矛盾和差异，使审美理想由近现代崇高回归古典和谐。但是，依靠政治权力掩盖压抑的矛盾实际上并未消失，最终古典和谐不可避免地成为一个美丽的幻影，一个不可企及的乌托邦，这也决定了当代政治化古典主义文学的难以为继和走向终结的命运。

四、"文革"后现实主义文学的复兴与式微

实际上，即使在50—70年代政治化古典主义主宰文坛的时期，现实主义文学也并未完全绝迹。作为鲁迅的理论传人，胡风在建国之后一直坚持"五四"启蒙主义的文学传统。他从思想启蒙的理念和立场出发，对所谓"社会主义现实主义"作了不同流俗的独特阐释。他认为"社会主义"只是一个时间概念，而非本质规定，只有"真实性"才是一切现实主义文学的首要的根本性的特征。胡风这种"写真实论"实际上大大淡化了"社会主义现实主义"的政治色彩，将其作了批判现实主义而非古典主义的理解。此外，胡风所热切倡导的充满理性批判色彩和人道主义激情的"主观战斗精神"，他对严重束缚文学创作的"理论刀子"式的政治教条的严厉批判，都显示了一个出色的现实主义文学理论家非同一般的勇敢和敏锐。胡风集团的被整肃表明了"五四"启蒙主义的现实主义文学在当代文坛的异端性质。

除了胡风等人悲剧性的抗争之外，在某些政治控制松动的特定时期，如提出"双百方针"的1956和进行文艺政策调整的60年代初期，现实主义文学也一度相当活跃。在理论上，秦兆阳的现实主义广阔道路论，周扬的现实主义深化论，邵荃麟的"中间人物论"，钱谷融的"文学是人学论"，都从不同角度阐发了现实主义文学的思想艺术特征。从创作方面看，一批被称为"百花文学"的小说和诗歌在揭露时弊，干预生活，抒发个人的真情实感等方面，都显示了现实主义文学的艺术力量。但是，频繁的政治运动使现实主义文学在昙花一现之后很快失去了合法性，在相当长的一段时间内只能以"潜在写作"的形式在地下秘密流传[⑩]。这表明中国当代现实主义文学传统并未断绝，而是有着强大的生命力。发端于"文革"尾声的天安门诗歌运动，虽然在思想和艺术层面都没有克服政治化的古典主义文学的局限，但在对极"左"政治的反抗和个人真情实感的表达方面却迈出了具有历史意义的一步，这成为"文革"后现实主义文学复兴的先声。

　　"文革"以悲剧收场实际上宣告了政治激进派的现代性方案的失败，这直接导致了一个政治狂热化时代的终结和一个以经济建设为中心的务实主义时代的到来。与此相适应的则是与"五四"新文化运动非常类似的思想解放运动的蓬勃开展。不仅以理性主义和人道主义为核心的启蒙思想义并始重返历史舞台，而且在肃清极"左"思潮影响和推动经济现代化进程这一共同的目标主导下，启蒙思想还与主流政治意识形态结成了联盟。这一时期的文学也逐渐摆脱了受政治教条束缚的虚假和谐的审美理想，开始关注社会现实的矛盾冲突和心灵世界的复杂动荡，展现出一种崇高美的艺术特征。种种迹象表明，长期以来占据主流的政治化古典主义文学的清规戒律已被打破，现实主义文学开始走向了复兴。

　　"文革"后小说领域伤痕文学、改革文学、反思文学的浪潮涌动，诗歌领域现实主义诗潮的出现，戏剧领域社会问题剧和散文领域报告文学的兴盛，使现实主义文学一时蔚为壮观，取代了政治化的古典主义而成为新时期文学主潮。众多的作家从现实主义文学"真实性"的美学要求出发，以饱满的政治热情和强烈的启蒙意识，反思历史，清算错误，直面现实的矛盾问题，热切呼唤现代化的未来，产生了极大的轰动效应，体现了现实主义文学与社会历史的良性互动。

　　20 世纪 80 年代文学理论的代表人物刘再复总结了现实主义的创作经验，提出了"人物性格二重组合原理"和"文学的主体性"理论。前者实际上是肯定了现实主义文学的复合型人物，否定了古典主义文学的单一化人物。后者则继承了胡风、钱谷融等人的理论遗产，并在李泽厚主体性哲学的支持下，推进并深化了人道主义美学思考，为现实主义文学奠定了更为坚实的思想理论基础。

　　然而，就在现实主义文学独领风骚之际，现代主义文学已在悄然崛起。作为 20 世纪西方文学主潮，现代主义文学的产生有其深刻的社会历史根源。从社会背景来看，20 世纪两次世界大战所造成的巨大灾难和人性异化的悲剧，给西方理性主义文化传统以毁灭性的打击，彻底动摇了人道主义主体性哲学的思想根基，从而迎来了一个悲观主义、虚无主义和非理性主义的时代。西方现代主义文学就是这一精神危机的产物，其作品形式的标新立异与其内容所反映的人与人、人与自我、人与社会以及人与自然的尖锐复杂的矛盾是协调一致的。

　　"文革"10 年噩梦般的记忆既是现实主义文学复兴的社会基础，也是现代主义文学崛起的内在原因。这使得新时期之初的现代主义文学深深植根于启蒙主义的思想土壤中，而与西方现代主义文学对启蒙思想的大胆怀疑和尽情解构迥然不同。一些作品虽也采用了意识流、荒诞变形、象征隐喻、蒙太奇等现代主义艺术手法，但骨子里所表达的依然是充沛的政治热情、冷峻的理性批判、深切的人性关怀以及充分的自我个性展示，而这一切恰恰都体现了现实主义文学的精神实质。可见，新时期之初的现代主义文学仅仅表现在形式技巧意义上，这种有"伪现代派"之称的现代主义文学完全可以看作是一种开放的现实主义文学，其作品内容与形式的张力实际上表现了现实主义文学面对现代主义文学的挑战进行自我调整的积极尝试。

在现代主义文学大潮中，八九十年代之交与先锋小说双峰并峙的新写实小说格外引人瞩目。这些作品回避价值判断，表现了琐屑人生的无聊和无奈，强调情感的零度介入和对纤毫毕现的生活原生态做客观忠实的记录，否定了传统现实主义文学建立在主体性哲学基础上的启蒙思想对作品的主导作用，抛弃了人物性格塑造的典型化方法，也不再热衷于揭示现象背后的本质和必然。这样的创作态度和文学理念一般被认为是自然主义的，但对于客观真实性一直未得到充分重视和发展的中国当代现实主义文学来说，这不妨可看作是一种有意的矫正。

90 年代以后，随着市场经济体制的确立，中国文学的整体格局发生了巨大变化。消费主义大众文化的兴起，使商品化、娱乐化、快餐化的通俗文学大行其道，原本以现实主义和现代主义文学为主体的纯文学演化成了私人化、欲望化的身体写作，传统的现实主义文学日渐式微。当然，这并不意味着 90 年代现实主义文学已经绝迹。实际上，进入 90 年代之后，现实主义文学虽仍有所谓的"现实主义冲击波"出现，但总体来说并不尽如人意。"现实主义冲击波"虽对现实的矛盾问题有所触及，但又丧失了理性批判精神和理想主义人文关怀，与典范的现实主义文学貌合神离。

在 90 年代，当现代主义文学躲进了艺术的象牙塔孤芳自赏，个人化写作沉溺于自我的狭小天地顾影自怜，市场化写作奔忙在文化工业的流水线上追逐利润时，文学已失去了广阔的现实视野和震撼人心的艺术力量。

实际上，90 年代之后，在中国迈向现代化的历史进程中，社会现实的复杂多变和人们心灵的动荡冲突都为现实主义文学提供了丰富的素材。至于作为现实主义文学思想根基的启蒙精神，在批判权力与资本的勾结，维护弱势群体的利益方面，也仍可以为现实主义文学提供强大的思想武器和精神动力。

因此，可以预见的是，在新世纪相当长的一段历史时期内，现实主义文学仍会得到长足的发展。

注释

①周来祥：《古代的美　近代的美　现代的美》，东北师范大学出版社，1996 年，第84-174 页。

②马克思、恩格斯：《共产党宣言》，见《马克思恩格斯选集》第 1 卷，人民出版社，1977 年，第 257 页。

③陈独秀：《答胡适之》，载《新青年》第三卷，第三号，1917 年 5 月 1 日。

④周作人：《平民文学》，见杨扬编：《周作人批评文集》，珠海出版社，1998 年，第40 页。

⑤参见王富仁：《中国反封建思想的一面镜子》，北京师范大学出版社，2000 年。

⑥鲁迅：《论睁了眼看》，见《坟》，人民文学出版社，1987 年，第 235 页。

⑦李泽厚：《启蒙与救亡的双重变奏》，见《中国现代思想史论》，东方出版社，1987年，第7-49页。

⑧蒋光慈：《论新旧作家与革命文学》，见《太阳月刊》，1928年4月号。

⑨余虹：《"现实"的神话：革命现实主义及其话语意蕴》，见《艺术与精神》，社会科学文献出版社，2000年，第24-87页。

⑩陈思和：《我们的抽屉——试论当代文学史（1949—1976）的潜在写作》，载《文学评论》，1999年第6期。

（徐向昱　2009级博士生　　指导教师：邹华）

·中国现当代文学·

"晚唐诗热"之意义探析

罗小凤

20 世纪 30 年代的诗坛上，一股"晚唐诗热"冲破当时各种外国诗歌潮流、主义、流派的缠绕"腾空出世"，以废名为代表的一批诗人们一反初期新诗与传统决裂的姿态，纷纷对晚唐诗词情有独钟。对此，孙玉石曾以毋庸置疑的语气指出，20 世纪 30 年代"确实出现了一个'晚唐诗热'"，这是一个"不争的事实"[1]。确实，20 世纪 30 年代的诗坛勃然兴起一股"晚唐诗热"，废名、林庚、何其芳、卞之琳、朱英诞、吴兴华、南星以及戴望舒、施蛰存等诗人都不同程度、不同姿态地显示出他们对晚唐诗词的倾心与亲近，各种报刊、论著和大学课堂中亦都呈现出诗人们对晚唐诗词的热情，形成了 20 世纪 30 年代一个重要而明显的诗歌现象。

对于"晚唐诗热"这一现象，孙玉石和张洁宇都曾做过较为深入的阐释，但正如孙玉石在为张洁宇的著作《荒原上的丁香》作序时所敏锐指出的："还需要超越'晚唐诗热'的局限。"[2]虽然他们二位学者对"晚唐诗热"的研究贡献丰赡，但其实均未跳出晚唐诗热的局限性视角，他们主要探究了"晚唐诗热"现象中以废名为代表的诗人们对晚唐诗词的重释（主要以废名对晚唐诗词的阐释为核心）；而且，张洁宇将废名等诗人对晚唐诗词的重释定位为"有意识的继承"，虽然她的研究细致而颇显学术功力，但显然，她一方面没有跳出"晚唐诗热"的局限，一方面依然从继承与被继承的线性层面理解废名等诗人的"重释"现象，未免存在偏颇。事实上，"晚唐诗热"作为 20 世纪 30 年代一个明显而重要的诗歌现象的发生，拥有特殊的意义：其一，"晚唐诗热"中的诗人们对晚唐诗词格外青睐与亲近，但他们回望传统的视野决不仅仅局限于晚唐诗词，因此"晚唐诗热"只是 20 世纪 30 年代一批诗人们回望整个古典诗传统的缩影；其二，在回望传统时，"晚唐诗热"现象中存在两种不同的姿态，戴望舒等诗人显示出拥抱传统的姿态，而以废名为代表的一批诗人对传统不是拥抱与回归，而是"再认识"，是重新阐释与理解传统；其三，由于"晚唐诗热"反映了废名等诗人的共同心境与诗歌取向，当以废名为代表的一批诗人带着这种独特的心境与诗歌取向回望传统、重新阐释传统时所重新发现的"传统"必然是属于他们眼中独特的"传统",因此,"晚唐诗热"成为以废名为代表的一批诗人再发现传统的窗口。

一、回望传统的缩影

20 世纪 30 年代废名等诗人们对传统的目光并不仅仅局限于晚唐诗,"晚唐诗热"只不过是他们回望传统的一个缩影。

一方面,20 世纪 30 年代以废名为代表的"晚唐诗热"诗人们都拥有深厚的古典诗学修养,骨子里早已浸润整个古典诗传统而非局限于晚唐诗词的影响,这是他们在 20 世纪 30 年代回望传统时不可能把目光仅仅投注于晚唐诗词的一个注脚。废名幼年曾在故乡黄梅就读于私塾,学过《三字经》、《百家姓》、四书、唐宋八大家等传统文化经典著作,古典诗传统修养深厚。林庚自幼浸润于书香门第的文学氛围中,深厚的古典文学修养积淀于其精神空间深处。曾留学日本的父亲林宰平是著名的国学大师,通佛学,写旧诗,执教于清华大学讲授"中国政治思想史"等课程。林庚虽自述其父亲所走的是宋诗一路,而自己却作新诗、好唐诗,因而说不上多少家学[3]。但毋庸置疑,林庚无意识中肯定深受其父亲潜移默化的影响,尤其是,林庚的童年时期是在聆听父亲讲授"四书"和向父亲呈交《本星期之感想》的记忆中度过的,幼年时期的家庭教育奠定了他古典文学修养的坚厚基石。后来,林庚的学校教育进一步丰厚了其古典文学修养。小学时,林庚所读课文均为文言文,由此他阅读并背诵了不少古诗,他尤其喜欢楚辞和唐诗,如"羌笛何须怨杨柳,春风不度玉门关"一类诗句,林庚虽然其时"不甚理解",但一读便"立刻就爱上了它"[4]。何其芳在 1927 年(15 岁)之前所接受的全是《十三经》、《昭明文选》、《唐宋诗醇》以及《红楼梦》、《水浒传》、《三国演义》、《聊斋志异》等古代典籍的影响,15 岁这年才开始接受白话文教育,因此,何其芳自幼便遍览众诗,他晚年时的诗句"忆昔危楼夜读书,唐诗一卷瓦灯孤"(《忆昔·一》)正真实地概括了他早年的阅读生涯。何其芳 3 岁时祖母便教他背千家诗;6 岁时在相信科举制度不久就要恢复的父亲的封建家法督促下进入私塾读书。在那"暗淡"、"乏味"的私塾生活里,何其芳第一次接触到古代诗歌及古文、经书等,棍棒之下每天"除了经书而外,还要念古文、唐诗和试帖诗的选本;并且每三天之内,一天学作论说文,一天学作七言绝句,一天学作试帖诗"[5](86)。这段私塾经历虽然让何其芳倍感抑郁,但每日的诵读与作诗的经历却在一定程度上让古典诗歌的韵味与技法无形中深渗其血脉。何其芳在《写诗的经过》中回忆了他于 12 岁便开始迷恋《三国演义》、《水浒》、《西游记》、《聊斋志异》等旧小说;14 岁便读完了《唐宋诗醇》,他对诗歌的爱好由此开始,《唐宋诗醇》成了何其芳的诗歌启蒙书本,而李白和杜甫则成为其诗歌启蒙导师。此后,他开始醉心于富于情调的唐人的绝句。这些他"迷醉"的古典文学作品都深刻地潜入他的创作实践,诚如其曾自陈的:"所有那些使我沉醉过的作品都是曾经对我的写作发生了影响的。"[5](116)卞之琳于1910年出生,在他出生前的1905年科举制即已废止,无须诵读四书五经等科举考试必备书籍,但卞之琳却依然经历了较为扎实的传统文化教育。早在入学之前卞之琳的落第父亲卞嘉佑便授以《千家诗》等,他自己亦翻检家中藏书,专挑词章一类书籍阅读,对此卞之琳曾自述:

> 老人家又抑制不住私心的爱好,假托作为遣兴,就在算盘旁边,摊开一本《千家诗》、《唐诗三百首》之类,教我翻读,这倒引发了我对有限的家藏词章方面的书籍产生兴趣,也暗自诌过几句韵语。[6]

父亲在私心的爱好与假托的遣兴驱使下不仅向卞之琳传授了《千家诗》、《唐诗三百首》等书籍,激发其对家藏词章书籍的兴趣,还激发了他暗自学作韵语的兴致,无形之中一扇通往诗歌世界的门向卞之琳敞开。待到卞之琳七岁始入国民小学时,课本依然为文言文;后转至一所变相的私塾即浒通镇袁氏国文专修学校学习,卞之琳阅读了《孟子》、《左传》等经典书籍;1922年卞之琳入麒麟镇启秀小学念高小时课本才换为白话文,他却依然听老师讲过《逍遥游》、《齐物论》等古文。由此卞之琳夯实了古文功底,方能写出《秋郊晚眺记》等彰显古典修养的古文。可见,废名、林庚、何其芳、卞之琳等"晚唐诗热"中的代表诗人在其早期教育中,早已与整个古典诗传统结下深刻缘分,建立深厚感情,使其20世纪30年代回望传统时不可能只把目光局限于晚唐诗词的囿限之中。

另一方面,以废名为代表的一批诗人在20世纪30年代回望传统时并未只把目光投注于晚唐诗词,几乎每位诗人,除了对晚唐诗词极其热衷外,还表现出对其他时代之诗词的钟爱。废名曾在《随笔》中自道他喜欢王维的"春草明年绿,王孙归不归"(《山中送别》),亦"甚爱南唐中主之词",可谓"中国诗词,我喜爱甚多,不可遍举"[7]。废名对新诗的观点,都是"从旧诗看来的",他所谓旧诗,"乃指着中国文学史上整个的诗的文学而说"[8]。林庚的《中国文学史》撰写工作始于1934年,其"问路"的目光覆盖整个古典文学,更遑论其仅限于晚唐诗词领域;晚年时林庚曾多次在访谈中谈及自己20世纪30年代对唐诗和楚辞的钟爱。何其芳也并不把目光局限于晚唐诗词,他对少年时曾喜欢的《唐宋诗醇》"从少年一直喜爱到老年"[5](85-86),在李白、杜甫、白居易、韩愈、苏轼、陆游六位诗人中,依然最喜欢李白和杜甫。何其芳尤爱唐人之绝句,常醉心于"富于情调的唐人的绝句",他曾多次在不同文章中表达他对唐人之绝句的喜欢,如"我说我曾经很喜欢读唐人的绝句"[5](117),"我喜欢读一些唐人的绝句"[9],并曾胪举李益的《夜上受降城闻笛》和李涉的《润州听暮角》以论证唐人绝句之妙;他还援引李煜的诗句"留连光景惜朱颜"以概括自己的诗作,真可谓觅得隔代知音。这些他所至爱的诗词都并非囿限于晚唐诗词范畴。卞之琳的目光掠影范畴亦为"我国诗的长期传统"、"中国旧诗风",他所关注的亦为整个古典诗传统。由此不难推论,20世纪30年代以废名为代表的诗人并不把眼光局限于晚唐诗词,传统修养丰赡博厚的诗人们在重新回望传统时其目光所投注的是整个古典诗传统。因此,"晚唐诗热"只是他们在20世纪30年代回望传统的一个缩影,他们对晚唐诗的倾心与钟情，只是回望传统的集中体现。

二、"再认识"传统的平台

"晚唐诗热"作为回望整个传统的缩影，诗人们在此诗歌现象中纷纷回望传统，但并非所有参与这一诗歌现象的诗人对传统的姿态和与传统所发生的关系是一致的。

1928 年戴望舒发表其成名作《雨巷》，叶圣陶称许此诗"替新诗底音节开了一个新的纪元"[10]。然而戴望舒自己却认为这首古典气息浓厚的诗作并不成功，让他产生一种被旧诗词俘虏的感觉，因而在 1933 年出版诗集《望舒草》时他把此诗剔除出去，他更欣赏《我的记忆》之类的诗。何以如此？或许在戴望舒看来，《雨巷》简直是用"有韵律的现代语"[11]重构出的旧诗词，诗行间萦绕着"古已有之"的境界、氛围与情调，这种泛溢着浓郁古典气息的诗是在传统"不祥的魅力"[12]牵引下对古典诗传统的拥抱与回归，如果依循此路继续走下去，必将走入用现代语写旧体诗的危险中。他的《旧锦囊》中不少作品都回响着中国传统诗词的题材与意境，其实是对古典诗传统的拥抱与亲近。因此，他断然走出那飘着丁香的"雨巷"，转向西方现代诗资源的借鉴。1932 年留学法国的戴望舒与施蛰存、曹葆华等在《现代》、《新诗》两个当时相当有影响的阵地上大量译介外国诗歌资源，主要主张向外国诗歌资源库寻找力量。当这些曾经对晚唐诗词及古典诗传统一度热情的诗人纵身外国诗歌资源库寻找建设方案时，以废名、林庚、何其芳、卞之琳等为代表的一批诗人却自觉地回望传统，以"再认识"的姿态重新阐释传统，希求从传统中重新发现建设新诗的优秀资源。他们积极主动地回望传统，但他们对传统的姿态不是回归，不是复古，不是保守，更不是倒退，而是重新审视、阐释传统，形成对传统的重新发现、再发现，他们在对传统的再发现中发现了自身。这种再发现有可能是误读，是修改，但更是一种创造，是对传统的一次丰富。本文引论中曾论及张洁宇把戴望舒与废名等的区别定位于"无意识的因袭"与"有意识的继承"[13]上，由前分析可知，以戴望舒为代表的一批诗人与以废名为代表的一批诗人与传统发生的关系实质迥然相异。可见，"晚唐诗热"现象为废名等诗人显示其对传统的"再认识"姿态提供了一个重要平台。

虽然在"晚唐诗热"现象中，以废名为代表的一批诗人与以戴望舒为代表的一批诗人对传统的姿态迥然有别，但废名等诗人对传统的回望与"再认识"并不排斥外国诗歌资源的影响，拥有深厚古典诗学修养而又集体回望传统的他们与戴望舒、施蛰存、曹葆华等诗人一样，大多外国诗歌修养极为深厚，诗歌观念、创作经验等方面都深受外国诗歌影响，他们是在"中西融合"的基点上回望与重新阐释传统，外国诗歌质素早已渗透在他们回望传统的眼光中。以废名为代表的一批诗人所处的时代正值西方象征主义和新意象派强力改写中国诗歌书写范式之狂飙时期，废名、金克木、林庚、何其芳、卞之琳、吴兴华、朱英诞（虽然废名说他"与西洋文学不相干"[14]，但其实他曾受泽于西洋文学，曾"转入欧风美雨里去"[15]）等诗人都曾遍览外国诗歌"风景"，深受冲击与影响。如废名在《中国文章》中坦承："我喜读莎士比亚的戏剧，喜读哈代的小说，喜读俄国梭罗古勃的小说，他们的文章里却有中国文章所没有的美丽……我读中国文章是读外国文章之后再回头来读的，我读庾信是因为了杜甫，那时我正是读了英国哈代的小说之后，读庾信文章，觉得中国文字真可以写好些美丽的东西。"[16] 作为北大西文系的才子，废名早期深受外国文学影响，他曾屡屡提及莎士比亚、塞万提斯、波德莱尔以及文学史家乔治·勃兰兑斯、福楼拜、契诃夫等；1927 年 11 月至 1932 年 10 月废名卜居西山时案上有两部书，一是英国的《莎士比亚全集》，一是俄国的《契诃夫全集》英译本，可见其与外国文学的密切关系。一生以古典文学研究为主职的林庚也翻译过康拉德·艾肯的小说等作品，他自己曾坦承他受过外国现代诗的影响："当然，我写诗不是完全没有外国诗的影响。当时叶公超就开过'英美现代诗'，印了一本诗选。我选过他的这门课，而且真正的听课，又写诗的，可能只有我。我无意中，也会受泽于外国现代诗。"[17] 何其芳虽然只从中学老师那里获得了有限的一点英文知识[5](87)，但亦难免受到当时唯西方马首是瞻的热潮之影响。他曾读过梁宗岱关于法国后期象征派大诗人瓦雷里的评价和翻译的瓦雷里长诗《水仙辞》，他也承认自己"又在几位班纳斯派以后的法兰西诗人的篇什中找到了一种同样的迷醉"[9]，其言"班纳斯派以后的法兰西诗人"即指波特莱尔、玛拉美、魏尔伦、兰波等法国象征主义运动中的著名诗人。江弱水曾在分析《扇》时认为此诗有莎士比亚《暴风雨》的影迹，并认为何其芳诗文中的异国情调使他的语言风格近于"译"，"由于他对'异国情调'的沉湎，他的文字又不时显示出翻译的味道"，他指出何其芳文字的欧化倾向："他的问题不只是中文里搀杂英文，或使用西洋文学典故那么简单，他的欧化有时是侵到骨子里去的"[18](109)，"何其芳念念不忘的是那种牧歌情调，所以他即使讲起古代的中国故事，也用了典型的翻译腔"[18](110)。虽然何其芳所受外国诗歌影响或许并不如江弱水分析得那么深，但亦可见一斑。出身于北京大学外文系（1929—1933 年就读）的卞之琳一生以翻译为主职，第一篇翻译作品（英国柯尔律治的名诗《古舟子咏》，1060 行）诞生于其高中时代，大学二年级就开始公开发表译作，目前查到的第一篇公开发表的译作是以林子为笔名翻译的约翰·沁孤的《冬天》，刊于 1930 年 11 月 15 日的《华北日报·副刊》[19]。翻译过程中翻译对象的优秀质素被卞之琳有意识地吸收或潜移默化地对之发生了作用。因此，毋庸置疑，卞之琳曾深受西方诗歌影响，影响过他的西方诗人可以开列出长长的名单，如波德莱尔、艾略特、叶慈、里尔克、瓦雷里、魏尔伦、阿左林和纪德等[20]，他曾从他们那里不同程度地吸取了各种养分。朱英诞、吴兴华、南星等亦都曾大量翻译外国诗歌作品，显示了西学修养的深厚，显然深受外国诗歌影响。但当以废名为代表的这批诗人面对新诗发展十余年来沉积的问题和 20 世纪 30 年代新出现的诗歌问题与现象时，都在遍览西方文化风景之后遽然转身，自觉地回望古典诗传统。废名曾坦言："我读中国文章是读外国文章之后再回头来读的……觉得中国文学真可以写好些美丽的东西"[16]、"我的作文的技巧，也是从西洋文学得到训练而回头懂得民族形式的"[21]。卞之琳则说："在白话新体诗获得了一个巩固的立足点以后，它是无所顾忌的有意接通我国诗的长期传统，来利用年深月久、经过不断体裁变化而传下来的艺术遗产"，"倾向于把侧重西方诗风的吸取倒过来为侧重中国旧诗风的继承"[22]。其实，这批诗人并非停留于把侧重对西方诗风吸取的倾向倒过来为侧重对中国旧诗风的"继承"，他们的"回过头"并非对传统的回归，而是在探寻新诗建设路径的基础上重新阐释与认识传统，是对传统的"再认识"。

以废名为代表的这批诗人对传统的这种"再认识"姿态显然与梅光迪、胡先骕等"学衡派"们不同。废名等诗人虽然拥有深厚的古典诗学修养，对晚唐诗词显示了格外的亲近与欣赏。他们集体性地回望传统，但他们对传统的姿态并不同于"学衡派"们反对新文学的"传统复归"论和"昌明国粹"①的复古主义。"学衡派"们也曾接受过西方文化与思潮的影响，但却被文学革命者讽刺为"穿西装的封建绅士"、"镀过金的国粹主义者"[23]，因为他们大多拉希腊等国家的古典主义作他们复古主义的旗子，"学贯中西"成为是他们复归传统的招牌，外国资源并未对他们构成内质层面的实质影响，因此，他们反对新文学，而废名等诗人之回望传统正是从新诗未来的建设与发展出发的。废名重新考察古典诗传统，是为了寻找这"今日"新诗发展的"根据"，他认为以"温李"为代表的晚唐诗有"我们今日新诗的趋势"、"这一派的诗词存在的根据或者正有我们今日白话新诗发展的根据了[24]"；而于林庚而言，"一切过去的探讨无非都是为未来的使命"[12]，他写文学史的着眼点在未来，是为新文学尤其是新诗"问路"，是为新诗的发展寻求"让新诗像唐诗一样辉煌"[25]的出路；何其芳迷醉于古典诗词那种"锤炼"、"彩色的配合"、"镜花水月"等组合的"姿态"，是为了让自己的诗保留一些"诗的味道"[5](119)；卞之琳总在中西方资源的对照中回望传统，在异域文化中寻觅传统的影子，也是为了建设自己的诗歌。因此，当他们回望传统时，携带着"什么是新诗"、"写什么"、想像方式、传达方式、诗歌语言、诗歌形式等诗歌问题的思考与探索经验，完全从新诗发展建设出发"再认识"传统。

可见，"晚唐诗热"现象正为显示废名等诗人对传统的"再认识"姿态搭建了一个极为重要的平台。

三、再发现传统的窗口

"晚唐诗热"现象中废名等诗人对传统选取了"再认识"的姿态，重新阐释、认知传统。然而，"再认识"传统的姿态并非自废名等诗人开始，胡适亦曾"再认识"传统，只是废名等诗人对传统的"再认识"与胡适对传统的"再认识"性质截然不同。

胡适为了实现其"国语的文学"、"文学的国语"的语言革命目的，将"白话"作为文学之正宗，提倡以白话写诗，成为白话诗第一人。而为了增加白话诗存在的合理性，胡适曾重新考察中国文学史，对传统进行重新阐释与认知，显示了他对传统的"再认识"姿态。他在《国语文学史》、《白话文学史》中把两千年的中国文学史溯源为白话文学史，并对白话文学史进行了细致的梳理。在胡适看来，从汉魏六朝的乐府诗到唐宋时代的白话诗词，正构成了白话诗发展的传统，古代的"白话诗"正是白话新诗发展的源头。胡适还认为"元白"的诗是"自然的，活泼泼的，表现人生的白话文学"一路的代表[26]，而"白话新体诗"则是自"三百篇"以来以"元白"诗为代表的"中国诗自然趋势所必至的"[27]，将"元白"为代表的白话诗传统视为白话新诗发展的"正宗"。显然，胡适以他个人的眼光形成了对传统的个人认知，收获作为白话诗之语言资源的"白话"。但事实上，这是一种对传统的误读，此"白话"非彼"白话"也，"言文分离"的古代诗歌中之"白话"与"五四"后言文一致时期的"白话"分属不同汉语谱系，所指内涵各有千秋，因而胡适把中国文学史视为白话文学史、以"白话"的传统替代"诗"的传统的观点显然难以站住脚，正如梁实秋所批评的，胡适的"白话诗"注重的是"白话"，不是"诗"。对此，废名也指出：旧诗向来有两个趋势，即"元白"易懂的一派同"温李"难懂的一派，胡适"于旧诗中取元白一派作为我们白话新诗的前例，乃是自家接近元白一派旧诗的原故，结果使得白话新诗失了根据"[24]。废名发觉胡适一辈由于自己接近"元白"一派旧诗而取"元白"一派做白话新诗的前例，结果正使白话新诗失去发展的根据，敏锐地洞察了胡适观点的缺陷。胡适在"再认识"传统时所重新发现的"白话"并非传统中可资用于新诗建设的优秀质素，并非诗之为诗的基本质素，而"古典诗传统的再发现"的"风景"应是诗之为诗的基本质素，是既属于传统又属于新诗自身的优秀质素，因此，只注重"白话"不注重"诗"的胡适并没有真正形成对"诗"传统的"再发现"，纯属一种如钱钟书所言的"事后追认先驱"②。而废名等一批诗人是携带20世纪30年代的诗歌问题与经验，以他们特有的眼光回望传统，自觉地发现可以重新启用的资源，形成了对传统的新认识，"发明"和"生产"（王家新语）了传统的新面貌和新秩序，既是对传统的再发现，也是对新诗自身特质的发现，与胡适等诗人对待传统的性质截然不同。

"晚唐诗热"现象是20世纪30年代的一批诗人们为探寻新诗建设路径而回望古典诗传统时由于相通的心境、志趣与晚唐诗相遇而形成的。这一现象的发生，诗人们对晚唐诗词及其同一脉系诗词的格外青睐，正呈露了他们的独特心境与诗歌取向。这种心境与诗歌取向对再发现传统的影响正符合艾略特所指出的传统与"个人才能"之间的关系，每位诗人的"个人才能"打上这种心境与诗歌取向的印记后，他们回望传统时所看到的"风景"亦与其他时代不同。因此，当以废名为代表的一批诗人们在浸润中西方诗学修养的基础上遭逢新诗发展问题时带着这种心境与取向回望整个古典诗传统，他们所看到的"风景"必然不同于其他时代，而只是这一批诗人对传统的认识，他们所看到的传统只是他们眼中独特的传统，是一个与其他时代视野中不同的传统，呈现了20世纪30年代诗歌的一种独特特征，与其他时代对传统的认知与对新诗的建设都显示出不同的面貌，由此，"晚唐诗热"已经作为一种诗歌倾向成为他们回望传统的一扇窗口。通过这扇窗口，废名等一批诗人回望古典诗传统时所重新发现的"风景"是他们眼中独特的"传统"，是传统中诗之为诗的基本质素，是可用于新诗建设的优秀资源，既是对传统的再发现，又是对新诗自身的发现。当然，由于以废名为代表的一批诗人所再发现的"传统"是"晚唐诗热"窗口中所看到的传统面貌，因此难免存在以一个时代里一批诗人独特的诗歌建设需求与特点择取传统质素的偏颇。

作为一个发生在相通的心境、人生志趣与审美志趣等因素综合作用下的诗学现象，"晚唐诗热"袭卷了当时的许多诗人，其发生是20世纪30年代诗人们回望古典诗传统的一个缩影，但决不是新诗对古典诗传统的拥抱、回归或复古，而是新诗对古典诗传统的再发现、对新诗建设路径艰辛探寻的折射。当然，在这股"晚唐诗热"中，诗人们对晚唐诗词及同一脉系的特别亲近，呈露了当时诗人们以一个时代特有的眼光择取传统的局限，在这种不无偏狭的视阈下，他们对新诗建设路径的探寻必然无可避免地存在"偏狭"之处。

注释

①见《学衡·封面语》，创刊号，上海：中华书局出版，1922年出版。

②钱钟书说："新风气的代兴也常有一个相反相成的表现。它一方面强调自己是崭新的东西，和不相容的原有传统立异；而另一方面更要表示自己大有来头，非同小可，向古代也找一个传统作为渊源所自。……这种事后追认先驱的事例，仿佛野孩子认父母，暴发户造家谱，或封建皇帝的大官僚诰赠三代祖宗，在文学史上数见不鲜。它会影响创作，使新作品从自发的天真转而为自觉的有教养、有师法；它也改造传统，使旧作品产生新意义，沾上新气息，增添新价值"（《中国诗与中国画》，《七缀集》（修订本），上海古籍出版社，1998年，第2-3页）。

参考文献

[1] 孙玉石. 新诗：现代与传统的对话——兼释20世纪30年代的"晚唐诗热"[M] //现代中国：第1辑. 武汉：湖北教育出版社，2001.

[2] 孙玉石. 荒原上的丁香——20世纪30年代北平"前线诗人"诗歌研究·序[M] //张洁宇. 荒原上的丁香——20世纪30年代北平"前线诗人"诗歌研究. 北京：中国人民大学出版社，2003.

[3] 林庚，龙清涛. 林庚先生访谈录 [J]. 诗探索，1995 (1).

[4] 林庚. 漫谈中国古典诗歌的艺术借鉴 [J]. 社会科学战线，1985 (4)：50.

[5] 何其芳. 关于写诗和读诗 [M] //何其芳. 写诗的经过. 北京：作家出版社，1956.

[6] 卞之琳. 毕竟是文章误我，我误文章 [J]. 收获，1994 (2)：134.

[7] 废名. 随笔 [J]. 文学杂志，1937，1 (1).

[8] 废名. 新诗问答 [J]. 人间世，1934 (15).

[9] 何其芳. 论梦中道路 [N]. 大公报·文艺·诗歌特刊，1936-7-19.

[10] 杜衡.《望舒草》序 [M] //梁仁. 戴望舒诗全编. 杭州：浙江文艺出版社，

1989：52.

[11] 戴望舒. 谈林庚的诗见与四行诗 [J]. 新诗，1936，1 (2).

[12] 林庚. 漫话诗选课 [J]. 宇宙风，1943 (130).

[13] 张洁宇. 荒原上的丁香——20 世纪 30 年代北平"前线诗人"诗歌研究 [M].
北京：中国人民大学出版社，2003：123.

[14] 冯文炳. 林庚同朱英诞的诗 [M] // 冯文炳. 谈新诗. 北京：人民文学出版社，
1984：185.

[15] 朱英诞. 序文二篇 [J]. 文学集刊，1944 (2).

[16] 废名. 中国文章 [N]. 世界日报·明珠，1936-11-6.

[17] 孙玉石，林庚. "相见匪遥乐何如之"——林庚先生燕园谈诗录 [J]. 新文学
史料，2005 (1).

[18] 江弱水. 异性情结和异国情调：论何其芳 [M] // 江弱水. 中西同步与位移.
合肥：安徽教育出版社，2003.

[19] 卞之琳. 冬天 [N]. 华北日报·副刊，1930-11-15.

[20] 卞之琳. 雕虫纪历·自序 [M] // 卞之琳. 雕虫纪历 (1930—1958) 卞之琳.
北京：人民文学出版社，1979：16.

[21] 冯文炳. 尝试集 [M] // 冯文炳. 谈新诗. 北京：人民文学出版社，1984：4.

[22] 卞之琳. 戴望舒诗集·序 [M] // 卞之琳. 卞之琳文集. 中卷. 合肥：安徽教
育出版社，2002：349.

[23] 周有光. 语文闲谈 [M]. 北京：生活·新知·三联书局，1995：364.

[24] 冯文炳. 已往的诗文学与新诗 [M] // 冯文炳. 谈新诗. 北京：人民文学出版
社，1984：28.

[25] 曾华峰. 林庚：林间学者的诗人情怀 [J]. 中国研究生，2003 (1) 11.

[26] 胡适. 白话文学史 (上卷) [M] // 胡适. 胡适文集. 八. 北京：北京大学出
版社，1998：160.

[27] 胡适. 谈新诗——八年以来一件大事 [M] // 胡适. 中国新文学大系·建设理
论集. 上海：良友图书印刷公司，1935：300.

（罗小凤　2008 级博士生　　指导教师：王光明）

旷野之诗：1940 年代诗人的流亡经验与诗歌写作

谢文娟

抗日战争爆发后，为避免日本侵略者的直接打击和保存抗战的有生力量，国民政府迁都重庆，全国的经济、政治、文化中心也随之由北平、上海、南京等地向武汉、重庆、昆明、桂林等内陆城市转移。伴随着高等学校、文化机构、学术团体和出版单位的迁移，中国知识分子也主动或被动地加入到以民众为主体的迁移大潮之中。这种大规模的民族迁移不仅是地理空间的转换，也是文化空间的转换，既彻底改变了此前文人学者们的书斋生活方式，也深刻地影响了现代知识分子的精神生活和文学实践。就诗歌写作而言，这种流亡经验无疑为新诗表达自身的社会承担意识提供了新的契机，从书斋走出的诗人首先拥有了城市之外的视镜和切己的题材。白话诗在实验之初即有面向现实、批判现实、表现时代精神的诉求，诗与时代的胶着在 20 世纪四十年代表现得更为明显，因为这正是一个非生即死、大生大死的年代，一个需要得到集中与及时表述的年代，也是一个要求诗人大有所为而诗人又不得不为的时代。

一、告别城市

1936 年夏天，诗人辛笛离开北平赴英国求学，以《垂死的城》作为告别之诗：

> 主人有意安享静好的小居/然而不愿待见落叶纷纷/径自与这垂死的城相别/与最后的声音颜色相别/是的，这里有温馨的友人/风沙的游戏，工作的愉快/窗下有花和一些醉酒的地方/但他想，风景与人物都会因空气的腐朽而变的/暴风雨前这一刻历史性的宁静/呼吸着这一份行客的深心

一年之后，便是震惊中外的七七事变，敏感的诗人似乎提前知悉了历史的变动，才会写下这样忧心忡忡的诗句。1937 年，诗人卞之琳也在为去与留的问题犹豫不决，请看他的《候鸟问题》：

多少个院落多少块蓝天/你们去分吧。我要走。/……/我的思绪像小蜘蛛骑的游丝/系我适足以飘我。我要走。

走到哪里去? 仅仅是离开一座城市,还是告别过去的生活? 正如这首诗在表达时的往复回环,卞之琳的心态也是欲去还留。然而,面对日本军国主义势力的步步进逼,北平的四合院、蓝天、鸽哨、驼铃岂能长久地"挽"住诗人:

我岂能长如绝望的无线电/空在屋顶上伸着两臂/抓不到想要的远方的音波!

因此,一俟战争爆发,卞之琳便从雁荡山奔回上海,转经武汉,到达成都。但是,成都似乎也非久留之地:"四川出了那么多新文学大家,但是这里不仅抗战空气没有吹进来,连'五·四'启蒙式新文化、新文学运动好像也没有在这里得起微澜。"[1]92知识分子的这种情绪也表现在诗人何其芳的《成都,让我把你摇醒》一诗中:

这里有享乐,懒惰的风气,/和罗马衰亡时代一样讲究着美食/而且因为污秽,陈腐,罪恶/把它无所不包的肚子装饱,/遂在阳光灿烂的早晨还在睡觉。/虽然也曾有过游行的火炬的燃烧,/虽然也曾有过惨厉的警报。

何其芳用"睡着"来概括成都的总体状况,用"寂寞"来表达他的个人感觉,这是相当凝练的:

成都虽然睡着,/却并非使人能睡的地方。//而且这并非使人能睡的时代。/这时代使我想大声地笑,/又大声地叫喊,/而成都却使我寂寞,/使我寂寞地想着马耶可夫斯基/对叶赛宁的自杀的非难:/"死是容易的,/活着却更难"

这首诗集中表达了诗人们对中国城市所代表的腐朽力量的反感情绪。1946 年,诗人辛笛读到这首诗时曾明确提道:"在中国,享乐懒惰的都市,像成都的,可以数满了两只手。在抗战的几年,全国各地都在受火炼的苦难! 有的沦陷了在敌人的铁骑下喘息着;有的在一再遭遇着惨痛的战祸,轰炸焚掠和蹂躏;有的在极度的物资匮乏与通货膨胀的双重负担下匍匐着;然而占据了人民的精华的都市却充耳不闻,视若无睹! 只有罪恶才配作它们的唯一的高贵的装饰,呵,又何只是成都!"这也使辛笛想起前面提到的卞之琳《候鸟问题》一诗的开端,辛笛从中体验到了某种一致性:"情绪是多么一致! 应该走的时候,是连北平的深深院落里的明亮的蓝天也留不住人的! 而成都颇似北平,在抗战起后却还及不上抗战未起前的北平。"[2] 由于这些共同的情绪,卞之琳、何其芳于 1938 年离开成都这座中国内陆的城市,直奔延安。

以上三位诗人,在抗战前后的境遇和心情可谓各自不同:辛笛出国留学,远走他乡;卞之琳在雁荡山上写作;何其芳在成都教书、办刊物。但他们无疑是抗战前期知识分子活动的一个小小侧影,他们的诗篇也表达了这一时期知识分子对城市生活的复杂态度,既有留恋,也有反思。20 世纪 30 年代以戴望舒为代表的现代派诗人即表现出自觉疏离城市的一面,他们虽然身在都市,但是却无法放弃"自从亚当夏娃被逐后,那天上的花园已荒芜到怎样了"的追问,实质上反映出中国诗人在精神上的"无根"状态:他们既丧失了文化上和精神上的传统，也无法彻底认同现代化的宏大叙事。但是，战争的爆发，打破诗人安顿身体和生活的空间，"炮火翻动了整个天地，抖动了人群的组合"[3]，逼迫他们逃离城市，走向新的生存空间。这时，中国诗人的心变得坚硬起来，灵魂变得粗犷起来，从辛笛的忧心忡忡、历史性预感到卞之琳的犹豫不决、欲去还留，到何其芳的直接批评、大声呐喊，随着时间的推移，这种情绪一步一步变得明朗。这确实昭示了一种新的价值取向：一种以乡村和农民为想象对象的诗歌写作渐渐占据主流。

李欧梵认为，"城市—乡村的两叉分支现象，是中国现代文学史上的一个突出特点。从晚清开始，中国现代文学就滋长在城市环境之中。"但是，"随着1936年鲁迅的逝世与1937年战争的爆发，中国现代文学进入了农村阶段。以重庆为中心的'大后方'具有某种农村氛围，而爱国的时代精神引导大多数作家去亲近乡村的群众。"其后果是："这种民粹主义，加上对文学大众化的反复要求，为毛泽东在延安的文艺理论提供了合乎逻辑的背景"；农民成为作家的主要关注对象；"随着城市'心态'的丧失，中国现代文学也丧失了它那主观的热忱，它那个人主义的视角，它那有创造力的焦虑，以及它那批判的精神，虽然它依靠农村的主流达到了名副其实普及的广度，并取得了更加'积极'的特点。"[4]作为现代文学的一支，诗歌写作越到后来也越呈现出单一的面貌。但是，与城市环境逐渐剥离的过程，既漫长，也复杂，除了前面提到的中国诗人与城市的精神联系本身游移不定，也在于本质化的城市精神本不存在，何况战争的威胁使其内涵变得更加变动不居。既可以说，战争扩大了城市精神的统摄边界，使中国诗人得以用现代知识分子的眼光重新体察乡村；也可以说，它破除了这个边界，犹如中国城市本身被农村包围、与农村相联结一样，40年代的诗歌写作纳入了新的质素、体现出新的气质，其成就并非"普及的广度"与"积极的特点"所能涵盖。当然，当它逐渐被阶级话语所利用和替换，以致毁坏了城市精神的时候，便出现了李欧梵提到的那些后果。

二、流亡经验

抗战爆发，知识分子的生活直接受到影响，他们随着流亡的人群离开了自己生活居住的城市，向大后方转移。据孙本文的统计，这个时期，"大概高级知识分子十分之九以上西迁，中级知识分子十分之五以上西迁，低级知识分子十分之三以上西迁"[5]，诗人也是这流亡人群中的一支。下面是几位诗人的具体经历：

"八·一三"前夕，卞之琳听闻平津失陷的消息，随即"从浙南雁荡山下来，八月十四日经绍兴到杭州，接着在空袭警报声中，在满载南下逃难的普通老百姓的火车拥塞中，逆流而上，以半天一夜的时间，好容易奔回了上海。我在租界的李健吾家寄住了一些日子，九月初乘长途汽车，沿苏嘉铁路线，绕行至南京，然后乘船上溯至武汉，承朱先生招去四川大学教书，记得是十月十日到的成都"[1]87。1938年8月14日，卞之琳又与何其芳、沙汀夫妇从成都乘车出发，沿川陕公路北行，24日到宝鸡，25日改乘陇海路快车到西安，28 日乘八路军办事处汽车离开西安，31 日抵达延安。

胡风于 1937 年 9 月底离开上海，坐火车去南京，从南京坐船到武汉。一年之后，战事逼近武汉，胡风又乘坐小江轮经城陵矶、石首、宜昌到达宜都，与家人汇集，闲居一个月后，又乘船溯江而上。四川境内，交通工具大多被政府、军队征用，又因难民大量涌入，自然是人多船少，一路上苦不堪言。上有敌机轰炸，下有暗流险滩，到处充满了死亡的阴影：

> "船停在这里等候绞滩。在远处的高山上安置了绞滩机，将长长的铁索羁在船头的铁桩上，用人工绞着铁索，拉着船慢慢地指挥着向安全的河道前进。绞索工人在上面喊着号子，这大概就是他们的指挥令吧。船小心谨慎地慢慢行进，两边的石滩上有时出现破木船的残骸，有的地方还挂着几片布条，不知是死者的还是纤夫的。看去实在令人触目惊心！"[6]

尤其是胡风妇人梅志怀有身孕，要想挤上人满为患的轮船，只能由下面的人托着，上面的人拉着，自己蹭着船身往上扑，可谓惊险至极。在艰险的旅途上，胡风仍然坚持阅读中译小说。

臧克家则由临沂出发，夹杂在从北向南流亡的人群中，到徐州，服务于第五战区抗战青年军团，开始了五年战地生活。徐州会战，臧克家随司令长官部至河南潢川。1938 年 3 月，离开潢川到武汉，一个月后即赴台儿庄进行采访，写成了《津浦北线血战记》，到武汉出版此书后，于 5 月回到潢川，后随第五战区文化工作团辗转于商城、宋埠、歧亭、陈家店、襄樊、老河口、均县等地。1939 年春夏之交，随枣战役开始，盛暑，臧克家与姚雪垠结伴徒步向大别山远征：

> "早行晚休，汗水如雨，野店风光，别有情趣。我提一根手杖，触地铿然有声，兴致来时，拿它在头上画圈，如同龙飞。两个人，有时默默，有时聊天，有时争论，旅途虽然辛苦，可也饱尝乐趣。'六月天不出户，就是活神仙'，这是庸人的想法。足不出户的人，哪知一双倦腿，奔到一棵大树下，买一碗凉茶，坐在石块上，清风做扇，心舒神畅的那种美好的享受？他哪里知道，赶完一天路程，在旅舍住下，一盆温水泡泡双脚那种舒坦？他哪里知道，大檐草帽底下两个影子在大地上一晃一晃的那种诗的情味？经过战争的地方，破瓦颓垣，难民流落街头，触目惊心，恨日本侵略者把我们的大好河山撕裂得粉碎！有时看到一些受伤的士兵，拄一根木棍，衣服破烂，神形憔悴。另一方面，千百年来的名胜古迹，大开我们的眼界，助长了我们的兴致。登上南阳的卧龙岗，想象两千年前的一条'卧龙'，惹得刘备屈躬'三顾茅庐'，'半晌话定住了天下三分'。徘徊在汝坟桥头，吟哦着'汝坟诗'，想象着一个少妇，脚步迟迟，手攀柔条，满怀相思。"[7]155-156

随着形势的变化，第五战区的文化团体先后解散，臧克家于 1940 年秋离开第五战区后，辗转于河南南阳、湖北南漳县、河南鄢陵、河南漯河、安徽临泉、河南叶县，因国民

党对"左派"文化人的限制和对进步活动的破坏,最后不得不结束五年的前方生活,于1942年向后方迁移:

> "顶着盛夏的炎光,与几位同伴,凭两条腿,开始了远征,由河南而湖北,由湖北而入了四川境。一天走六七十里,汗水流了何止八斗!夜宿山间鸡毛店,野兽噪叫之声,声声入耳。大自然是可亲可爱的。她风呵雨呵,还有臭汗和尘土呵,给人以辛苦,可是她给予人的兴趣更多。以悠闲的心情,恣意享受千变万化的景象,野鸟野花的声色,步步引人入胜,使人忘却了疲劳。这时,我深深体味到了'浪莽林野趣'这个陶渊明的诗句的真意。有时,夜里宿在山间,好似置身山灵主宰的另外一个世界,心里感觉一派神秘的灵氛。脱光衣服,跳进清清凉凉溪水里,峰岚如屏,绿树撑伞,清风徐来,明月窥人,好似闯入了神仙世界,自己也大有飘飘欲仙之感。"[7]172-173

为时一月余,终于1942年8月14日抵达战时首都重庆。

1937年9月冯至随同济大学及附中内迁至浙江金华,年底,又随校继续向江西撤退。1938年10月下旬,从江西赣县出发,经湖南到桂林,在桂林和八步小住后,又经平乐、柳州、南宁取道越南河内乘滇越铁路于12月到了昆明:

> "那正是武汉失守、广州沦陷、长沙大火以后的一段时期,我们一路水上是狭窄的民船,陆上是拥挤不堪的火车和汽车,天空经常有敌机的空袭,晚间在任何一个旅馆或野店里把铺盖打开,清晨又把行李捆好,熟悉的事物越走越远,生疏的景物一幕一幕地展现在面前,一切都仿佛是过眼云烟。在广阔的天地之间,只觉得与狭窄的船和拥挤的车结下了不解之缘,这样日以继夜,将永无止境。体力的疲劳与精神的振奋在我身上同样起着作用。"[8]

1937年11月14日上海失守,日军一部向杭州进逼,艾青携妻女告别父母匆匆北上,"此时杭州已在敌人三面包围之中,从南京坐船去武汉已不可能,只有从金华先到南昌,再设法在九江换船沿江而上。"[9]艾青于隆冬季节到达武汉。1938年1月27日,艾青夫妇与萧军、萧红、聂绀弩、田间等人在汉口上车,沿陇海线途经河南、陕西,到达山西临汾,服务于第二战区。1938年2月25日,日军开始越过韩信岭进犯临汾,艾青西撤至西安,与画家张仃、作家高阳等发起成立"抗日艺术队",后因艺术队成员被人暗杀,宣传工作中断而回到武汉。1938年8月,艾青至湖南衡山做短暂停留,因战火逼近长沙,又于11月到桂林。1939年9月,艾青因婚变风波先至衡阳,后蛰居湖南新宁。1940年初夏,乘小船至邵阳,再换上大船到达重庆。

由于战局动荡不定,1938年1月,由北大、清华、南开三校联合组成的长沙临时大学西迁昆明,分三路入滇:第一路为湘黔滇旅行团;第二路人员由长沙经广州、香港、海防、河内和滇越铁路入昆明;第三路由陈岱孙教授组织,从长沙经桂林、南宁、河内和滇越铁路进入昆明,冯友兰、朱自清均走此路线。诗人穆旦作为"护校队员",随第一路人马于1938年2月19日出发上路,由长沙搭船到益阳县,再从益阳步行经湘西达到沅陵,在沅陵乘卡车到晃县，随后穿越云贵高原转滇越铁路于 4 月 28 日抵昆。全程 3000 多公里，其中步行路程约 1300 公里，历时 68 天。

动荡岁月的迁移经历虽为绝大多数诗人所经历，但这种经历对诗人个体的影响是不一样的，它最终所获得的表达方式也千差万别。武汉、成都、延安、昆明成为卞之琳小说《山山水水》人物活动的主要地点；胡风的流亡情怀则多借旧体诗和日记表达："剩有悲怀对夜空，一天冷雨一船风。夹江灯火明于烛，碧血华筵照不同。"（《从蕲春回武汉船上》1937 年 11 月 11 日）；臧克家在抗战颂歌中表达着昂扬的情绪，但回忆散文中却尽显中国文人的山水趣味；而冯至，远山远水终于在 1941 年汇聚于他的笔下，和昆明郊外的景色一起，化入《十四行集》的吟唱；艾青则用诗歌表现了这一时期所见所闻，所感受到的一切；穆旦也为西南联大的西迁留下了不可多得的诗篇。本文无法对每位诗人的诗歌做传记式考察，在此只以艾青、穆旦的诗篇为中心，考察这种经验和诗人个体相遇所激发出的诗歌灵感，与 20 世纪四十年代诗歌带来的新质，尤其是围绕"城市与乡村"这一话题所产生的复杂情绪。

三、旷野之诗

自抗战以来，艾青的诗歌确与他的流亡经历有不同寻常的关系。一方面，他此时期的诗歌多写于旅途之中，不少诗歌的落款都有地点可查，如《复活的土地》（1937 年 7 月 6 日）写于"沪杭路上"，《风陵渡》（1938 年初）写于"风陵渡"，《北方》（1938 年 2 月 4 日）写于"潼关"，《乞丐》（1938 年春）写于"陇海道上"，《车过武胜关》（1938 年 4 月初）写于"武胜关"，《这是我们的——给空军战士们》（1938 年 4 月 29 日）写于"武汉"，《黄昏》（1938 年 7 月 16 日）写于"武昌"，《秋日游》（1938 年 8 月初）写于"衡山"，《街》（1939 年春）写于"桂林"，1940 年的不少诗篇则写于"湘南"或"夫夷江上"，不必查阅传记，即可大致理出艾青的行踪。

其次，这种流亡经历为艾青的不少诗篇提供了诗意生发的"场景"。如《复活的土地》一诗的写作："一九三七年七月六日，我在沪杭路的车厢里，读着当天的报纸，看着窗外闪过的田野的明媚的风景，我写下了《复活的土地》……"[10]"窗外闪过的田野的明媚的风景"为这首诗提供了最初的意象："腐朽的日子／早已沉到河底，／让流水冲洗得／快要不留痕迹了；／／河岸上／春天的脚步所经过的地方，／到处是繁花与茂草；／而从那边的丛林里／也传出了／忠心于季节的百鸟之／高亢的歌唱。"

艾青许多以北方为题材的诗歌都写于他 1938 年与萧军、萧红、田间、端木蕻良等前往临汾的路上，《补衣妇》、《乞丐》等诗无不是途中所见。传记作者所说的北方景象"令初入北方的艾青大感惊讶"（程光炜）并非没有道理，毕竟，中国北方气势雄浑的景象很不同于艾青生活的江浙一带，而且"在风砂吹刮着的地域我看见了中国的深厚的力量"。[10] 在《北方》一诗中，艾青细致地刻画了这里的风景和人物：孤单的行人"在风沙里/困苦了呼吸/一步一步地/挣扎着前进……";几只驴子"载负了土地的/痛苦的重压,/它们厌倦的脚步/徐缓地踏过/北国的/修长而又寂寞的道路……";"枯死的林木/与低矮的住房/稀疏地,阴郁地/散布在灰暗的天幕下";"惶乱的雁群/击着黑色的翅膀/叫出它们的不安与悲苦,/从这荒凉的地域逃亡/逃亡到/绿荫蔽天的南方去了……"从中可以看出向南方逃亡的人群的影子。但是,与这种群体性的逃亡所呈现的背离感不同,艾青说他是爱这悲哀的国土:"——这国土/养育了为我所爱的/世界上最艰苦/与最古老的种族。"艾青比他同时期的诗人显得高明,从这首诗也可以看出来,不允许无节制地表达情感,也不允许这样的情感流于空疏,更不允许语言的贫乏与混乱,而是为特定的情感找到附着的对象,北方的土地无疑是艾青情感抒发和书写的对象之一。

艾青也较多地写到了乡村,特别是他蛰居湖南时,如写于衡山的《秋日游》、《斜坡》、《秋晨》,写于新宁的《秋》、《解冻》、《山城》等。这些诗不同于传统的田园诗,也不同于把乡村纳入民族、阶级叙事的主流诗歌,"……多数写的是中国农村的亘古的阴郁与农民的没有终止的劳顿",连作者自己都"不愿意竟会如此深深地浸染上了土地的忧郁。"[10]艾青或许也意识到了自己诗歌的独异之处,他在《〈旷野〉前记》中解释说:"《旷野集》所收诗二十首,均系作者在西南山岳地带所作,或因远离烽火,闻不到'战斗的气息',但作者久久沉入莽原的粗犷与无羁,不自禁而有所歌唱,每一草一木亦寄以真诚,只希望这些歌唱里面,多少还有一点'社会'的东西,不被理论家们指斥为'山林诗'就是我的万幸了。"[11]这"社会"的东西是什么呢?作者曾说:"但是假如我们能以真实的眼凝视着广大的土地,那上面,和着雾,雨,风一起,占据了大地的,是被帝国主义和封建地主搜刮空了的贫穷。这是比什么都更严重而又比什么都更迫切的:就是合理地解决土地问题。这是抗战建国的基本问题之一。"[10]贫穷和土地问题是诗人最为关切的问题。因此,也可以理解艾青在田园诗中渗透的忧郁感。

对于中国现代诗人来说,乡村书写的反面似乎必然是对城市的持续批评。尤其是在抗战时期,诗人们逐渐抛弃了20世纪30年代那种对现代化都市的惊奇与好感,而更多地倾向于持批评立场。其原因在于,抗战时期,城市成为资源最为集中的地方,尤其凸显了国民党的政治腐败,不少有良心的诗人都表示了对这种现象的忿恨和叱责。艾青对乡村和城市的情感,在《浮桥》这首诗里表现得很明显,其中的城市和乡村是以并列的方式出现的:"城市/以水门汀和钢骨/建筑成的连云的堡垒/强烈地排列着/守卫着:贪欲,淫逸,荒唐/又以金色的梦/和磷光的幻想/吸引了万人/向它呈现了劳动的血汗//乡村/站立在被风雨飘淋的原野上/那些颓废的墙堵/像穷人们的破衣/褴褛得失去了温暖/而那些屋檐/也被柴烟熏灼得/像穷人们的眼睛一样/储满了阴郁与困厄啊"其间的情感向度是明显相对立的。

这个时期艾青的诗歌流露出浓重的忧郁感,已为研究者所注意,究其原因,一方面是天性使然,另一方面是现实令人忧郁。但是这种忧郁是通过何种途径成为艾青诗歌的基调、氛围?显然,艾青为他强烈的忧郁气质找到了"客观对应物"。相比于20世纪30年代以戴望舒为代表的现代派诗人通过寂寞感的抒写来确立都市人的自我形象，艾青的忧郁感所关涉的对象无疑是更为广阔的，这包括上文所提到的北方书写和乡村书写，我以为用"旷野之诗"来命名这两部分书写未尝不可。艾青不仅有两首名为《旷野》的诗篇，并翻译了凡尔哈仑以原野与城市为主题的诗歌，自己也有诗集名为《旷野》，更重要的是，旷野、原野成为艾青诗歌中大量出现的场景、主题和意象。如作为场景或次要意象出现在《驴子》、《骆驼》、《向太阳》、《除夕》、《吹号者》、《水牛群》、《矮小的松林》、《高粱》、《篝火》、《雾》等诗中，或者本身就是主题和意象：

> 荒漠的原野/冻结在十二月的寒风里，/村庄呀，山坡呀，河岸呀，/颓垣与荒冢呀/都披上了土色的忧郁……（《北方》）

> 这平凡，单调，简陋/与卑微的田野。（《旷野》1940 年 1 月）

> 你悲哀而旷达，/辛苦而又贫困的旷野啊……（《旷野》1940 年 1 月）

从限定词里可以看出艾青深沉而忧郁的情感。有时，"旷野"超出了物理性的存在，成为中国乡村命运的象征，而引起诗人的忧虑和质问："人们走着，走着，/向着不同的方向，/却好像永远被同一的影子引导着，/结束在同一的命运里；/……彷徨在旷野上的人们/谁曾有过快活呢？"（《旷野》1940 年 1 月）

艾青对旷野如此着迷，一方面在于他是乡村的儿子，始终关怀乡村的命运："为了叛逆命运的摆布，/我也曾离弃了衰败了的乡村，/如今又回来了。/何必隐瞒呢——我始终是旷野的儿子。"（《旷野》1940 年 7 月）即使远离乡村，也被记忆所缠绕，这似乎是所有现代诗人的宿命："我永远是田野的各种气息的爱好者啊……/无论我漂泊在哪里/当黄昏时走在田野上/那如此不可排遣地困惑着我的心的/是对于故乡路上的畜粪的气息/和村边的畜棚里的干草的气息的记忆啊……"（《黄昏》）另一方面，唯有旷野与艾青此时的情感、气质、人格、胸怀相符："我的胸中，微微发痛的胸中，/永远地汹涌着/生命的不羁与狂热的欲望啊！"（《旷野》1940 年 7 月）艾青虽不断地把他忧郁的情绪投注于大地，但是旷野在他诗中显然有自行运转的力量，其蛮野的一面甚至胜过了艾青的忧郁。因此，但我们读到这样的诗句也就不足为怪了："我每天一定要来访问，/我常在它的阴影下/无言地，长久地，/看着旷野：/旷野——广大的，蛮耶的……/为我所熟识/又为我所害怕的，/奔腾着土地、岩石与树木的/凶恶的海啊……"（《旷野》1940 年 7 月）

与艾青相比，随西南联大西迁的穆旦，在诗歌中表达了作为流亡学生的另外一种情绪，表达了"旷野"充满生命力和活力的一面。从主题、意象、抒情方式等方面来说，穆旦的《原野上走路——三千里步行之二》与艾青的诗确有可资比较之处。

在这首诗中，穆旦是以第一节中提到的"告别城市"的主题开始的："我们终于离开了渔网似的城市，/那以窒息的、干燥的、空虚的格子/不断地捞我们到绝望去的城市呵！"在对沿途景象的处理上，相比艾青细致入微的描写，穆旦更多运用了现代主义隐喻的技巧："我们看见透明的大海拥抱着中国，/一面玻璃圆镜对着鲜艳的水果；/一个半弧形的甘美的皮肤上憩息着村庄，/转动在阳光里，转动在一队蚂蚁的脚下，/到处他们走着，倾听着春天激动的歌唱！"艾青在诗中常常写到"我"与"旷野"的关系，表达较多个体化的感受，但穆旦倾向于表达一种群体化的欢欣："而我们总是以同一的进行的节奏，/把脚掌拍打着松软赤红的泥土。"在面对旷野的召唤时，艾青体验到既吸引人又排斥人的双重力量，但穆旦却毫不犹豫地认为："等待着我们的野力来翻滚。"在对待民族情感这一点上，艾青的情感显得深沉（《北方》），或许是因为他的忧郁；穆旦显得更为昂扬："我们不能抗拒/那曾在无数代祖先心中燃烧着的希望。"穆旦认为艾青是"新的抒情"的较好代表，那么这首诗也可以说是穆旦个人向艾青的致敬，是对艾青的"旷野之诗"的回应和变奏。

冯至曾认为，近代诗人已经失却了"像宇宙的呼吸"、"化身于自然中，好像就是自然的本身"一样的自然诗，随着人类自我意识的觉醒，就如同渐渐长成的儿子一般，逐渐远离了自然母亲的怀抱，对人类情感而言，其问题在于："我们不但丢掉了自然，而且现代的生活，无形中有一种伟大的势力，处处使我们抑制自然所赋予我们的、许多喜怒哀乐的原始的情感。这势力，不容人反抗，他在不住地蔓延扩张，雾一般地笼罩大地。譬如战争，本来是一种情感的爆发，现在他却要受冷静的数学的支配。就是宗教和爱情，听着机械轧轧的声音，他们的本质好像也在起着变化。"并认为"怎样创造新形式，培养深切的情感，个人融在大众中而不沦为盲群，这是在失却自然、甚至爱情和宗教都在起着变化的时代里新诗人所应有的努力。"[12]冯至蠡测了一种新的写作方向，在自由、情感、个人与社会之间寻找化解矛盾的可能。但是，战争同样给予新诗写作以新的契机，它把诗人从城市驱逐向旷野，使他们有机会重新接触自然，并且是以战争中的中国知识分子的身份来观照和体验。其结果是，相较于古典诗歌和之前的新诗写作而言，他们提供了对大地、原野等自然现象较为复杂的情感反应和抒发方式，其中既包括本源性的生命记忆，也揉合了现实流亡经验的观感，还包含了对生命本能的毫不掩饰的挥发，以及对神秘的自然/命运召唤的回应。如果说"城市的吸引力和排斥力为文学提供了深刻的主题和观点；在文学中，城市与其说是一个地点，不如说是一种隐喻"[13]。旷野以其不同于城市的新鲜感受同样为新诗的写作提供了一种隐喻的方式。城市的隐喻或许带有普遍意义，"旷野"则具有特殊意味，它是对特定时空中中国诗人的经验、情感、文本特点的主题式、形象化描述。作为结果，它是流亡经历的产物，是心灵图景的映现；作为文本，它为新诗的写作提供了新的题材、主题和意象。我想，这正是穆旦说从艾青诗歌的气息中可以毫不错误地辨认出来"这些诗行正是我们本土上的，而没有一个新诗人是比艾青更'中国的'了"[14]的原因。

参考文献

［1］卞之琳. 何其芳与《工作》//人与诗：忆旧说新［M］. 北京：三联书店，1984.

［2］辛笛. 夜歌［J］. 文艺复兴，1946-2-25.

［3］卞之琳. 雕虫纪历·自序//雕虫纪历［M］. 北京：人民文学出版社，1979：7.

［4］［美］费正清、费维恺编. 剑桥中华民国史 1912—1949（下卷）［M］. 刘敬坤等译. 北京：中国社会科学出版社，1994：488-490.

［5］孙本文. 现代中国社会问题·第二册·人口问题［M］. 重庆：商务印书馆，1946：261.

［6］胡风. 胡风回忆录［M］. 北京：人民文学出版社，1993：132.

［7］臧克家. 臧克家回忆录［M］. 成都：四川人民出版社，1981.

［8］冯至. 昆明往事［J］. 新文学史料，1986（1）.

［9］程光炜. 艾青传［M］. 北京：北京十月文艺出版社，1999：140.

［10］艾青. 为了胜利——三年来创作的一个报告［J］. 抗战文艺，1941-1，7（1）.

［11］艾青. 《旷野》前记//旷野［M］. 重庆：生活书店，1940.

［12］冯至. 新诗蠡测//冯至全集（第五卷）［M］. 石家庄：河北教育出版社，1999：268-269.

［13］马·布雷德伯里、詹·麦克法兰编. 现代主义［M］. 胡家峦等译. 上海：上海外语教育出版社，1992：79.

［14］穆旦. 他死在第二次（诗评）［J］//穆旦诗文集2［M］. 北京：人民文学出版社，2006：48.

（谢文娟　2008级博士生　　指导教师：王光明）

乱点"鸳鸯谱"的"智"与"不智"
——赵树理小说《三里湾》中的婚恋问题分析

李杰俊

赵树理的小说《三里湾》中，存在着玉生、小俊和满喜，有翼、灵芝和玉梅，六人三对感情纠葛。赵树理对他们乱点"鸳鸯谱"，自圆其说又充满矛盾，皆大欢喜的背后映照出的是他的"智"与"不智"。本文将以文本细读的方法予以考察。

一、小俊与玉生、满喜

1. 玉生与小俊

玉生与小俊说得上"青梅竹马"，虽没有"父母之命"，但有"媒妁之言"，他们的结婚是在"半新半旧的关系上搞成的"。所以，"玉生和小俊初结了婚的时候，也不闹什么气"。玉生与小俊婚后一段时间内，两人还是和睦的。至于后来的吵闹，两人的不和睦，"坏在天成老婆身上"。天成老婆"能不够"把降伏天成的经验和理论灌输给小俊。作为"原则性的指示"，又具体指示小俊"挑拨玉生和他大哥分家"，分了家还不算完，"能不够"又指示小俊要做当家人，立规矩。在这种情况下，玉生说服不了小俊，小俊也愈加听信她妈的指示，结果两人经常吵架，二人的婚姻生活危机重重。小说中玉生与小俊以"吵架"登场，这次两人世界中以往的"家常饭"把他们的婚姻推向了破裂的边缘（这一点在作者那里似乎是两人婚姻破裂的导火线）。小俊在范登高家里看中了一身棉绒衣，并听从她妈的建议买了上身，回家去问玉生要钱。回到家里，玉生正在南窑修理他做的场碌样子。"小万宝全"玉生是个"在生产上创造性大的人"，经常"产生改良工具或改变生产做法的念头"，一心一意扑在生产工作上。所以，当小俊问玉生"你看这衣服好不好"时，玉生只顾手中的活，随便应承"好"。在这里，玉生的"工作狂"脾性和对爱人的冷漠表露无遗。小俊趁势要钱，玉生以"可惜现在没钱！现在天还不冷，过几天再买吧"为借口回拒，继续做他的活。可是小俊固执要买，还说"连家里穿衣吃饭的事都不管，却能管人家别人的扯淡事"，这伤了玉生的心。玉生"再不愿说一句什么话，低下头仍然做自己的活，心想只当没有小俊这么个人算了"。小俊见他不急，夺了他心爱的宝贝"曲尺"，摔了它，玉生情急之下打了小俊，以致两人就扭打起来。他们说"这日子不能过了"，玉生去了旗杆院，小俊则回了娘家。看来，"能不够"告诫小俊当家的指示并没有实现，钱还掌握在玉生手里，不然的话小俊不必向他要钱，可见"能不够"对小俊的影响是有限的。但事实上，对于玉生与小俊的吵闹，"能不够"的影响在小说中显然被作者强化了，"先要了解了这些历史，才能知道他们两口子吵架的真原因"。小俊说的话固然伤了玉生，但无疑也包含着她的怨意。如果说是小俊不理解玉生，那么玉生有何尝顾及过小俊呢？显然，"能不够"的干涉，玉生一味的沉迷于生产工作，疏于顾及小俊，小俊不理解玉生，疏于家务，一味听从她妈"能不够"的摆弄诸多因素导致两人发出"这日子不能过了"的感慨。即便如此，玉生与小俊的吵闹可以理解为夫妻间的惯性行为，并没有什么十分过分的行为，几千年传统社会中的夫妻们都是这样走过来的。但小说中仿佛夸大了这层意思，偏让玉生与小俊的婚姻走向破裂，且在玉生与"能不够"母女的评判中，把道德的天平倾向了玉生。这里显然存在着矛盾和偏差。后来，玉生提出离婚。因社里有任务，玉生就暂搁了离婚。两人的婚姻就处于"破而未裂"的局面了，但尚存调解的可能。因"能不够"鼓动小俊离婚，并与"常有理"张罗小俊与有翼的婚事，终因有翼拒绝小俊的婚姻、玉生与小俊离婚、玉生与灵芝订婚而使小俊的婚事落空。小俊的婚姻"一头抹了，一头脱了"，弄得没脸见人，渐生悔意，时常落泪。正如小说中小俊在刀把上收玉蜀黍，看到玉生，"眼光跟着玉生的脚步走，一会就被眼泪挡住了"。看到玉生，手又被豆荚刺出鲜血，她干脆放下镰刀抱头哭起来，而天成老汉的数落又加大了她的哭声，她彻底后悔了。但是一切都晚了，这也许是宿命。玉生与小俊本可以向传统小说中那样演绎一个知错能改、破镜重圆的结局，但作者却乱点了"鸳鸯谱"，生硬地把玉生判给了灵芝，小俊判给了满喜。这背后意味着什么呢？总之，一件姻缘完了，一件姻缘又开始了。

2. 小俊与满喜

小俊的婚姻抹了脱了，她也后悔了。月老可怜她，便派人给她牵线，红娘是大年老婆。在劳动中，大年老婆提出要给小俊说个对象，小俊心酸起来，但看来她也只好再找个恋人了。当大年老婆引出满喜时，小俊"一想到玉生，觉着满喜差得多；可是撇开了玉生，又觉得满喜不错——做活那股泼辣劲，谁看见都不得不服；虽然好说怪话、办怪事，可是又有个好心肠。她和玉生离婚后，不记得什么时候，满喜的影子也从她脑子里很快地溜过了一次，那时候也想到满喜的长处，不过因为那时候思想不实际，希望着她妈能把她和有翼的事包办成功，再加上那时候她家还留着那么多自留地，满喜也没有入社，把她家的地和满喜的地一比，觉着满喜是穷光蛋，提不到话下，所以只那么一溜就过去了。现在她爹要把多留的地入了社，满喜也入社了。她在玉生家住过一年，别的进步道理虽说没有接受多少，入了社的人穷富不在土地多少却知道得很清楚，所以又不觉得满喜是个穷光蛋了。至于满喜这个人，从各方面比起来要比有翼强得多，这个道理她仍不能了解，总还以为有翼好，不过有翼已经公开声明不愿意和她订婚，她也就断了那股念头。她从这各方面一想，心眼儿有点活动。"小俊默许了大年老婆。看来，小俊是在无奈的情况下考虑满喜的。对有翼，她也害有"文化势力眼"，曾存在着幻想；对满喜，她看重的是满喜"穷光蛋与否"，存在着"势力眼"（固然这无可厚非）；不管怎么说，基于现实的考虑，她觉得满喜是个合适人选。大年老婆询问满喜的意向，满喜说"我又不是收破烂的"。这一句充满了"简单的深刻"，下意识地闪现了满喜对妇女"贞节"意识的反应，尽管这还包含着他对小俊一家人向来颇有微词的缘故。值得注意的是，满喜对这一点并没有纠缠太多，而灵芝在考虑与玉生的结合中似乎也根本没有触及这个问题（玉生结过婚）。这是作者的疏忽，还是有意为之？那么"失真"又意味着什么呢？看来，对待同一个问题上的微小异点，体现着裂隙和矛盾。接着，大年老婆以满喜的"保人"身份说，"连她妈那么个人你还敢保哩！青年人不是更会转变的快吗？"满喜想："不论算不算对象，人家既然觉悟了，知道以前不对了，为什么还要笑话人家哪？"满喜心里转了弯，在大年老婆、玉梅的开导下也认同了。满喜基于对小俊"觉悟"的考虑，也默许了。显然满喜也有现实的考虑：自己也需要找一个对象（尽管书中对满喜的家庭和这方面的叙述很少），但"觉悟"无疑是最重要的。于是，小俊与满喜接上了线。在小说中，满喜与小俊的交往不多，偶尔对其及家人有善意的戏谑之词（"对事不对人"），爱恋的迹象很不明显，可以说满喜与小俊的结合也充满着偶然的因素，有拼凑的嫌疑。但"一阵风"满喜与小俊的结合也许是最合适不过了，它充满着戏剧性。他们的婚恋是对小俊悔改后的同情，还是对"能不够"的戏谑，还是对满喜的肯定？遗憾的是，自从"天成革命"后，"能不够"似乎好像在面壁思过，没有看到她对这事的反应，不过我们却看到了温婉的含刺的笑。小俊在大年老婆"她说叫你一辈子找不下对象，你把对象找到她家里去"的戏谑中判给了满喜，他们的婚恋画上了句号。

二、有翼与灵芝、玉梅

1. 有翼与灵芝

在"放假"一节里，有翼手把手地教玉梅写"梅"字和"翼"字，灵芝看见"梅"字和"翼"字并排着时说："两个人排一排队很好玩，为什么擦了哪？"玉梅回应道："两个字排在一块有什么好玩？像你们一块儿上学、一块儿当教员、一个互助组里做活，不是更好玩吗？"可见，有翼与灵芝的婚恋，一开始就充满着纠葛，因为有翼对玉梅也有好感。可以说，他们仁呈现的是"三角恋"局面。有翼与灵芝的"闲谈"开始于上中学的时候，只不过那时他们的"闲谈"有限。自从两人毕业后当上了村里的扫盲教员，谈话的机会才多起来。实际上，有翼与灵芝的婚恋状态很长一段时间里是"不即不离"、"若即若离"的。正如书中所说："这一年，他们不止谈得多，而且谈话的心情也和以前有点不同，因为两个人都已经长成了大人，在婚姻问题上，彼此间都打着一点主意。这一点，范登高老婆也看出来了。范登高老婆背地里问过灵芝，灵芝说她自己的主意还没有拿稳，因为她对有翼有点不满——嫌他太听糊涂涂的摆弄，不过又觉得他是个青年团员，将来可以进步，所以和他保持个'不即不离'关系；可惜这几个月来看不出有翼有什么进步，所以有时候想起来也很苦恼。""她的这种苦恼是从她一种错误思想生出来的。她总以为一个上学的人比一个没有上过学的人在各方面都要强一点。"其实，灵芝的苦恼还有另一层原因，那就是上过学的有翼并"不争气"。"灵芝根据她自己那种错误的想法来找爱人，便把文化放在第一位。三里湾上过中学的男青年，只有有翼一个还没有结婚；因为村里的交通不便，又和从前的男同学没有什么联系，所以只好把希望放在有翼身上。她所以迟迟不作肯定是想等到有翼进步一点再说，可惜几个月来就连有翼一点进步的影子也看不到，便觉得很苦恼。她常暗自把有翼比作冰雹打了的庄稼，留着它长不成东西，拔掉了就连那个也没有了。"看来，有翼和灵芝已处在恋爱中，虽然两人态度暧昧，并没有确立明确的关系，但青年人恋爱中的青涩已微妙地道出。除了两人相仿的条件和一些客观限制外，灵芝更关注有翼是否"有文化"、是否"进步"。小说中，灵芝的"文化势力眼"显然受到了批评，"进步"标准成为寻找对象的最高标准，这也为她最终放弃有翼、选择玉生埋下了伏笔。后来，有翼与灵芝的恋爱不稳定性终因有翼未交代检讨、开会屡次缺席、风传有翼与小俊订婚、有翼受她妈摆弄而走向确定：灵芝经过一番思忖和比较，摆脱了游移不定的心态，决心放弃有翼，选择玉生。这一决定的作出，包含着许多复杂的因素。有无奈，撇开有翼，三里湾只有玉生了；有女性"爱的感觉"，"她自从一号夜里帮玉生算场磙之后虽然只帮了玉生几次忙，每次都超不过半个钟头，可是每次都和拍电影一样，连一个场面也忘不了"；有思想和行动方面的，"玉生时时刻刻注意的是建设社会主义社会，有翼时时刻刻注意的是服从封建主义的妈妈。"有文化的，有文化的有翼比不上没文化的玉生，自己也不见得比玉生强；有心理的，感情上对有翼还有点负担，抓阄又不愿认；还有家庭的，从玉生和有翼的家人、房子工具、交往的人、作的事方面一一比较。灵芝在作出决定的同时再次清洗了自己的"文化势力眼"，选择与进步和先进人物同行。至此，两位中学生的婚恋宣告终结，灵芝阴差阳错地点给了玉生。同是中学生，灵芝可以说是得偿所愿，有翼则是饮泣情场。同样的角色，不同的态度，这背后意味着什么呢？

2. 有翼与玉梅

在有翼、灵芝与玉梅感情纠葛中，迹象似乎表明有翼更倾向灵芝，玉梅则扮演着被疏离者的角色，但一切还不稳定。灵芝与玉生订婚，灵芝去给有翼送喜糖，有翼、灵芝与玉梅的"三角恋"局面破除了。灵芝和有翼的婚恋已不可挽回，有翼与玉梅的结合成了可能。有翼想："怎么办呢？灵芝已经脱掉了，万一玉梅也趁这几天走了别的路子，难道真要我娶来小俊每天装死装活地折腾我吗？"有翼无奈之下重新考虑了玉梅，决定去找玉梅，上演了一幕"有翼革命"的戏目。有翼向玉梅提出订婚，固然由于灵芝与玉生订婚"惹起了他的怨气"，可是爱情落空的危机感才是主要的原因。所以，在订婚问题上，他让玉梅给个干脆话："愿不愿和我订婚"。玉梅深知其中的情由，并没有马上答应，说要考虑考虑。有翼说："不不不！那是推辞话！你跟我认识也不止一两天了，要说完全没有想过这问题我不相信！不愿意就干脆说不愿意，我好另打我的主意！说老实话，不要也来骗我！"显然，有翼私下考虑过玉梅，他还认为灵芝骗了他，他的举止行为活脱地表现了一个失恋者拼命抓住另一株挽救爱情稻草的"疯"。当玉梅对有翼的话反唇相讥时，有翼理亏，不敢强辩。而玉梅乘机反追，提出自己考虑的原因："我赞成和你在一块学文化，可是不赞成在你妈手下当媳妇——要让那位老人家把我管起来，我当然就变成'常有理'了。还有你那位惹不起的嫂嫂，菊英因为惹不起她才和她分开了，难道我就愿意找上门去每天和她吵架吗？更重要的是：我是社员，你家不入社，难道我愿意从社会主义道路上返到资本主义道路上去吗？因为有这么多我不能赞成的地方，所以我不能冒冒失失决定。"可见，玉梅对有翼的考虑也有"文化势力眼"的因素，但她的考虑主要在于有翼家没入社，走的是资本主义道路。所以，玉梅"要看以后各方面事实的变化"来决定与有翼订婚与否。有翼听明白了，回家分家入社，朝"进步"的路走。令人回味的是，有翼对爱情是高度重视的，甚至超过了"进步"，这从灵芝与玉生订婚前后的变化中可以清楚地看出这一点。有翼是为了爱情才"进步"，而不是为了"进步"找爱情，这与同为青年学生的灵芝是异途的，这使他失去了灵芝收获了玉梅。灵芝与有翼同为青年学生，本可以结合却没结合，为什么没有结合？灵芝与有翼异途却同归，都收获到了爱情，完成了青年学生与农民的结合。"爱情"与"进步"在同一路上似乎也有异途的危险，彰显着裂隙。但这却被作者有力地控制住了。不管怎么说，有翼与玉梅的婚恋胜利在望。有趣的是，作为马家院分子的有翼和"能不够"女儿的小俊都因受其母亲的摆弄被爱人放逐了，点乱了"鸳鸯谱"，"静观其变"的玉梅遂了愿。

三、灵芝与玉生

玉生与小俊的婚姻破裂后，玉生像以前一样把心思用在生产工作上，他的婚姻似乎停息了。也许是"天道酬勤"，也许是"好人好报"，玉生的爱情之花正在悄然开放。正所谓："失之东隅，收之桑榆。"玉生意外地收获了灵芝的爱慕。在他们的爱情中，灵芝在偶然的触动下偶有考虑，玉生"没有敢考虑"，这一切充满了偶然。作者也许也意识到了这一点，在书中写道："玉生伸出了双手，灵芝把自己双手递过去让他握住，两个人四个眼睛对着看，都觉着事情发展得有点突然。"所以，作者设置了"玉生借灵芝的圆规、两角器"及"玉生常请灵芝帮他计算帐目"等情节，用灵芝对玉生微妙的感觉和心理为其自圆其说寻找依据。但是玉生似乎对灵芝除了"英雄相惜"的好感外，并没有显示出对灵芝爱情方面的闪光。为了进一步解释这个问题，作者用"有没有文化"的话题作为两人迈向爱情路上的障碍。正如书中所写："'我没敢考虑这个事！''为什么不敢？''因为你是个中学毕业生！'灵芝想：'我要不是因为有这个包袱，也早就考虑到你名下了！'"灵芝终因清除了自己的"文化势力眼"接受了玉生，玉生也顺水推舟地答应了。"我的老师！只要你不嫌我没有文化，我还有什么考虑的哪？"最后，在灵芝妥善处理好了与有翼的关系后，玉生与灵芝订了婚。值得注意的是，对于"有没有文化"，如果说灵芝是"自省"的，那么玉生可以说是"敬畏"的（尽管事情并非如此简单）。灵芝"虽然并不出生在贫农家庭，对农业生产也很生疏，但她有'不产生于农村的普通的科学、文化知识（例如中国、世界、历史、社会、科学等观念），有青年人特有的朝气，很少有、甚至没有一般农民传统的缺点'。"尽管她还需要"自省"；玉生虽出生在贫民家庭，但他有传统中国农民勤劳善良、聪明能干、富于发明创造的精神和品质，当然应该对科学文化知识"敬畏"。看来，在这里"文化"存在着明显的张力，也可以说是裂隙。灵芝与玉生的结合（尽管看上去似乎是拼凑），是不是可以理解为在对"有没有文化"的"自省"与"敬畏"之间，作为"一种新生力量"的青年学生灵芝与作为农民代表的玉生通过妥协达成了一种平衡呢？是不是可以理解这是作者对"青年学生"与"农民"在彼此的"自我改造"中的合作将迎来美好明天的热情期待呢？可以说，灵芝与玉生的结合是一种具有共同理想与信仰的爱情的胜利。显而易见，作者对灵芝与玉生的点配是持赞美和欢迎态度的，"国庆节前夕"一节中灵芝与玉生工作到很晚及融洽的气氛也许就透露出了这一点。且看小说最后写道："他们的话就谈到这里。这时候，将要圆的月亮已经过了西屋脊，大门外来了脚步声，是值日带岗的民兵班长查岗回来了。他两个就在这时候离开里旗杆院，趁着偏西的月光各自走回家去。"这一小说中少有的景物白描（也许说不上）可以说是诗意葱茏，给小说留下了不尽的余味。乱点的鸳鸯，嫁对的郎。玉生与灵芝（抑或三里湾？）将迎来一个明朗的天。

综观赵树理小说《三里湾》中的婚恋问题，存在着六人三对感情纠葛。他们的婚恋轨迹有"乱点鸳鸯谱"的味道，尽管作者一直在努力自圆其说，但拼凑的嫌疑仍然存在，或明或暗地呈现出裂痕。我们不难发现，小说中是否"觉悟"和"进步"的因素是决定婚恋成功与否的关键性因素，"同志式"的爱情显然受到推崇。但事实上，小说文本显现的远不止这些。另外，"文化"因素（尽管小说中它是以中学生的身份体现）、现实的实利因素、道德因素也不可忽视，甚至它们中有的仿佛是最关键的（如实利因素，六人往往是在无奈的现实下才做出爱情抉择的，他们的爱情往往缺乏牢靠的基础，存在着被颠覆的危险，小说中的婚恋曲折就能很好地说明这一点）。实际上，"觉悟"与"进步"本身就预示着一种更大的实际利益，那么婚恋的决定因素也可以理解为实利因素（尽管这看上去并不是作者的本意），这样一来婚恋的标准就在无意中出现了裂隙。在赵树理那里，爱情往往只是他应用通俗化手段的策略，但它也能成为其小说的重要元素（情节及意义），《三里湾》里的婚恋就是如此。农业合作化运动不仅带来了生产关系的变化，还带来了人际关系的变化（包括父子、母子、兄弟、夫妻、邻里等等），还包括人类最隐秘的领域——爱情婚恋领域。《三里湾》中似乎存在着两条线索，农业合作化运动中社会主义道路和资本主义道路两条路线的斗争（这看上去是作者明显意图）和六人三对的感情纠葛（小说中的表象层）。在两者的关系中，前者是主导，后者是附属；前者似暗实明，后者似明实暗；前者是深度层，后者是表象层（尽管后者本身就是前者的有机部分）；前者往往以"开会"显示，构成大骨架，折射出权力话语；后者往往从家庭开始，体现前者照应前者深化前者，包含道德讽喻。在权力话语和道德讽喻的两面夹击，先进者"高大全"、中间人物坚定立场、落后分子屈从认输。在小说中，"红"与"专"是被称道的，玉生与灵芝的结合是不是预示着"又红又专"的方向呢？他们的结合"打乱"了他人（但作者似乎是不惜这样做的），这似乎是作者"乱点鸳鸯谱"背后的"智性"选择（现实政治）。同时，作者好像也并没有放弃道德评判的眼光，还透露出对教育改造问题的思考，这也许是作者"智"而"不智"的地方。这是不是可以理解为赵树理作为农民、革命工作者、作家的三重身份间的矛盾纠葛呢？总之，宏大叙事下的意识表述、"问题小说"和传统评书形式的局限、"文化势利眼"问题、农村农民风俗文化心理问题、道德评判问题、初次写作此类小说准备不足、"有多少说多少"创作原则、个人艺术体验等诸多因素势必会有意无意使作者的意图在实现上出现游离和偏差。事实上，似乎可以说，正是这种游离和偏差，才是作家"智"而"不智"的"真智"。问题——家庭，农业合作化运动——婚恋，《三里湾》在家庭和婚恋中触摸农业合作化运动和现实问题，呈现出了一幅生动明晰而绚丽多彩的农村变革风俗画，文本显示了多重阐释的可能性，使文学与历史在某种深层意义上实现了契合。尽管小说瑕瑜互见，历史本身要复杂得多。

参考文献

[1] 赵树理. 赵树理文集（2）[M]. 北京：工人出版社，1980.

[2] 黄修己. 赵树理研究资料（中国现代文学史资料汇编（乙种））[M]. 山西：北岳文艺出版社，1985.

（李杰俊　2010级博士生　　指导老师：张志忠）

从"知识分子写作"与"民间写作"之争看90年代诗歌批评

杨 洋

摘 要：90年代诗歌批评状况可以从1999年中国大陆诗坛爆发的"知识分子写作"与"民间写作"之争中得到集中反映，主要存在三个问题：诗学范式归结的偏执与对立、文本解读的忽视与偏离、理论依据的缺失和混乱。虽然相比80年代，90年代的诗歌批评出现了新的变化，逐渐形成了一种自足性、综合式、开放性的批评态势，但是其中存在的问题应加以认识和谨慎地对待，树立正确的批评观念仍然值得重视。

关键词：90年代诗歌批评 民间写作 知识分子写作 诗坛论争 批评观念

进入90年代以来，诗歌创作的状况并不容乐观。林贤治先生就曾在2006年第5期的《西湖》杂志上发表了一篇文章，题为《新诗：喧闹而空寂的九十年代》，且不论林先生的评断是否完全准确，重要的是我们可以从中看出人们对诗歌发展现状存在的不满以及忧虑。本应担负起理论支撑与引导的批评界却在此时也陷入了一种"喧闹而空寂"的状态，这可以从对1999年中国诗坛爆发的"知识分子写作"与"民间写作"之争的评论中略窥一斑。在这场诗坛上的"华山论剑"中，坚持"民间写作"立场的诗人与被称之为"知识分子写作"的诗人、学者之间展开了激烈的论争。而身兼诗人和诗评家双重身份的他们表现得却并不冷静，以及围绕此次论争所展开的评论也较少真切有效的批评，使得90年代的诗歌批评备受责难。

一、诗学范式归结上的偏执与对立

其实"知识分子写作"与"民间写作"之间的分歧可谓是由来已久。正如罗振亚先生所说，从1986年"中国现代诗群体大展"后，"莽汉、他们、大学生诗派等平民美学一翼，以对朦胧诗为美化贵族诗学的抗拒，在粗鄙的路上滑行，而整体主义、非非主义等文

113

化诗一翼，则在承继后期朦胧诗的文化、玄学意向同时融合结构主义理论，做更典雅的飞翔，和平民诗分庭抗礼。"[1]89 即使是到了诗坛格局多元化发展的 90 年代，其中差距最大的也仍是延续上述两种发展路线的诗歌创作潮流。而"知识分子写作"与"民间写作"也正是基于这两种写作流向的分野和决裂。当然，事实绝非这么简单。在这种写作流向的巨大差异背后是诗人们面对历史转型期的迷茫与焦虑。八九十年代市场经济的大行其道代替了政治的重重禁锢，给诗坛带来了猛烈的冲击。随着政治体制发生的变化，诗人的职业身份也发生了变迁，他们面对生存的压力不再可能把写诗作为一项专门的职业，"从前诗人的那种'立法者'和'代言人'的角色迅速褪色"[2]。"诗人已经退出了公众生活，他们已经无法激起人们的兴趣。"[3] 更重要的是相对于 80 年代以前，一体化的社会制度对诗人写作的束缚放松，诗人难以再以对抗性的姿态获得存在的价值。面对这种情况，诗人们都在努力探寻当代诗歌的发展可能性，而批评界的意见在此时也变得相当重要。正因为如此，程光炜先生编选的《岁月的遗照》才引起了很多人的不满。因为这本书选取的大部分是张曙光、欧阳江河、王家新、西川、孙文波等后来被称之为"知识分子写作"的诗人的作品，颇有以偏概全之嫌。为了讨个说法，民间写作阵营中人据理力争，由杨克主编，花城出版社出版了《1998 中国新诗年鉴》，从而把两派的矛盾加以凸显，并最终引发了激烈的冲突。

在很多人看来"知识分子写作"与"民间写作"热衷的是对话语权的争夺，这不是没有道理的。在一个诗坛发展格局多元化的时代，谁得到了理论界的认可，谁就具有了优势，这是个不争的事实。所以公众也更希望批评界能给予诗歌客观和公正的评价。在程光炜编选的《岁月的遗照》里，作为该书序言出现的《不知所终的旅行——九十年代诗歌综论》一文对 90 年代诗歌的体察和把握实际上只是建立在对张曙光、欧阳江河、王家新等几个人的诗作分析之上的：张曙光"他的作品里有叶芝、里尔克、米沃什、罗伯特·洛厄尔以及庞德的等人的交叉影响"[4]71；"欧阳江河贡献于当代文坛的当属于对诗句的悖论性处理"，"他突然改变词汇意义方向、或扭曲词意的目的，是想使阅读始终处在现实与幻觉的频频置换之中，并产生雅各布森所说的'障碍之感'"[4]72；"米沃什、叶芝、帕斯捷尔纳克和布罗茨基流亡或准流亡的诗歌命运是王家新写作的主要源泉之一"[4]72；"西川的诗歌资源来自拉美的聂鲁达、博尔赫斯，另一个是善用隐喻、行为怪诞的庞德，[4]72 "在朋友们当中，开愚是一个形式实验最多，变化也最大的试验者。"[4]72-73 "他的某些过于仓促的短诗，我更愿意把它们看成富于想象力的诗歌片断抑或诗学札记。"[4]73；可以说程光炜先生对这些诗人作品的风格把握是很到位的，但是当他把这几个人所围绕的《倾向》杂志看成是"秩序与责任"的象征，"正像彼得堡之于俄罗斯文化精神，海德格尔、雅斯贝尔斯之于二战后德国知识界普遍的沮丧、混乱一样，它无疑成了一盏照亮泥泞的中国诗歌和人心的明灯"[4]69。并认为围绕着此群体的写作所呈现、生发、回旋与阐明的才是诸多涉及 90 年代诗歌写作的根本命题时，就把知识分子写作上升到了一种无以复加的高度，归纳为唯一能代表 90 年代诗歌成就的诗学范式而遭到民间写作的攻击。正是由于《岁月的遗照》借用的是 90 年代的名义为"知识分子写作"命名所以颇遭非议。正如罗振亚指出的："这种把自己宠信的个人化、叙事策略、写作立场、西方资源等册封为 90 年代诗歌的经典范式，自称老大的以偏概全做法和行文逻辑，既遮蔽了 90 年代诗坛的宏阔视野，也无法不令人心生反感。"[1]90 而杨克编选的《1998 中国新诗年鉴》虽然宣称秉持的是公正公平的原则，但是其中收录的一些文章却"超出正常的文学论争范围征伐异己或搞人身攻击"[1]90。作为此书序言出现的于坚的《穿越汉语的诗歌之光》一文提出与知识分子写作迥异的诗学主张，欲与之分庭抗礼。而谢有顺又发表文章对"知识分子写作"大加指责，并指出："《1998 中国新诗年鉴》当然不仅是给我们提供了好诗，它更主要的是第一次如此显著地实现了两种不同写作道路的分野——诗歌是守护自尊的生活，还是守护知识和技术；汉语诗歌是为了重获汉语的尊严，还是为了与西方接轨。"[5] 谢文明显地把民间写作与知识分子写作归结为两种截然对立的诗学范式并极力推崇民间写作，正是这种比较极端的方式和非理性的批评态度导致了事态的恶化。在这场论争中，无论是程光炜还是谢有顺都采取了一种本阵营的"守护者"的姿态，而没有承担起应有的进行客观、理性批评的责任。

二、文本解读的忽视与偏离

90 年代的诗歌批评的问题之一就在于陷入了单纯的观念之争，以言论驳言论，缺乏对文本的真切关注，使批评沿着非诗的方向偏离了自身。洪子诚先生曾在一篇文章里谈到他在参加一些关于"90 年代诗歌"的讨论会时发现，那些出席会议的诗人、批评家和从事文学理论、文学批评的专业人员，每人在会上发表一番对诗的"宣言"性质的意见，"由于这些表明诗学立场的话语距离相去甚远，且实际上不是一个层面上的问题，因而又会发生激烈的冲突"，而且他们发表宣言时"并没有提供作出这种概括的任何具体依据、材料"[6]91。在 90 年代的诗歌批评中的确存在这样的问题，在此次论争中也有所体现。"知识分子写作"与"民间写作"在写作立场、写作资源以及写作向度上存在着明显的分歧与对立。表面上看来，他们互相批驳的论点的确可以归为"二元对立"的行列。但是在下这个判断的时候我们应该相当谨慎，因为，这极有可能就会无视诗人及其作品的特殊性，消弭了他们之间的差异。

其实在"知识分子写作"阵营中的人，他们的"异"比"同"更显著。正如洪子诚先生所说："在有关'知识分子写作'、诗歌的伦理与承担、诗的时代感和历史感、语言与现实等诸多问题上，在他们诗艺的具体展开方向上，都有明显的差别，甚至对立。"[2]252比如在关于诗歌技巧的问题上，王家新宣称人们所设想的技巧问题并不重要，甚至是个不存在的问题。对此，臧棣十分不满，认为"这样的断言的确有点令人惊异"[6]432，"在写作中，我们对技巧（技艺）的依赖是一种难以逃避的命运。在我们所卷入的'与语言的搏斗中'，技巧是唯一有效的武器，是表达从语言对它的纠结中解脱出来的最后手段"[6]433。

不只是这一个方面,当欧阳江河的《'89后国内诗歌写作:本土气质、中年特征与知识分子身份》一文发表后,程光炜则以《误读的时代》一文对他提出的"中年写作"、"本土气质"、"知识分子个人写作"三个诗学概念加以一一驳斥;杨远宏也曾在《暗淡与光芒》一文中就欧阳江河提出的"知识分子写作"与程光炜提出的"叙事性"进行了质疑。

即便是在诗艺的具体展开上他们也是各有特色。西川喜欢从体验出发,借助回忆、虚构、冥想等因素进行带有哲理意味的思考,采用的是句群或段落式写作:"一个个刀剑之夜,贩运之夜/死亡也未能阻止喘息的黎明/我虚构出众多祖先的名字,逐一呼喊/总能听到一些声音在应答;但我/看不见他们,就像我看不见自己的面孔"(西川《虚构的家谱》)。而王家新相对来说则不太注重技巧,他的诗常常是以略显单纯独白与倾诉这种方式来完成:"不能到你的墓地献上一束花/却注定要以一生的倾注,读你的诗/以几千里风雪的穿越/一个节日的破碎,和我灵魂的战栗//终于能按照自己的内心选择了/却不能按一个人的内心生活/这是我们共同的悲剧"(王家新《帕斯捷尔纳克》)。支撑他写作的是命运、时代、承担这些词语以及对这些问题的追问与探究,而非技巧。

民间写作阵营中人也存在同样的情况。在盘峰诗会上,刘福春先生曾说"也许过几年伊沙和于坚就会分道扬镳,虽然现在他们还观点一致"[7],不幸事实果真如此。观点一致是因为出于论争需要,是因为他们把矛头都指向了"知识分子写作"而忽略了彼此之间的差异。2000年"年选"与"年鉴"之争、2000年"衡山诗会"的"韩沈之争"、2001年的"韩沈之争"使得民间内部四分五裂。其实这是个人诗学观念和审美趣味上的不同而导致的必然结果。

不仅仅是同一阵营中的诗人的创作理念和作品存在着差异,即使是在两大阵营之间他们也存在着诗学共识。首先是对独立精神的钟情,警惕意识形态的写作。90年代的诗人所警惕的意识形态写作并不仅仅是指沦为意识形态工具的诗歌写作,还包括以反抗的姿态依附于意识形态的写作,比如朦胧诗写作。朦胧诗是以对真理人性正义崇高的呼唤、对社会忧患的承载、对苦难和悲情的表现来塑造一个悲壮的英雄人格,并以此来获得公众的同情与认可。它最终以一种意识形态战胜另一种意识形态的方式成为一种体制化的存在,其代价就是成为一种新的意识形态的附庸并与之合流。更重要的是这类写作因为过度关注的是命运、责任、承担而忽略了对平凡的个人生存处境的细微体察。对此,无论是知识分子写作还是民间写作都有清醒的认识。臧棣指出:"后朦胧诗人注意到,在朦胧诗那里,像意识形态禁忌缩减着诗歌一样,与意识形态禁忌的对峙也在另一种意义上耗损着诗歌;而这正是后朦胧诗人想极力逃避的写作命运,他们不愿意诗歌的感受力受对峙主题的牵制。"[6]427而于坚的《0档案》揭示了体制对人的编排、规约、压制,却是以戏仿、反讽的形式和"零度写作"的客观方式加以呈现的,这种手法已经明显区别于朦胧诗的写作方式。

其次是主张诗歌应该关怀人的生存境遇,反对纯诗写作。民间写作与知识分子写作都主张诗歌应该介入生活、关怀生存境遇。只不过民间写作是以现象还原的方式对场景和事件进行客观呈现，而知识分子写作则以对具体事件和场景的超越来进行对生存、现实、精神意义等命题形而上的思考。双方互相攻讦，貌似针锋相对，但是深入分析他们的批评文本就会发现他们对纯诗写作态度的一致性。西川的《致敬》、《厄运》、《芳名》、《近景与远景》，王家新的《帕斯捷尔纳克》、《最后的营地》、《守望》，以及于坚的《0 档案》、《啤酒瓶盖》、《在诗人的范围以外对一个雨点一生的观察》以及《事件》系列作品都是这种创作理念的具体实践。

再次是对复杂诗艺的探索，包容许多"非诗"的异质性材料在诗中的出现。90 年代的诗人，无论是民间写作还是知识分子写作都不再耽于单一的抒情独白，从语言的运用到主题的选择都纳入了许多"非诗"的异质性材料，而对这些异质性材料的综合性处理又使得诗歌的文体出现了很多变化，对此胡续冬视其为体式上的革命："积压在写作者心中的大量日常生活经验第一次在写作中流溢了出来，挟带中年人自嘲、自辩、饶舌、讥讽的语气撞开了分行体和单一抒情视角的限制，造就了片段散文体（如王家新《词语》、西川《近景与远景》）、多声部叙事体（如翟永明《咖啡馆之歌》、肖开愚《来自海南岛的诅咒》）、半叙事体（孙文波的大多数诗歌）、诗行散文夹杂体（如肖开愚《碎片及线索》）等等，使诗歌文体的大门得以敞开，写作者的语言操练空间得以更加自由。"[6]100尽管并不是所有的诗人都认同胡续冬的观点，但是两大阵营中的诗人都对这种现象表现出了相当宽容的态度已然成为不可否认的事实。

由此可见两大阵营中的诗人的创作各具特色，而两大阵营之间的诗人的诗学理念也存在很多共识。众多批评家迫不及待地给此次论争扣上"二元对立"的帽子，在很大程度上是因为他们并没有认真地关注、解读文本，甚至是在偏离文本的情况下想当然地进行论争和概括，这也自然造成了批评的肤浅和无效。

三、理论依据支撑的混乱与缺失

"知识分子写作"与"民间写作"能够吵得沸沸扬扬，首先在于"知识分子写作"和"民间写作"这两个概念的确立，这也是两大阵营的人能够确立自己立场的重要理论依据。但是当我们对这两个概念进行检视之后，就会发现支撑概念的理论依据本身就是混乱和虚无的。

其实对于"知识分子写作"这个概念，知识分子写作阵营中人的理解也并不一致。在西川那里，"知识分子写作"只是一种文体、一种风格；欧阳江河则把它上升为一种诗学观念；在王家新看来它强调的是对道义和责任的承担；而在程光炜的眼中它是由西川、王家新、欧阳江河、张曙光、孙文波等几个人的诗歌写作所体现出来的一种能代表 90 年代诗歌写作的诗学范式。民间写作其实并不反对只是作为一种个人写作风格的"知识分子写作"。但当王家新等人视其为 90 年代的风尚和症候而普遍存在，并指称即使是在那些被称之为民间写作的人那里也不例外时，事情就不再简单。事实如果并非如此，那么知识分子写作的命名依据则是缺失的。事实如果的确如此，那么一个时代的风尚和症候能否只基于对几个诗人的考察来命名？张曙光、欧阳江河等人的诗作能否代表 90 年代诗歌的写作风貌？这些都不能不让人心生疑虑。王家新曾说："知识分子写作"的基本内涵"决不是'写什么'或诗人的社会身份的限定，也不像于坚所歪曲的，要号召人们去当'研究生、博士生、知识分子'，它不会那么可笑地要求。它甚至也不是人们有时提到的'学院派写作'。正如许多诗人和批评家已阐发的那样，它首先是在中国这样一个社会，对写作的独立性、人文价值取向和批判、反省精神的要求，对作为中国现代诗歌久已缺席的某种基本品格的要求"[6]252-253，但是这种对"知识分子写作"应有的独立精神以及对道义、责任的承担的强调实际上陷入了一个更大的误区，因为这是一个诗人、尤其是优秀的诗人应该具备的，而不是"知识分子写作"独有的特征。于坚的《0 档案》、伊沙的《饿死诗人》以及其他民间写作阵营中的诗人的作品也并不缺乏批判的锋芒，而叙事、反讽等因素在诗中的加入也是 90 年代诗歌写作中普遍的症候，并非"知识分子写作"一家独有。可以说对独立精神的呼求、批判意识的强调、道德责任的承担不足以成为"知识分子写作"区别于90 年代诗歌其他向度写作的显著特质。相反，注重语词的运用、技巧的探索以及以西方资源和知识背景来支撑写作这些备受民间写作攻击之处才是"知识分子写作"的独特性所在。民间写作把"知识分子写作"等同于"知识写作"虽有偷梁换柱之嫌，却正攻其软肋。

相对于"知识分子写作"这个概念的太过宽泛，"民间写作"这个概念的显著缺陷则在于它的虚幻性。民间写作把对不只属于它的对独立精神的追求寄托在了民间。不可否认，作为现实的民间的确存在，但是知识分子写作阵营中人对民间的纯粹性的质疑也并非没有道理。就如西渡所言："如果对应于'官方'或体制，则在一个意识形态无孔不入、体制无所不在的国家，并不存在一个独立的民间。即使提出民间立场的人也不得不承认'人民普遍与意识形态达成共识'。在这个意义上，民间事实上就是体制的一部分。因此，根本不可能存在什么独立的民间立场。"[6]117 "如果对应于知识分子立场，则民间立场意味着一种大众文化立场"，[6]117 "与民间大众文化一拍即合的是汪国真、文爱艺、席慕容的诗歌。"[6]117民间立场由此陷入了一个两难境地。确实，在一个国家、权利、意识形态和商业文化无所不在的社会，一个"纯粹"的民间是否能够存在让人心生怀疑。民间写作把追求自由、独立精神的立足点放在一个实际上无法纯粹的"民间"，结果可想而知。当韩东认为持民间立场的诗人对民间的藏污纳垢有清醒的认识，并提出真正的民间时，可以说这实际上只是一个近乎乌托邦的构想。所以说民间立场不足以成为与"知识分子写作"相区别的写作向度的立足点。正如许多人已指出的知识分子的非体制性与民间十分相近，而民间的精神核心——独立的意识与坚持创造的自由则成为对民间的虚妄贫血和堕落进行批判和更新的有力依据，也就是说民间所倡导的自由独立精神正是基于对其立足点的质疑、批判和背弃。民间写作是以对其立足点的解构为代价的，也就无法真正形成区别于"知识分子写作"的写作向度。

由此可见，双方由于建构其理论体系的概念的模糊性与虚无性而无法形成真正的对立两方，论争双方实际上都是在各说各话，也形不成真正的交锋，甚至在貌似激烈的论争下还存在着许多诗学共识。"民间写作"指责"知识分子写作"惟知识和技术，缺少对个人真实生活的体察。谢有顺说"诗人只有带着个人的记忆、心灵的敏感和梦想进入此时此地的生活，并学习面对它，也许才能发现真正的诗性"[8]并非没有道理，却被知识分子写作阵营中人抽空为是以人民和生活的名义来指责诗歌写作，并追问是谁给了他们这种权力，民间写作也因而被视之与"民族主义"如出一辙而遭到知识分子写作的批判。民间写作以歪曲程光炜的"首先是一个具有独立见解和立场的知识分子，其次才是一个诗人"的原句，偷梁换柱为"首先是一个知识分子，其次才是一个诗人"来攻击知识分子写作，使知识分子写作阵营中人相当不满。而对于民间写作指责知识分子写作采用翻译语体造成诗歌的晦涩难懂，知识分子写作阵营中人避而不答却转而指责方言写作的虚幻性，对于坚提出的"从隐喻后退"的诗学主张大加批判。

其实无论是"知识分子写作"还是"民间写作"都只是90年代诗歌写作中的一种策略性选择，并不宜于把它们上升为一种诗学范式，以便适应批评的分类学要求。但是有些批评家却无视这一点，在理论依据缺乏的情况下，断然做出评判，这也是他们采取权威的批评姿态的直接后果。这种批评表面上的喧闹和实质上的虚无形成了鲜明的反差。

在这次论争中的诗歌批评家或是采取权威的姿态对诗人及其作品横加指责，或是自命清高地以守护者的身份自居，无视文本，在理论缺失的情况下自说自话，因此也造成了90年代的诗歌批评的许多不尽人意之处：双方出于论争需要，背离了历史主义批评原则而互相攻讦、片面归结诗学范式以抢占话语权；缺乏对文本的真切关注而过分强调此次论争的"二元对立"性；在理论依据缺失的情况下把写作的策略性等同于真理性而造成了批评的空洞无力。当然，在此次论争中也有一些清醒的批评家发出了尽快结束争论、关注文本的呼吁。虽然相对于80年代，90年代的诗歌批评出现了一些变化，比如批评姿态进行了调整、批评视角得以扩展、美学原则正在变更，形成了一种自足性、综合式、开放性的批评态势等等。但是其中存在的问题仍然值得重视。在新形势下如何树立正确的批评观念，如何更好地履行理论批评的职责将是一个仍然值得关注和探讨的话题。

参考文献

[1] 罗振亚，周敬山. 先锋诗的多事之秋：世纪末的论争与分化. 北方论丛，2003(3).

[2] 洪子诚，刘登翰. 中国当代新诗史. 北京：北京大学出版社，2005.

[3] 谢冕，唐晓渡. 磁场与魔方——新诗潮论卷. 北京：北京师范大学出版社，1993.

[4] 程光炜. 不知所终的旅行——九十年代诗歌综论. 山花，1997（11）.

［5］谢有顺. 诗歌的内在真相. 南方周末，1999（4）.

［6］陈超. 最新先锋诗论选. 石家庄：河北教育出版社，2003.

［7］张清华. 一次真正的对话与交锋——"世纪之交：中国诗歌创作态势与理论建设研讨会. 诗探索，1999（2）.

［8］谢有顺. 歌与什么相关. 探索，1999（1）.

（杨洋　2010 级博士生　　指导老师：邹华）

"文革"记忆的书写：对《白蛇》的重读

吕鹤颖

摘　要： 中篇小说《白蛇》是严歌苓的重要作品。作者通过个人身体的习惯性操演，展示权力对人的精神规训的沉痛；通过对仪式性革命话语的仿制，引起人们对产生这些话语言说方式的特定历史时期的反思；通过既相互打断、又相互补充的三个不同版本的非线性叙事，以具体个体的凸显消解掉集体叙事的神圣性。避免宣泄式的书写方法，以远距离的视角看待这段历史，使严歌苓对"文革"记忆的书写呈现出迥异的气质。

关键词：《白蛇》　"文革"记忆　身体操演　仪式性语言

对出生于 20 世纪 50 年代末的严歌苓来说，"文革"是她人生观、世界观形成的最重要的阶段，多年后，当她回想起当时很多人的行为时，仍然表示不能理解，充满困惑。严歌苓自己说"即使出国，我也一直没有停止这种追问，人为什么在那十年会有如此反常的行为？出国以后，有了国外生活的对比，对人性有了新的认识，再后来接触心理学、人类行为学，很多事情会往那方面联想，会把善恶的界限看的更宽泛些。"[1] 严歌苓在文革中度过自己的青少年时代，参过军，当过战地记者，后来旅美。也正是她特殊的生活经历，使得"文革"成为严歌苓作品的重要主题。

获得 2001 年第七届十月文学奖的中篇小说《白蛇》，以文革作为叙事背景，围绕对著名女舞蹈演员孙丽坤"精神失常真相"展开调查一事，敷演出官方的、民间的、个人的等几种不同的记忆片段，叙事的具体时间从 1963 年直到 1980 年。作者通过对孙丽坤这段历史的几个不同版本的建构，以微妙的笔触窥探到外溢于历史"真相"的荒诞，并试着追问在面对幽暗的时刻，生命个体如何寻求救赎？寻求什么样的救赎？以及这种救赎是否可能？当然，对"文革"的个人化记忆总是被置于由宏大的历史话语建构且总体上趋于同质的集体记忆的框架内，而被化约了的集体记忆又始终是通过对异质的、众声喧哗的个人记忆的叙述来呈现自身，因此在集体记忆与个体记忆互文性的阐释中，我们能读出"某种意识形态或哲学思想"[2]5来。

严歌苓认为中国人喜欢用"血泪史"、"血泪斑斑"来形容人们对历史创伤的感受，她对之持反对的态度，称"经过'文化大革命'，我对这类词汇不以为然，大概'文革'中各种控诉、各种失真和煽情的腔调已让我听怕了。我觉得'血泪史'之类的词里含有的庸俗和滥情，是我想回避的。我觉得越是控诉得声泪俱下，事后越会忘却得快，忘却得干净。因为情绪铺张的宣泄之后，感官舒服之后，是很少有理性升华的。而缺乏理性认识的历史，再'血泪斑斑'也不会使自己民族及其他民族引以为证，引以为诚。"[3]149-150《白蛇》并没有对"文革"中的非理性行为进行大规模的描绘，也没有对声势浩大的群众运动进行描绘，甚至对孙丽坤的遭际也没有做过多的描绘，而是通过孙丽坤身体形状的变化，日常生活中人们对仪式性革命语言的使用等，重构个人化的"文革"记忆。刻意避免宣泄式的书写方法，远距离的、理性的看待过去发生过的创伤，希望人们能够理性而冷静地反思，并引以为戒，这样的写作态度促使严歌苓对"文革"记忆的书写呈现出迥异的气质。

权力的身体操演

福柯在《规训与惩罚——监狱的诞生》开篇便对 1757 年的"达米安案件"进行了详细而可怕的描述：达米安因谋杀国王而被当众处死，他的身体被铁钳撕裂，被四马分尸，被焚烧扬灰。这种仪式性示众的酷刑，重新强调了君权的神圣性与合法性。自 18 世纪末到 19 世纪初，将身体作为刑罚对象的现象消失了，新的监禁方式出现，惩罚所包含的仪式因素也逐渐衰微，人们开始对身体之外的东西进行惩罚，[4]3-11然而即使"不使用粗暴的、血腥的惩罚，尽管它们使用禁闭或教养的'仁厚'方法，但是，最终涉及的总是肉体，即肉体及其力量、它们的可利用性和可驯服性、对它们的安排和征服"[4]27。也就是说，不管是什么性质、什么形式的惩罚，总是要降落在人的身体上，身体是刑罚得以实施的必要的媒介和工具，这在小说《白蛇》[5]①中有非常鲜明的体现。

为了对舞蹈演员孙丽坤的灵魂进行改造，使其深刻认识到自己的"罪行"，权力及权力的代表者强迫孙丽坤进行某种倾向性的改变，通过对其身体的安排（被关押起来）与训练，某些具有权力象征意义的特征被刻写在孙丽坤的身体上。在这个过程中，个体的精神变化轨迹始终是通过身体外形的变化得以呈现的。孙丽坤在 1966 年受到"革命群众冲击"，并于 1969 年被定案，"革命群众一致通过"剥夺了孙丽坤的"人身自由"，把她"正式关押"在省歌舞剧院的一间布景仓库里。在这里，孙丽坤的个人身份有一个巨大的变化：从曾与周总理合过影，在捷克斯洛伐克国际歌舞节上获得银奖、备受尊重的舞蹈家，到"资产阶级腐朽分子、国际特务嫌疑、反革命美女蛇"。这种身份的变化不仅是由官方公文宣告的，更是具体的身体变化表现出来的：以往"穿着一条黑色宽大的灯笼裤"，"背挺得都有点向后仰""像个受难的女英雄"一样高高地挺起胸脯的舞蹈演员孙丽坤，在被关押不到半年的时间里，"就跟马路上所有的中年妇女一模一样了：一个茧桶腰，两个瓠子奶，屁股也是大大方方撅起上面能开一桌饭。脸还是美人脸，就是横过来了；眼睫毛扫来扫去扫得人心痒，两个眼珠子已经黑的不黑白的不白"。

权力对身体的规训"是检阅、'阅兵'。这是一种大张旗鼓的检查形式。在这种仪式中，受检阅者作为'客体对象'而呈现，供仅仅表现为凝视的权力来观看"[4]211。孙丽坤作为权力的被检阅者，只有在身体被驯服为与权力要求相一致的规范样态时，才能表现出她的思想改造成果。小说透过男性建筑工人们的眼睛来审视、检阅孙丽坤的身体，以此对她的灵魂做出区分和判断，而孙丽坤终于开始对自己的身份习惯和适应了，她对自我身份的接受与适应就体现在在 1970 年的夏天，她能够"跟千千万万大众一样蹲茅坑"了——规训力量成功地控制了个人思维，内化为个体具体的行为方式，并且最直截了当地显示在这种习惯化了的、"得体的"身体行为上。这些习得的习惯"有一种内在的倾向，以某种方式行动，一种冲动，强大到足以让我们习惯性地做我们告诉自己最好不做的事情，去做违反我们的理性和正式决定的事情"[6]115。身体成为表达精神的载体，权力被植入到具体的身体上，变成个人的一部分。文本并没有对孙丽坤精神上所遭受的创伤进行正面书写，然而，符号化了的身体操演却使精神上的创伤显露得更加惊心动魄。

仪式性语言的反讽

保罗·康纳顿认为社会记忆或多或少是在仪式（ritual）的操演中传递和保持的，仪式不仅包括公开的、典礼性的纪念活动，而且也包括重演性的仪式语言。这些仪式语言的效用"在于重复表述"[6]77。仪式的参与者甚至并不需要懂得这些仪式语言的意义，只需要认同仪式语言本身所具有的权威性即可。如"通过说'我们'，一种基本意向在做礼拜的会众成员里被赋予确定形式、被设定。当带来凝聚力的代词被反复宣称的时候，共同体就此形成"[6]67。当然，任何仪式语言都有此功能，对它们的重复都是在对具体的权力关系进行编码，身份、意义、关系等等都在仪式语言的重复使用过程中被分类、被认同、被接受、被排除。作为特定时期的话语言说方式，革命话语也可以看作是仪式性语言的一种，在建构政治权力的合法性时发挥着重要作用。但是，在不同的历史语境中使用这些仪式性语言，会产生不同的表达效果。

《白蛇》集中使用了这样的革命话语，尤其在"官方版本"中表现得更为突出："首先让我们共同敬祝伟大领袖毛主席万寿无疆！""我们代表 S 省八千万人民向敬爱的总理致以崇高的革命敬礼！希望总理为全国人民和伟大的共产主义事业多多保重！为中国和世界革命多多保重！""四月八日收到下达的文件后（秘字 00710016），我院立即召开了党员干部会议进行了传达。""大家对我们敬爱的总理在呕心沥血操劳国家大事的同时，对一个普通演员如此深切关怀而万分感动。""我们一定继续提高革命警惕性，牢记伟大领袖毛主席的教导；'念念不忘无产阶级专政'，深入调查，争取尽快将诈骗犯'徐群山'捉拿归案，以维护我们伟大的社会主义祖国的革命秩序。"作者严肃而认真地仿制、使用这些革命话语言说方式，非但没有产生这些革命话语建构时的预期意义，还实实在在地颠覆了它们的神圣性，产生出极其强烈的反讽效果，使读到此处的人在会心一笑的同时，能够去回味、反省历史的荒诞。

蔡翔称："无论是民间也好，日常生活也好，公开的也好，隐匿的也好，当一个人能够很娴熟的用个人的话语来表达主流话语的时候，问题就更严重了，他已经到了'出神入化'的地步了。"[7]小说中这些仪式性的革命话语俯拾皆是，如在个人日记这样私密性的文字中说，"我得记住，我是共产主义接班人。我必须做一个正常健康的接班人。""我们轰轰烈烈的伟大时代"等等，即使是在私人生活空间里，个人仍然如此娴熟地使用这些仪式性的革命话语，其所产生的就不仅仅是反讽的效果了，它还意味着主流的、被权力规训的思维模式无孔不入，沉淀在所有成员的记忆中，成为一种集体无意识。

当然，严歌苓在仿制这些严肃的革命话语时，又常常用一些小动作刻意打破革命话语的权威性，如："人们认为这很有必要追究，因为谁先解裤腰带关系到哪个国家先逾越国境的国际政治大事。"用作废了的"认罪书"卷烟锅巴；在政治学习时织毛衣；把"毛选"的封皮套在《悲惨世界》外面，《悲惨世界》就变成了"毛选"等等，甚至在小说的末尾，作者还特意加上了一句"作品纯属虚构，读者请勿对号"的附言。这些潜伏在仪式性革命话语形式之下的戏谑，却时刻询唤起我们对非常态历史的记忆。

集体叙事的消解

《白蛇》采用了"官方版本"、"民间版本"和"不为人知的版本"三个视角对孙丽坤精神失常事件进行建构。对待同一段历史记忆，三个版本既显示出不同的建构内容，又相互打断、相互补充，在非线性的叙事中引起人们的疑惑，促使人们去思考真相。

四个"官方版本"：S省革委会宣教部的"一封给周恩来总理的信"，省歌剧院革命领导小组给省文教宣传部负责同志的汇报公文，北京市公安局给S省革委会保卫部的调查结果以及1980年《成府晚报》对前著名舞蹈家孙丽坤进行报道的一篇特稿，以档案的方式基本勾画了孙丽坤事件的大致轮廓，通过检查手段，把被检阅的个体引入到档案中，"使个人成为权力的后果与对象"。[4]216"官方版本"的前三个版本把孙丽坤精神失常的原因归结为被一个二十多岁的男青年欺骗了感情，但是经过户籍部门连续两个月的调查，并未发现有这样一个男青年，大费周折的调查变成了一个闹剧。同时，"官方版本"叙述本身就存在着自我解构性：如"一封给周恩来总理的信"这个"官方版本"所说的"革命群众专政机构并没有对孙有任何粗暴行为"，与同一封信中"不乏群众运动的过激行为和领导班子的失控"之间的冲突；再如，即使孙丽坤一再拒绝，却因为领导小组一致通过了决议，孙丽坤就被强制性地进行了所谓的妇科检查等。这些对比鲜明的矛盾，导致了叙事内容的不确定性，使人对"官方版本"的可信性产生怀疑，由此消解了宏大的集体叙事。

在"官方版本"中，作为被检阅者的孙丽坤是一个无言的、被遮蔽的存在（即使是第四个"官方版本"，对平反后要举办独舞晚会的孙丽坤的书写，也不过是模式化的对领导和同志们的感谢，对个人幸福的憧憬，而对孙丽坤在文革时期的个体遭际却被一笔带过），这种空洞的官方书写模式并不是对"这一个"个体的凸显，它可以置换成任何人。对历史的集体性书写总是显现为对个体记忆的简化与覆盖，然而，也正是这种被简化了的集体性书写，使个体记忆产生了多样书写的可能性，而这种可能性透露出的细节，恰恰是历史记忆的重要组成部分。因此，当人们开始追问具体的"这一个"时，集体叙事就面临着被消解的危险。

三个"民间版本"可以看作是"官方版本"的脚注。"民间版本"通过建筑工人们、看守孙丽坤的绝不心软的女娃们和病房里的护士、病友们，对孙丽坤精神失常一事进行了"据说"式的建构。在孙丽坤从"孙祖祖"到"国际大破鞋"到精神病院"一六〇床"的身份变化过程中，这些革命群众扮演了各种各样的角色，或报复、或嘲讽、或践踏、或幸灾乐祸……形形色色的革命群众作为权力的合谋者，并没有作出判断的能力。"民间版本"对孙丽坤事件窥私式的信息挖掘，在一定程度上解构了"官方版本"的叙事，消解了它的神圣性。

七个"不为人知的版本"，通过对生命个体鲜活的记录，逐层展示出孙丽坤精神失常事件的真相。与"官方版本"的档案式书写不同的是，"不为人知的版本"对孙丽坤的心理细节、生活场景等进行了细腻的描绘，使用"日记体"这种自我指涉非常强烈的文体，更有利于个人内心隐秘世界的袒露，而使用第一人称，也更有利于证实书写内容的真实性。这七个"不为人知的版本"，是对官方公文档案式书写的解构，也是对民间闲言碎语式书写的反驳，更是对趋于同质的集体叙事的消解：即使是背熟了那些罪状，写出了四百多张纸的反省书认罪书，孙丽坤也并不知道自己有什么是值得被调查的；而搭救了孙丽坤的徐群珊，也不过是从十多岁就看孙丽坤跳舞，为孙丽坤的舞蹈和身体所吸引的，既想在"有着子宫和卵巢的身躯中"找到别的"超然于雌雄性征之上的生命"，又希望自己是"正常的，跟别人一样"的女孩子。悖谬的是，同性之爱这种在日常生活中并不总是能够被认可的"异端"，为什么在特定的时期里就能够得以存在呢？孙丽坤精神失常的真相看似已经明晰，却又不能不使人对之产生疑惑，之前，孙丽坤在遭受到极其巨大的身份变化时，都能够安然处之，而当她在对于美有着"深沉爱好和执著追求"的徐群珊身上找到了"真实的暖意"的时候，对"过去没了，未来也没了，只有一堆岁数一堆罪名"的孙丽坤来说，徐群珊的搭救为什么却使她精神失常了呢？

从性别角度认为这是迷失在另类情欲中的悲剧[②]，是文革对女性的双重伤害[③]等等，在以往的研究中已经非常充分了，然而严歌苓在《创作谈》中称，《白蛇》文本所写的是件真事：一个女影迷不择手段地接近了曾经的电影女王，在点燃起她的心灵与身体的渴望之后，变回了女儿身，女明星在肉体沉迷的同时，精神却反叛了。二十多年过去了，这个故事还在严歌苓的脑海里盘旋。在她去了美国之后，对同性恋观念有了本质上的觉悟，认识到"情感世界的莫测，永远有着尚未被认知的景观。人类感情之浩大，只有类别，而不应有级别。没有任何感情是等而下之的，任何感情都可以庄严、圣洁、古典，可以升华为极至境界"[8]167。因此，我更愿意认为，严歌苓正是基于更高意义上的人性关怀来写作这个故事的。

在《白蛇》中，即使是对"文革"记忆的书写，即使是用日常身体的习惯性操演来表达权力规训之沉痛，即使是用仪式性语言的反讽来显示趋于同质的集体记忆的建构策略，即使是用"这一个"个体的凸显消解宏大的集体叙事，严歌苓所要寻求的仍然是人在最恶劣的环境中，在最悲凉的处境里，在最苍凉的人生底色上，是如何还能够以爱之名有生的希望。国家民族的历史总会体现在个人的具体生命中，而个人的生命也不能摆脱国家民族以及特定的历史时空而孤立存在，宏大的民族国家叙事，总是要以建构同质化的社会集体记忆为理由，对个人记忆进行化约、改写，而对个体记忆的书写，也总是希望挣脱被改写的命运。因此，对"文革"记忆的集体性的与个人性的书写，无论处于什么样的关系网之中，这些"以文字形式固定下来的对象，进入了公共意义的领域"，从而使每个阅读这个作品的人，"成为这个公共意义的潜在共享者"[6]118。这或许是严歌苓以"文革"为其创作的重要主题，对"文革"记忆进行书写的意义所在吧。

注释

①严歌苓. 自蛇［A］. 十月典藏品. 青卷：中篇小说［C］. 谢冕等主编，北京：北京十月文艺出版社，2004 年。下文中所用的文本引文皆出于此版本，不再做另外的说明。

②参见王初薇. 性别迷失：另类的情欲悲剧——评严歌苓的中篇小说《白蛇》，华文文学，2007，（2）：71-76.

③参见麻蕊. "文革"对女性的双重伤害——对《白蛇》中徐群珊形象的分析，学理论，2009，（24）：195-196.

参考文献

［1］孙小宁. 严歌苓：我到河南种麦子［EB/OL］. 参见 http：//ent. sina. com. cn.

［2］［美］詹姆逊. 后现代主义与文化理论［M］. 唐小兵，译. 西安：陕西师范大学出版社，1986：5.

［3］严歌苓. 波西米亚楼［M］北京：当代世界出版社，2001.

［4］［法］米歇尔·福柯. 规训与惩罚——监狱的诞生［M］. 刘北成、杨远婴，译，北京：生活·读书·新知三联书店，2003.

［5］严歌苓. 白蛇［A］. 十月典藏品. 青卷：中篇小说［C］. 谢冕等主编，北京：北京十月文艺出版社，2004.

［6］［美］保罗·康纳顿. 社会如何记忆［M］. 纳日碧力戈，译. 上海：上海人民

出版社，2000.

[7] 蔡翔、费振钟、王尧. 文革与叙事——关于文革研究的对话 [J]. 当代作家评论，2002，(4)：56-65

[8] 严歌苓. 创作谈 [A]，十月典藏品. 青卷：中篇小说 [C]，谢冕等主编，北京：北京十月文艺出版社，2004.

（吕鹤颖　2010 级博士生　　指导教师：陶东风）

· 文艺学美学 ·

"穿什么就是什么"？

——对电视广告中认同性建构的意识形态批判

陈国战

摘　要： 电视广告在今天社会成员的认同性建构方面发挥着越来越重要的作用，它通过将商品包装成一个符号，赋予购买行为一种身份建构作用，并形塑着大众的生活理想和价值观。电视广告所宣扬的拜物主义价值观与统治者的利益不谋而合，无意中分担了政治意识形态的部分功能，因而，对其做出意识形态的批判是合理而必要的。

关键词： 电视广告　认同性　意识形态

认同性（identity）也就是一种身份感，指的是一个人对自己在社会中属于哪个群体、处于怎样的位置、扮演何种角色的一种自我意识。很显然，每个时代中的每个人都会有自己的认同性，都会对自己的社会角色和社会地位有某种程度的感知，但严格说来，认同性却是一个现代社会才出现的问题。在前现代社会里，一个人只能扮演指定的角色，"除了少数例外情形，他必须由生到死，守在一个地方，他甚至不能随心所欲地穿衣服或吃东西"[1]。在这样的社会中，一个人的认同性主要由他的出身决定，因而是明确和稳固的，通常都会伴随其漫长的一生，甚至代代相传。伴随着现代社会的城市化、工业化进程，许多人不再像传统宗法制社会一样固着于狭小的乡土和人际关系网，也不再像以前一样稳固地隶属于某一个社会阶级或阶层，人的社会身份在很大程度上获得了流动性和可变性，它才第一次成为人们需要面对和思考的问题。但是，正如道格拉斯·凯尔纳所说，现代的认同性还是围绕着个人的职业、个人在公众领域里的功能这一中心转动的。因而，"现代的认同性是一件严肃的事件，涉及那些决定一个人的身份的基本选择（专业、家庭、政治倾向等）"[2]。在这种情况下，一个人的认同性主要由他在社会生产过程中所处的地位和位置决定。

20世纪中叶以后，人类进入了一个新的历史时期，不管怎样命名这个时期，它的基本特征之一就是消费取代生产成为整个社会的核心议题，传统的"生产偶像"让位给新的

"消费偶像"。在这样一个社会中，"由于生产的相对重要性的降低和作为生活方式的消费的重要性的提升，人们的社会角色、认同、态度、价值和日常生活的结构都发生着基本的变化"[3]。这也影响到人们对认同性的理解，在后现代的认同性看来，一个人的身份不再是某人内在具有的、稳固不变的属性，也不再取决于个人在社会生产过程中的位置；而是人主动建构的产物，这种建构主要是通过消费，通过对商品的占有、风格的营造来完成的。森马休闲服的广告语"穿什么就是什么"为这种后现代的认同性做了生动的注脚：一个人具有什么样的身份，不再取决于他的出身，也不再和他的职业、地位有关，而仅仅是由他"穿什么"，也就是消费什么决定的。也就是说，消费不仅仅是（而且越来越不是）一种以实用性为目的的购买行为，它还是（而且越来越是）一种寻求、建构、表达个人认同性的文化行为。我们看到，在消费行为的这种功能转化过程中，电视广告扮演着重要角色。

一

鲍德里亚说："符号是商品发展的最高阶段。"[4]207消费社会中，商品的实用性或耐久性不再是购买行为的最高指南，也不再是商品生产者和营销者的最高诉求。今天的电视广告深谙此道，它在推销一种商品时，已很少再宣扬该商品的实用或耐久，而是不断赋予它符号价值，着力渲染它对个人身份的修辞作用。正如一个符号是由能指和所指构成，且能指和所指之间的结合是完全任意的一样，电视广告也试图在自己推销的产品和某种积极的意义之间建立关联，并通过不断的重复和强化，使这种关联的任意性不再为人所注意，变得仿佛是自然如此一样。杰姆逊在分析香烟广告时说，虽然两种香烟的味道可能是一样的，但广告却将其包装成完全不同的符号，"他们会说'万宝路'抽起来不同于'温斯顿'，虽然两种烟的味道实际上是一样的。这就要求让消费者相信在抽'万宝路'时，他能够获得一种特殊的东西"[5]，这种特殊的东西就是意义。

因而，电视广告就是意义的生产。由于符号只有在差异中才显示出自身的意义，所以电视广告也试图在自己的产品与某种特殊的意义之间建立起牢靠的关联。以国内几个知名男装品牌为例，我们会发现，它们的电视广告就可以看作是对一些可贵的男性品质的圈占和抢夺。利郎男装的电视广告由演员陈道明演绎，它的经典广告语"多则惑，少则明，简约而不简单"、"取舍之间，彰显智慧"、"身动心不动，万变型不变"等，都是在不断阐释同一种男性形象——睿智、从容、练达，就如陈道明常给人的印象那样。通过电视广告的不断强化，人们就会很自然地将利郎男装同睿智、从容、练达的男性形象联系起来，并将自己的购买行为理解成建构这种身份的方式，仿佛穿上了利郎男装，立即就能成为广告中所呈现的那种人。七匹狼男装的电视广告着力打造的是"男人不会只有一面"的品牌理念，它通过不同的画面展示了男人的"慈父面"、"领袖面"、"孤独面"等，塑造出一个立体的"全能型"男性形象，并暗示一个优秀的男人应该懂得在不同的情势下"秀"出不同的侧面。劲霸男装则试图凸显男性的阳刚、坚韧和强悍，为了打造自己的产品与这种男性品质之间的关联，它对自己的品牌进行了全方位的包装：确立了"奋斗成就男人"的品牌理念、以一个大力士举重的形象作为商标、自 2002 年以来一直赞助 CCTV5 的世界职业拳王争霸赛。与此相一致，它的电视广告也是对这种男性品质的不断阐释，在其中一则广告中，即将外出闯荡的男主角自信地对身边兄弟说："放心吧，从小到大就没有输过你。"最后头也不回，用背影做出一个类似于其商标形象的动作，画外音是"混不好我就不回来了"。可以看出，在电视广告的宣传中，不同的品牌代表了不同的意义，选择什么样的品牌，就是认同并获取了什么样的意义。由此，电视广告就在很大程度上将购买行为转化成了一种采撷符号以表达自我的身份建构行为。

电视广告在引导消费者建构自我身份时，往往会揣摩并迎合他们对自我身份的期待。通常，电视广告会诉诸一些普遍存在的观念或愿望，如家庭团圆、青春永驻、身体健康等。金六福酒的一系列电视广告都主打亲情牌，其中一则广告语"春节回家，金六福酒"，就简单而巧妙地将自己的产品与中国古老的文化习俗以及普遍存在的对亲情的渴望联系起来，它选择在春节临近时播出，就很容易拨动许多人思乡的神经。人们在购买金六福酒时，就会自然获得一种"归乡游子"的身份暗示，而不管是"宦游归乡"还是"衣锦还乡"，都是沉潜在所有中国人内心深处的集体无意识。柒牌男装早年的电视广告主要通过两性关系建构男性身份，它的广告语"让女人心动的男人"，直截了当地将自己的产品与男性魅力联系起来，它给人的暗示是：假如你正为自己魅力不够而苦恼，穿上柒牌的衣服就能立即使你魅力大增，赢得女性的芳心——这恐怕是所有男性都梦寐以求的。

但也有电视广告善于利用敏锐的嗅觉，把自己的产品与某种流行的社会观念或大众心态联系起来。凯尔纳曾令人信服地分析过 20 世纪 80 年代维吉尼亚女士香烟的广告：画面的上半部分呈现的是过去时代的一个生活场景，一位女性正弯着腰给躺着沙发上看报纸的丈夫擦皮鞋；下半部分是一位手夹香烟的现代女性特写，她摩登、性感又自信。两部分形成鲜明的今夕对比，旁边则是该产品的经典广告语"你走了好长的路，宝贝"。很显然，这则广告利用了当时正如火如荼的女性主义运动，它向女性消费者暗示，吸烟是一种权力，是女性解放运动来之不易的成果。因而，在广告中，吸烟就成了现代女性身份的一个标识，也是建构现代女性身份的一个手段。近些年，随着中国经济总量的增长，民族主义情绪开始在媒体和民间抬头，这种情绪在北京奥运会期间得到了集中喷发，许多电视广告就巧妙地利用了这种情绪和心态。此时，立邦漆的电视广告语是"让世界瞧瞧中国的颜色"，与此异曲同工的是思念金牌水饺的"让世界尝尝中国人的味道"。不难理解，这里的"颜色"和"味道"都是巧妙的双关修辞，它们表达的主要不是"中国"的热情好客，也不尽然是一种自豪之情，它还隐约透露出一种争强斗狠的复仇意味。这种含混的意味与当时许多中国人复杂的心态非常吻合：既为民族的重新崛起感到自豪，又无法完全摆脱屈辱历史的阴影。这两则广告都准确击中了大众的这种心态。值得一提的是，根据电视广告，许多消费者都想当然地以为立邦漆是一个有责任担当、长国人志气的民族品牌，后来才发现它原来是地道的日本货。这也更有力地证明了，广告是在精心揣摩并有意迎合当时中国人的普遍心态，正由于此，它对消费者身份的建构才得到了广泛的认同。

如前面所说，今天的电视广告都倾向于把商品包装成一个符号推销给消费者，消费者在购买商品以满足实用需要的同时，实际上也是在占有符号以建构个人身份。根据结构主义语言学，任何一个符号的意义都取决于它同其他符号之间的差异关系，商品符号也是如此。因而，购物就具有了布尔迪厄意义上的身份区隔作用。如鲍德里亚所说："消费行为从来都不仅仅是一种购买（交换价值向使用价值的反复转换）；它同时也是一种大写的'花费'——这正是被马克思的政治经济学所忽略的方面——也就是说，消费是一种财富的显现，它显现了财富的消耗。这种价值在超越交换价值的层面上展现出来，并以对其的消耗为基础，赋予了物的购买、获得、分配以差异性符号/价值。"[4]102购买行为既是对商品的占有，也是对自我购买力的确证和展示，故此，电视广告在建构消费者的身份时，常常强调自己的商品作为符号所具有的身份区隔价值，它通常会把自己的商品与"高品质的生活"、"皇家气派"、"顶级享受"等联系起来。这自然给消费者这样的暗示：购买我们商品的人都是上层人，假如你也拥有了它，就自然会成为其中之一员。最有代表性的例子是蒙牛特仑苏的电视广告，它的画面或者是一个优雅的男士悠然走向豪车，或者是一对恋人骑马在草原上漫步，都给人一种高贵、上层生活的想象。它的广告语"不是所有的牛奶都叫特仑苏"，更直白地点破了这种身份区隔的意图：特仑苏的价格是普通牛奶的两倍，不是所有的人都能承受得起，所以，享用特仑苏将使你步入上层人群体，获得一种高贵的身份。事实也是如此，许多消费者购买特仑苏，有意或无意中就是为了建构一种不同凡俗的身份，而不是基于对其营养价值的精打细算。

电视广告在迎合消费者建构自我身份需要的同时，也引导着这种建构，它通过全方位的建议和指导，告诉观众应该建构怎样的个人身份。对许多人来说，电视广告不仅是购物指南，更成了生活指南，它不仅告诉你怎样穿衣、如何化妆，而且还告诉你怎样做一个好父母、好恋人，甚至还告诉你应该树立什么样的生活理想和价值观。比如，怎样当一个好爸爸？诺亚舟点读机的电视广告给出了答案。在广告画面中，小女孩收到一部诺亚舟点读机后，高兴地上前搂着爸爸的脖子说："真是我的好爸爸。"爸爸则一脸幸福地向观众推荐："爱孩子就给他。"本来，类似于点读机这种学习用具，只是父母无暇辅导孩子功课时的一种替代品，但这则广告却把它同父母的爱等同起来，它告诉观众做一个"好爸爸"的方法——送给孩子一部诺亚舟点读机，而不是每天晚上陪着孩子一起做功课。它还似有似无地给人以这样的暗示：假如你不给孩子一部点读机，就不是真正的"爱孩子"。再比如，如何做一个好恋人？在优乐美奶茶的电视广告中，周杰伦把女朋友比作"优乐美"，因为"这样我就可以把你捧在手心里了"，这实际上也是在教导许多年轻恋人该怎样扮演自己的角色：男朋友应该把对方捧在手心里。通过这种方式，电视广告在今天的生活中扮演着重要角色，它不仅保证了经济的有效运转，而且还在很大程度上形塑着人们的社会身份、生活理想以及价值观。

二

当一种事物或现象在社会中变得越来越重要，以至深刻影响到许多人的思想和观念时，就有必要对其做出意识形态的检测和考量。当年，正是沿着这一思路，法兰克福学派的思想家们发现了科学和技术所具有的意识形态功能，霍克海默得出结论说："不仅形而上学，而且还有它所批判的科学本身，皆为意识形态的［东西］；科学之所以是意识形态，是因为它保留着一种阻碍人们发现社会危机真正原因的形式，……所有掩盖以对立面为基础的社会真实本质的人的行为方式，皆为意识形态的［东西］。"[6]如果追随霍克海默等人的思想，把意识形态定义为一切形式的对人的真实社会存在状况的遮蔽和掩盖，那么，我们就可以说，今天的电视广告也发挥着意识形态的作用。

根据电视广告的宣传，一切社会问题和烦恼都是物的问题，都可以通过物的消费轻而易举地得到解决。当你为体型肥胖而苦恼时，碧生源牌减肥茶不仅能立即使你苗条起来，而且还不得不提醒你"不要太瘦哦"；当你为孩子抵抗力不好而担心时，合生元牌的产品能让"宝宝少生病，妈妈少担心"；当你为送父母什么礼物而举棋不定时，广告又告诉你"送长辈，黄金酒"……更为重要的是，电视广告赋予消费行为以巨大魅惑，承诺不仅能解决你的具体麻烦，还能让你焕然一新，成为自己想要成为的人。当你感到就业压力大，找不到好工作时，只要上中华英才网，第二天就可以"上班去喽"；当你在工作中感到单调无聊，与狼共舞的电视广告向你保证，只要换上一件衣服，立即就可以"改变自己"，并且"没有什么不可以"；当你感到前途无望时，李宁的电视广告又告诉你"一切皆有可能"。电视广告劝说观众相信，"我们的需要——对于愉悦、爱、赞许、安全等等——能够通过消费产品更好地得到满足"[7]。它屏蔽了一些可能会引起矛盾和不快的东西，把一切社会问题都简化为消费问题，仿佛只要遵从电视广告的建议，人生就会变得十分完美。很显然，它所提供的只是一种廉价的解决问题的方法，是对真实社会和人生问题的逃避和掩盖。

电视广告还给人提供一种民主和平等的幻象，从而弱化了人的阶级认同。在它的语汇中，观众常常是无差别的"你"或"我们"，这就抹去了人与人之间现实存在的不平等，仿佛他们拥有同等的资源和机会来建构自我的身份。鲍德里亚在分析时尚时指出："时尚成为社会惰性的一个要素。变动的幻象增加了民主的幻象。"[4]28电视广告也是如此，它通过营造一种消费面前人人平等的假象，促使人们遗忘掉现实的不平等。它劝说观众相信，在它提供的商品面前，已然实现了人人平等，如果你愿意，就可以随心所欲地运用商品符号建构自己想要的身份。这样，人与人之间仿佛就只剩下了风格的差别、趣味的差别，"我们会感到，自己在社会中的沉浮升降是通过我们所能够购买的东西而实现的。这就模糊了那种仍决定着社会地位的现实的阶级基础。我们社会中的基本差别仍然是阶级差别，但生产出来的商品却被用作创造阶级或集团的手段，这样也就遮蔽了阶级差别"[8]。事实上，就如每个人都能体验到的那样，人与人之间的购买能力并不是相同的，即使在消费品面前，人与人之间也永远不可能达到平等。正如卡尔维诺的小说《马克瓦尔多逛超级市场》所呈现的那样：超市摆出欢迎一切人的样子，每个人也确实可以平等地进入，但在出门结账时，不平等就显现出来了。在我们今天的社会中，阶级身份依然牢固地镶嵌在每个人身上，它远比由商品符号建构出来的身份更为真实和根本。假如相信了电视广告的宣传，就不仅意味着可能会掉入一个商业陷阱，分摊巨额的广告费用，而且还会为广告所营造的虚假社会图景所迷惑，丧失对自我真实社会处境的感知。

电视广告还带来对自由的普遍误解，它所推销的自由观念，只不过是消费的自由，是想买什么就可以买什么的自由。如前面分析的那样，森马服饰的电视广告宣称，自由是穿出来的，穿什么样的衣服，就会成为什么样的人。很显然，自由的真实内涵远不像"穿什么就是什么"那么浅薄，事实很可能是，不管我们"穿什么"，丝毫都不会改变我们实际上"是什么"，而且还会让我们忘掉自己"是什么"。动感地带的广告语"我的地盘我做主"更是很多年轻人的自由宣言，但明显的是，这里所说的自由也仅仅局限在"我的地盘"之内。我们可以合理推测，在未予明言的"我的地盘"之外，"我"知道自己做不了主，也知道很可能充满辛酸和无奈，但这却不是"我"所操心的，也不影响"我"在自己的狭小地盘上狂欢作乐。这实际上是一种犬儒主义的人生态度和生活方式。在阿伦特看来，这种在私人领域中不受打扰的扯疯撒野，不是真正的"自由"（freedom），而只能称为"自主"（sovereignty），因为自由只存在于公共领域，存在于对公共事务的参与活动中，"我的地盘"也就是私人领域中不可能有自由。自由和自主不仅不是等同的，甚至是相互对立的，人往往是在追求公共领域的自由受阻时，才选择退避到私人领域，借自主以获得一种代偿性的满足。阿伦特还认为，"自主只有在想象中才是可能的，要以牺牲现实性为代价"[9]。可见，电视广告的拜物主义会助长一种逃避主义的人生态度和难得糊涂的生存哲学，在对消费品的饕餮享受中，人很可能会对政治越来越冷漠，从而离自由越来越远。根据电视广告的意识形态，自由就是"我的地盘我做主"，就是"不走寻常路"（美特斯·邦威广告语），就是"我选择，我喜欢"（安踏广告语）。事实上，这种向个人私密领域的逃遁只不过是"以牺牲现实性为代价"的自主，即使一个人能做到想买什么就买什么，这种所谓的自由也不过是一种自欺欺人的幻觉，它阻断了人们对真正自由的向往，从而成为有利于社会稳定的麻醉剂。

电视广告还影响到人们对好生活的理解，人们对生活的想象和期待，常常不自觉地受到电视广告的指导。很多中级轿车的电视广告经常使用这样的画面：一位穿着休闲的年轻男士开车行驶在风景如画的郊外，不时幸福地回头看在后排嬉闹的妻子和孩子。广告明白无误地告诉观众，幸福生活应该是这样的：有一位漂亮的妻子、一个乖巧的孩子，还要有一部车，这样才可以经常载着家人到郊外去游玩。这种电视画面，成为许多年轻人心目中的美好生活典范。而对于很多年轻女性来说，拥有"白里透红，与众不同"（雅倩护肤品广告语）的皮肤，"一头亮丽乌黑的长发"（首乌洗发水广告语），"有家，有爱，有欧派"

（欧派橱柜广告语），再加上一个把自己"捧在手心里"的爱人，就成了好生活的全部。电视广告所营造的好生活是由各种各样的物堆砌而成的，这种拜物主义阻断了人们对好生活的更多想象，仿佛好生活的全部内涵就是物质富足。事实上，好生活远不等于物质富足的生活，至少并不只有这样一种理解。"一个人如果经常无故受到权力的伤害，如果无法捍卫自己的尊严，感受不到周围人群的信任和关爱，相反却时刻感受到周围人的猜测和怀疑，他的物质生活再富足，他的生活也不是好生活，他的心情也不可能好。"[10] 因而，电视广告所推销的好生活观是偏狭而肤浅的，它抽去了人的政治维度，把人简化为一个消费动物，不仅为自己生产了忠实的消费者，事实上还起着社会整合的作用。

在我国特殊的社会语境中，电视广告还常常与政治意识形态互相借力，通过建构一种国族身份，有意无意地分担着政治意识形态的部分功能。如前面已经分析的两则广告（立邦漆"让世界瞧瞧中国的颜色"、思念金牌水饺"让世界尝尝中国的味道"），都不仅迎合了当时大众的民族主义情绪，同时也引导着人们对中国在世界民族之林中的新身份的想象。它通过隐秘的方式，起着与政治宣传相同的作用。我们发现，随着政治上"大国崛起"、"民族复兴"、"盛世中国"等口号的确立，这种在国族身份上大做文章的电视广告越来越多，不胜枚举。在这股风潮中，柒牌男装的电视广告也开始转变策略，它告别了早年通过两性关系建构男性身份的尝试，转而开始建构一种国族身份，其广告语从"中华立领"到"中国，才是美"，无不强调一种民族元素和国族认同。再如中央电视台的一则宣传广告：一位身穿旗袍的东方少女用横笛吹起经典民歌《茉莉花》，从欧洲到中东的人们都转身侧耳聆听，画外音响起"让世界倾听我们的声音"。这里直接所说的是文化传播问题，但如果我们将之理解为一种政治隐喻——中国开始有能力在国际上发出自己的声音——也并不十分牵强。所有这些，都与政治意识形态遥相呼应，彼此借力，造成对现实不同程度的遮蔽与美化。

最后需要指出的是，电视广告的唯一追求是产品销量，它并无意于承担一些意识形态功能。但实际上，它所宣扬的拜物主义价值观却与统治者的政治利益不谋而合，它宣称人的身份是由消费建构的，而不是由阶级地位决定的，这势必会弱化人的阶级意识和阶级认同，从而有利于统治者的江山永固。所以，电视广告在无意中发挥着意识形态的作用，对它做出意识形态的分析是合理而必要的。解析电视广告的意识形态功能，也是凯尔纳所说的"媒体教育学"的一部分，它不仅有利于观众政治意识的觉醒，而且本身就是一种抵制。因为对于意识形态来说，解析就是破坏，认清就是毁灭。

参考文献

[1] E. 弗洛姆. 逃避自由 [M]. 哈尔滨：北方文艺出版社，1987：24.

[2] 道格拉斯·凯尔纳. 媒体文化 [M]. 北京：商务印书馆，2004：412.

[3] R. G. Donn. Identity Crisis：A Social Critique of Postmodernity [M]. Minneapolis：University of Minnesota Press，1998：248.

［4］让·鲍德里亚. 符号政治经济学批判［M］. 南京：南京大学出版社，2009.

［5］弗雷德里克·杰姆逊. 后现代主义与文化理论［M］. 西安：陕西师范大学出版社，1986：202.

［6］哈贝马斯. 作为"意识形态"的技术与科学［M］. 上海：学林出版社，1999：3.

［7］理查德·奥曼. 广告的双重言说和意识形态：教师手记［G］//罗钢，刘象愚. 文化研究读本. 北京：中国社会科学出版社，2000：402.

［8］Judith Williamson. Decoding Advertisements［M］. London：Marion Boyars Publishers，1994：50.

［9］汉娜·阿伦特. 人的境况［M］. 上海：上海人民出版社，2009：183.

［10］陶东风. 人要活得像个人［N］. 北京晨报，2011-1-7 .

（陈国战　2010 级博士生　　指导教师：陶东风）

·比较文学·

文艺复兴与梁启超的民族文学观念

柳迎春

梁启超是中国历史上一位伟大的思想家，他在多个领域中的学术建树为后人留下了宝贵的遗产。西方文化对梁启超文学思想的形成产生了重要的影响，尤其是文艺复兴运动，促成了他民族文学思想的形成。在他看来民族文学的建设，首先是一种民族精神的建设，其次民族文学是建立在民族传统上的建设，最后他强调要在以人为本位的思想基础上，着力提倡国语的统一。梁启超通过他所创办的一系列报纸，以及写作实践来宣扬和鼓吹民族文学思想，表现出对民族前途的关切和忧虑，奠定了中国现代民族文学的基础。

一、民族文学形成的国内外环境

梁启超作为变革时期知识分子的典型代表，融合了古今中外很多因素于一身，传统士大夫的责任和义务像无法挥去的阴影一样在心头逡巡，尤其是文学美术上的停滞不前更让他觉得培养新的国民、改变国家命运是多么的任重道远。回首晚清文学的发展，梁启超认为似乎无一可以称道之处：

> 清之美术，虽不能谓甚劣于前代，然绝未尝向新方面有所发展，今不深论。其文学，以言夫诗，真可谓衰落已极。吴伟业之靡曼，王士祯之脆薄，号为开国宗匠。乾隆全盛时，所谓袁枚、蒋世铨、赵翼三大家者，臭腐殆不可向迩。诸经师及诸顾问家，集中多亦有诗，则极拙劣之砌韵文耳。嘉道间，龚自珍、王昙、舒位，号称新体，则粗犷浅薄。咸同后，竞宗宋诗，只益生硬，更无余味。其稍可观者，反在生长僻壤之黎简、郑珍辈，而中原更无闻焉。直至末叶，始有金和、黄遵宪、康有为、元气淋漓，卓然称大家。以言夫词，清代固有作者，驾元明而上，若纳兰性德、郭麐、张惠言、项鸿祚、谭献、郑文焯、王鹏运、朱祖谋，皆名其家，然词固所共指为小道也。以言夫曲，孔尚任《桃花扇》、洪昇《长生殿》外，无足称者；李渔、蒋士铨之

流，浅薄寡味矣。以言夫小说，《红楼梦》只立千古，余皆无足挂齿。以言夫散文，经师家朴实说理，毫不带文学臭味；桐城派则以文为'司空城旦'矣。"[1]3106

在梁启超看来，晚清几百年中，几乎所有的文学样式都处于一种没落、毫无起色的状态，纵然难免一些大家的出现，却也无法改变文学总体上的颓废之势，比之于前代竟没有多少新的发展。师从康有为以后，梁启超就努力把启蒙国民作为一项重要的工作来做。与那些古板的老学究相反，当时还有一些大规模接受西学的人，其中大都是伴随着清末的留学潮而到国外学习的人，学成归国的人却寥寥无几。在《新大陆游记》中记叙了他在美国见到那些留学生时的感受，那些留学生"或在领事署为译员，或在银行为买办，等诸自郐矣，人人皆有一西妇"[2]，在梁启超看来这些因素是导致留学生们选择留在美国、不相容于爱国心的原因之一，除了一声叹息之外，更无他言；更严重的是有些人对甘愿做西学的奴隶，"……虚有其表，撷拾一二口头禅语，傲内地人以所不知……"[3]。逃过了复古的藩篱，却又陷于西学的藩篱，这让努力开风气的梁启超感到了任务的艰巨。他将西方文学的因子纳入到中国文学中来，"小说界革命"的胜利固然在一定程度上促进了中国文学的发展，但是整体而言，相对于西方文学的恢宏气势似乎还显得有些屡弱，尤其是20世纪前期小说的发展偏离了预想的轨道，白话文运动也超出了他的接受范围以后，对于如何建设中国的文学成为梁启超一直思考和探索的问题。

1918年第一次世界大战结束后，梁启超带着自己的爱国热情奔赴巴黎，希望利用自己的影响力来为中国争得一点发言权，但是残酷的霸权现实让他陷入了深深的思索。归国后的1921年，梁启超在为《新太平洋》所撰写的发刊词中表达了自己的看法：中国已经看到了自身之外强国存在的状况，其他的国家也该看到中国的存在。"将吾国民为自卫起见对于世界各民族最低限之要求——所要求为吾全国人一致主张者，尽情发挥，使各民族得觇吾意向之所存；……促起国民注意，使对于政局，速谋改造的新建设，免致以无政府状态见蔑于盛会。"[4]这一时期，梁启超对西方持一种更加审视的态度，继续坚定地为塑造国民精神而努力，他深刻地认识到存在不仅意味着我们看到了别人，还意味着我们"被意识到"；在总结晚清对西学东渐的社会现状时梁启超曾经深刻地洞察到："清末三四十年间……学界活力之中枢，已经移到'外来思想之吸受'。一时元气虽极旺盛，然而有两种大毛病：一是混乱，二是肤浅。"[5]对于盲目跟从西方文化的观点梁启超是十分排斥的，守好自己的文化未必就是一种落后，何况中国民族有着几千年的历史积淀。中国人一直以来就有一种很强的觉悟感，"觉得我们这一族人像通报兄弟一般，拿快利的刀也分不开；又觉得我们这一族人，在人类全体中关系极大，把我们的文化维持扩大一分，就是人类幸福扩大一分。这种观念，在凭别人说我们是保守也罢，说我们是骄傲也罢，总之我们断断乎不肯自己看轻了自己。确信我们是世界人类的优秀分子，不能屈服在别的民族底下，这便是我们几千年来能够自立的根本精神。"[6]他试图在中国也掀起一场文艺复兴运动。之所以说梁启超受到文艺复兴的影响，主要有如下原因：

第一，梁启超在文章中多次提到"文艺复兴"的字眼。文艺复兴在梁启超那里最早被称为"古学复兴（Renaissance）"，也就是古希腊罗马文化的复兴。在西方历史上，文艺复兴被认为是中古和近代的分界线，它揭开了欧洲近代历史的序幕。梁启超认为文艺复兴是西方近代文明兴起的根源，而晚清的几百年也"总可命为中国之'古学复兴时代'，特其兴也，渐而非顿也"[7]618-619，而且虽然这一时期的文学成绩寥寥，但是在地理、算数、小学等方面的成绩还是很高的，他试图从晚清的文化中找到"复兴"的种子。文艺复兴使学者们从中世纪的宗教束缚中解放出来，用心钻研学问，自然科学发展迅速，欧洲社会风气的巨大转折得力于此；而十字军的东征使得西方近代自然科学兴起，文艺复兴则促成了近代人文精神的转变。在梁启超看来文艺复兴就是向古希腊传统的回归；希腊文明，是把美术作为本源；相反，中国能够兴起的文艺复兴，只不过是"古代平原之精神复活"[1]3180，因为在他看来民族精神的不同，源于独特的地理因素影响形成了不同的民族特质，如"欧洲民族……有一种戏曲的、小说的性质。……条顿民族……意想致密，带数理的精神。……斯拉夫民族……其文学，黯黯然，而有宏深肃括气象……"[8]

第二，19 世纪末 20 世纪初期的中国具有和西方"文艺复兴"相类似的历史语境。1920 年，欧游回来的蒋百里把写好的《欧洲文艺复兴史》拿来请梁启超作序，他在序言中写道"文艺复兴者，由复古得解放也"[9]，谁知下笔竟一发不可收拾，写好的序言长比原作，而这部序言就是我们今天所看到的《清代学术概论》。梁启超认为晚清是中国历史上的一个特殊时期，可以称为中国的文艺复兴，因为在这一时期，中国人的追求欲望最浓，从军事、政治、文化经历了一系列的过程，而且欧洲的文艺复兴也是一个追求最热烈的时代，晚清时期取得的各种成就意味着政治的衰退，却并不代表着文化的衰退，经历了千百年历练的中国文化得到了长足的发展，同时清末之际的僵化和停滞不前极大地束缚了人们的理性和创造性思维的发展，梁启超试图用文艺复兴的形式来发掘晚清文化的遗迹，在这个找到"世界"找到"人"的时代里，试图追寻中国的梦和辉煌。

1921 年，梁启超在回忆辛亥革命的意义时说辛亥革命是中国一个自觉时代：是现代和将来中国人自觉的结果，进入了一个充满"集体激情"[10]的时代，他希望中国能够有这样一些自觉的人，把国家的发展和自己的命运结合起来，主动地承担建设强国强民的任务。以此看来，在辛亥革命以前，人们的思想意识还没有达到自觉的水平，辛亥革命给人们指明了前进的道路，人们自觉地去探寻未知世界，强烈的求知欲望激励着人类进行不断的探索和试验。回归学问，也是西方文艺复兴的主要诉求之一。因此，梁启超把晚清百年时间比喻成中国的文艺复兴，并认为明清两季统治阶级严格的思想控制和中世纪时的黑暗有着相似的影响，即都把人的思想和个性严格束缚起来，反对任何形式的自由发展。正是因为晚清和文艺复兴相似的历史语境，在中国再进行一次文艺复兴是可以的，梁启超试图对晚清各学科所取得的成绩进行梳理，从而找到使中国"复兴"的途径和方法。

这一问题的提出与中国晚清以来的民族压迫紧密相关。西方近代资本主义的发展，使其物质产品以强劲有力的方式渗透到中国的同时，其精神产品也大规模地传入，宗教思想、先进的军事、文明的政治，还有与此相关的文化，它们使中国那种保守的文学观念受到了冲击，文学的封闭性和民族性都被西方文化的世界化趋势包围着。正如《共产党宣言》中所说：

> 资产阶级，由于一切生产工具的迅速改进，由于交通的极其便利，把一切民族甚至最野蛮的民族都卷到文明中来了。它的商品的低廉价格，是它用来摧毁一切万里长城、征服野蛮人最顽强的仇外心理的重炮。它迫使一切民族——如果它们不想灭亡的话——采用资产阶级的生产方式；它迫使它们在自己那里推行所谓文明制度，即变成资产者。一句话，它按照自己的面貌为自己创造出一个世界。[11]

在当时，接受西方文化影响的人中很多人对于民族的文化传统持彻底否定的态度，甚至希望创造一种新的文字。这样的现实情况引起了梁启超的担忧，他试图在中国也进行一次文艺复兴，保护本民族的优秀文化，不使其消失在西方的入侵下。

二、文艺复兴对梁启超的影响

中国天朝上国的观念使其在面对外来文化时一直采取了一种居高临下的态度，"我国古代与异族之接触虽多，其文化皆出我下；凡交际皆以我族语言文字为主，故'象鞮'之也，无足称焉，其对于外来文化，为热情的欢迎，为虚心地领受……"[12]3792文化发展的不平衡使得中国在过去的历史中不可能去正视周围的民族，但是这种观念支配下的文学也带有强大的包容性和较强的生命力，但是汉代以后的重古倾向使"一切学术，皆带灰色"[12]3805。

到了近代，历史似乎跟中国人开了一个大大的玩笑。1897年在介绍日本绪方南溟的《中国工艺商业考》时，梁启超在其提要中发出由衷的感叹："嗟夫，以吾国境内之情形，而吾之士大夫，竟无一书能道之，是可耻矣！吾所不能道者，而他人能道者之，是可惧矣。"[13]这样的感慨只是当时社会的一个小缩影，各行业衰落的一个表现就是外国人知道的情况要比中国人多得多，考察当时中国的历史，国家战乱、民不聊生、政治腐朽，几乎没有多少对国民、国家有重大关系的人物。在评价蒋观云的《几多古人之复活》时，梁启超沉思良久，认为先民的"畸行雄略"是造成时代龌龊、国民素质低下的首要原因。梁启超后来到日本后，接触到舶来后的西方文化，认识到精神力量所给予人的鼓动作用远非船坚炮利所能比拟的，他把大部分时间都用来建设新的国民，在文艺复兴的影响下，从自身文化出发建设新的民族文学就是其中的一个很重要的方面。民族文学的建设包含以下几方面的意思：

第一，民族文学的建设，意味着一种民族精神的建设。

自古以来中国缺乏统一的民族观念，不同利益之间进行激烈的斗争，导致了数千年来的中国历史僵化不前，一家一姓的斗争使百姓更加远离治国安邦的己任，更谈不上具有国民意识了。19 世纪末西学在传教士强大的宣传攻势下，几乎影响了当时所有稍有学识的人，洋务派的一味西化并没有取得实质性的胜利；顽固派的固守残缺只能在现实面前更加退缩。西学的传来和被接受已经是一个事实，但是梁启超早在 1896 年面对这一问题时，就显示了自己独到的见解，认为："今日非西学不兴之为患，而中学将亡之为患。风气渐开，敌氛渐逼，我而知西学之为急，我将兴之，我而不知，人将兴之，事机之动，在十年间而已……虽然，旧学之蠹中国，犹附骨之疽。疗疽甚易，而完骨为难。吾尝见乎今之所论西学者矣，夷其语，夷其服，夷其举动，夷其议论。动曰中国积弱，由于教之不善，经之无用也。推其意，直欲举中国文字，悉付之一炬。"[14] 他看到西学蓬勃发展的大势，但是他更担心的是中国传统文化的彻底灭亡，所以对于那种极端排斥旧学的做法，他是不赞成的。

梁启超的民族文学思想，同他对民族主义的认识有很大的关系，民族主义就是"各地同种族，同言语，同宗教，同习俗之人，相视如同胞，务独立自治，组织完备之政府，以谋公益而御他族是也"[15]655，而这种共同精神的存在是一个国家存在和发展的基础，国家的永存"必有其国民独具之特质，上自道德法律，下至风俗习惯、文学美术，皆有一种独立之精神……"[15]657 这是一种世代相传、不可磨灭的精神，是民族和国家存在的源泉。一个民族的文学必须要具有本民族独特的精神气质，而不是在世界文学的影响中随波逐流，顾此失彼，而要形成自己的声音。他所理解的民族文学的精神是一种昂扬向上、积极进取的民族精神。这种观点的形成更多地与时代的背景有着紧密的联系。相对于中国传统文学，他更欣赏的是日本文学中体现出来的爱国热情和振奋人心的力量。文学应该要激发其国民的爱国心、独立性、公共心以及自治力，激发国民的民族感。他在《新民说·论进取冒险》中曾征引一首英文歌——《少年进步之歌》：

Never look behind, boys,

When you're on the way;

Time enough for that, boys,

On some future day.

Though the way be long, boys,

Face it with a wills;

Never stop to look behind,

When climbing up a hill.

First be sure you're right, boys,

Then with courage strong;

Strap your pack upon your back,

And tramp, tramp along.

When you're near the top, boys,
Of the rugged way,
Do not think your work is done,
Bat climb, climb away.

Success is at the top, boys,
Waiting there until
Patient, plodding, plucky boys,
Have mounted up the hill.

借这首歌表达了勇往直前、永不气馁的精神，希望借着豪言壮语能够改变"有女德而无男德，有病者而无健者，有暮气而无朝气，甚者乃至有鬼道而无人道"[15]670的社会现实，他试图通过这些作品挖掘中国历史中的民族精神，来鼓舞民众、提升国人士气。

第二，民族文学的建设意味着要立足于传统。

梁启超最初认识康有为的时候，曾经想把以前所学的所有知识全部丢掉，代之以西学的各种思想。这样的想法在当时的青年人中非常普遍，然而随着时间的发展以及学术视野的扩大，梁启超的思想也在不断发生着变化。在他的创作实践中，他更强调立足于传统。1902年他完成了传奇《新罗马传奇》，刊登在《新民丛报》第十、十一、十二、十三、十五、二十号上。这部作品"熔铸西史，捉紫髯碧眼儿，被以优孟衣冠"[16]5651，借助于传统的文学形式来阐述新的思想。他改变了传统剧本中演真人真事的路子，而借用西方人的视角来反映中国的问题；不仅如此，梁启超改变了"寻常曲目，仅叙一二人、一二年间事"的结构模式，增加了故事人物，达四五人之多，使作品的时间跨度也达到了前后七十余年；另外主人公的出场往往建立在许多铺叙的基础之上，创造了新的格调和体例。可以说他所做的努力，带给读者新思想的同时，在文学上也促进了文学样式的革新，极大地吸引了当时的青年。

1918年，梁启超身赴欧洲，看到了满目疮痍的欧洲，不由得发出感慨："一百年物质的进步，比从前三千年所得还加几倍，我们人类不惟没有得着幸福，倒反带来许多灾难……欧洲人做了一场科学万能的大梦，到如今却叫起科学破产来。"[17]2974触景生情使梁启超重新思考西方科学技术的发展是否真的是进步？晚清的书籍市场上，已经翻译过来的西方作品甚多，而且早在19世纪末期翻译成不同语言的中国作品也比比皆是，"爰及近岁，诸国继通，都会之地，咸建一区，庋藏汉人之书，无虑千数百种，其译成西文者，浩博如全史三通，繁缛如国朝经说，猥陋如稗官小说，莫不各以其本国语言，翻行流布，其他种无论矣。"[18]这些情况加上一战的爆发给那些盲目追随西学的人敲响了警钟，中国人学习西学究竟要学什么？蒲陀罗（Boutreu，柏格森的老师）的话让梁启超受益匪浅，蒲陀罗说：

> 一个国民，最要紧的是把本国文化发挥光大。好像子孙袭了祖父遗产，就要保住他，而且叫他发生功用，就算很浅薄的文明，发挥出来都是好的。因为他总有他的特质，把他的特质和别人的特质化合，自然会产出第三种更好的特质来。你们中国，着实可爱可敬，我们祖宗裹块鹿皮拿石刀在野林里打猎的时候，你们不知已出多少哲人了。我进来读写译本的中国哲学书，总觉得他精深博大。可惜老了，不能学中国文。我望中国人不要失掉这分家当才好。[17]2986

当梁启超听到西方学者说中国人自己把我们的文化藏起来时，不仅觉得有愧于外国人，更有愧于祖宗。相比较而言，西方文化中唯心唯物两派，各自走自己的极端，"宗教家偏重来生，唯心派哲学高谈悬玄妙，离人生问题，都是很远。科学一个反动，唯物派席卷天下，把高尚的理想又丢掉了"[17]2986，在梁启超看来这两派都存在着一定的弊端，而先秦学术走的正是调和两派的路子，所以中国人的确有资格来调剂西方文化的不足。国人对于西方文化和传统文化的分歧也让梁启超感到"学问饥荒"的可怕，他觉得学习西方学的也是他们的根本精神，而不是西学所派生条件。面对西方文化的大肆输入，为国人提供了学习西学的各种途径和手段，但是对于传统文化则忽略了许多，"仅教以识字缀句而已。其余新出诸籍，又皆杂译语，诘鞠为病，祖国高等文学之精神遂将失坠。"[19]他一方面大力倡导向西方学习，在另一方面担心传统文化的失落，他的矛盾心理反映了过渡时代知识分子所特有的焦虑感。

以五四运动为例，梁启超认为五四运动是民国史上值得"特笔大书"的一件事，是国民运动的标本，原因就在于具有热烈性和普遍性，能够引起多数青年的自觉心，使全国的学术氛围变得活跃起来。然而愈来愈浓厚的五四之风在力图彻底和传统绝缘的呐喊让梁启超感到了不安，五四运动这场本以政治为主要目标的运动，掀起了全国青年学生运动的高潮，"然根底浅薄的人，其所受宠的害，恐怕比受辱的害更大吧。有些青年自觉会做几篇文章，便以为满足；其实与欧美比一比，那算得什么学问，徒增了许多虚荣心罢了。他们在报上出风头，不过是为眼前利害所鼓动，为虚荣心所鼓动，别人说成功，他们便自以为成功，岂知天下没成功的事？这些都是被成败利钝的观念所误了"[20]。这样的情况是和梁启超理想的国民运动完全相抵的，这样的青年人也不是他心目中的新国民，究其原因，就在于没有很好地把握国民精神的要义。他所担心的并不是没有守旧的人，而是没有真正的保护民族遗产的守旧者。因为真正的守旧者，是能够在固守传统的同时使其得到发展。1925 年在给胡适的信中，他表达了自己对于新诗的看法，"我虽不敢说无韵的诗绝对不能成立，但终觉其不能移我情。韵固不必拘定甚么《佩文诗韵》、《词林正韵》等，但取用普通话念去合腔便好……我总盼望新诗在这种形式下发展。"[21]由此，梁启超作为时代交替之际人物的保守性和进步性交融于一体，他反对当时一部分学者的激进做法，而是提倡以率性、自然的角度来看待文学上的发展变化，反对强力而为的方式。所以文艺复兴向古典求真知的基点呼应了梁启超内心对于传统与现代关系的看法，欧游之行也证实了梁启超这一想法的正确性，他所提倡的民族文学不是失去了根基、失去了传统的，而是在传统的基础之上求变，寻求新的发展，进而建立符合时代特征的民族文学。

第三，以人为本位的核心观念。

从欧洲回来后的梁启超，回顾欧洲战场上令人心碎的战争遗迹，深刻体会到了中西方文化之间存在着巨大的差异："欧人讲学，始终以人生为出发点。至于中国先哲则不然，无论何时代何宗派之著述，凤皆归纳于人生这一途，而于西方哲人精神萃集处之宇宙原理，物质公例等等，到都不视为首要"[22]，西方人以研究形而上学为著，从苏格拉底、柏拉图一直到亚里士多德都是高谈宇宙原理、凭空冥索的人，离人生远得很。中世纪的宗教化使人们的思想趋于迷信，直到文艺复兴这一彻底的思想反动用理智代替了宗教，后来康德等人所做的严格的研究也都脱离人生问题，詹姆士、柏格森等人对意识的研究才渐渐回归到人本身、人的体验上来。在梁启超看来，只知道研究人生以外各种问题的西方人是"何等可怜"，因为他们始终没有明白"人，绝不是这样机械易懂的"，因此他们一味地向前造成了今日的烦闷彷徨和不知所措。

在文艺复兴的影响下，梁启超提倡回到人，回到人性。1922 年，在为南京女子师范学校的演讲中，他肯定了文艺复兴对人性解放的影响作用，他们（欧洲人）"一旦发现了自己是个人，不知不觉的便齐心合力下一个决心，一面要把做人的条件预备充实，一面要把做人的权利扩张圆满"[23]。无论文学也好，历史也好，都要"记述人类社会赓续活动之体相，校其总成绩，求得其因果关系，以为现代一般人活动之资鉴"[24]4088。因此当他用新的眼光，重新研究司马迁作品的时候，认为《史记》"最异于前史者一事，曰以人物为本位"。作为世界名著之林的作品，其价值相类于布尔达克（注：后世译为普鲁塔克）的《英雄传》，二者都以人物作为描写的主线，在此基础上贯穿历史发展的实践，给世人带来了很大的影响；同时，他在对史家职业提出的要求也可以看作对文学创作者提出的要求，即"藉人以明史……每叙一人，能将其面目活现"[25]4629，作品是写人的，是写给当世人看的，只有如此的作品才能够发挥其警醒世人的作用，同时是否具有浓厚的人性色彩也关系着作品的好坏，因为好的创作者能够将自己瞬间的情感用恰当的文字加以表现出来，这是天籁与人类固有的审美性的结合，这样的作品才具有较强的欣赏力，才能够流传千古。尽管不同的历史环境存在着差异，但是在任何作品中"人物则为之枢"则是一条不容忽视的创作真理。文艺复兴让人们的个性得到解放的同时，也使人们开始了对自然的关注。当人们的思想从宗教的禁锢中解放出来的时候，自然无疑成为发现和展现人性的基点，"他老人家宝葫芦里法宝，被我们搜出来了，一件是美术，一件是科学"[26]，不论哪种都把观察自然作为基础。梁启超在谈到艺术创作时提出要把观察作为第一要务，实际上这种观点也可以用来指导文学创作，这种观察的前提是观察者需要对观察的对象有兴味，这样才能够用全部的精力去观察事物；另外还要对所观察的事物采取纯客观的态度，避免主观思想情绪的渗入，达芬奇创作《蒙娜丽莎》所历尽的千辛万苦成为这一思想的最好注脚。在梁启超看来，将艺术归位于自然，向自然汲取营养时并不意味着要把自然原封不动地描摹下来，恰恰是要描绘出事物的独特的、深刻的个性。他从莫泊桑学习作文的例子中得到了很好的证明，观察全在于同中求异，竭尽所能找出别人所没有发现的东西。

梁启超整个思想的核心就是要改变国民的智识，向人性的回归，这也是他思想的一个组成部分，最终实现人的自由的发展。其实早年梁启超就曾流露过这样的想法，他反对对人性的压抑，追求人个性的发展，他所理解的自由，就是"使人自知其本性，而不受钳制于他人"[27]。他认为在旧社会的束缚下，"才智是不能发生的"，因为旧社会好比一个模子一样，铸造了完全一样的中国人，一旦离开了这个模子就无法在社会上生存，因此国人"总要带几分矫揉的态度来迁就他，天赋良能，绝不能自由扩充到极际"[17]2980，在文艺复兴思想的影响下，他提倡"尽性主义"，尽可能地把各人的天赋才能（不论大小）发挥出来，不能拖泥带水，更不能带有一丝的矫揉造作，只有这样才能使个人自立，才能使国家生存下去。

第四，提倡"国语"统一。

清末，中国的文盲率很高，读书毕竟只是少部分人的事情。与西方相比，中国每百人中能够识字的却不到二十人，而西方国家和日本则远远高于这个水平，中国的落后与国民素质较低有关。文言分离也是社会落后的一个影响因素，中国的文字强调字形的变化，适于学者钻研辞章使用；外国文字则注重声音方面的变化，更适于一般百姓的使用，中国文字字形的变化较为迅速，比较适合于具有较高知识水平的人来使用；西方文明之所以发展迅速，在于其文字能够很好地实现沟通和交流的任务，能够更好地被普通大众所接受。由于中国文言分离却导致了沟通的困难。在《新民说》中，梁启超详细论述了文言分离给社会发展带来的弊病。文字是社会发展的首要条件，文字的繁与简、难与易是关系到一个民族文明度高下的决定性因素：

> 文言合，则言增而文与之俱增，一新名物新意境出，而即有一新文字以应之，新新相引，而日进焉。言文分，则言日增而文不增，或受其新者而不能解，或解矣而不能达，故虽有方新之机，亦不得不窒，其为一害也。言文合，则但能通今文者，已可得普通之知识，其古文之学，待诸专门名家者之讨求而已，故能操语者即能读书，而人生必须之常识，可以普及。言文分，则非多读古书、通古义，不足以语于学问，故近数百年来学者，往往瘁必胜精力于说文尔雅之学，无余裕以从事于实用，夫亦有不得不然者也，其为害二也。且言文合而主衍声者，识其二三十字母，通其连缀之法，则望文而可得其音，闻音而可解其义。言文分而主衍形者，则仓颉篇三千字，斯为字母者三千，说文九千字，斯为字母者九千，康熙字典四万字，斯为字母者四万。[15]684

文言分离，不仅使语言的发展落后于社会发展的步伐，不能及时对社会上新出现的状况有所反应和应对，同时，它使人们对知识的理解和把握仅仅局限在古籍的理解中，不理解古语，就无法确切理解当下词语的意义，由此导致认识字的人只能局限在某些知识分子中，多数百姓处于文盲状态中的结果就没有什么奇怪的了。明清之际的学风加剧了中国文言分离的状态，严重影响了文化和发展，因此梁启超希望能够改变文言分离的状态。

在传教士的影响，梁启超提倡用俗语写作，以适应启发民智的目标，但是在促进语言改革的过程中，却遇到了困难。在翻译《十五小豪杰》时，他本打算按照《水浒传》、《红楼梦》等传统小说的体裁、全部采用俗语的方式进行翻译，却感觉到非常困难：

> 本书原拟依《水浒》、《红楼》等书体裁，纯用俗语，但翻译之时，甚为困难，参用文言，劳半功倍。计前数回文体，每点钟仅能译千字，此次则译二千五百字。译者贪省时日，只得文俗并用，明知体例不符，俟全书杀青时，再改定而。但因此亦可见语言文字分离，为中国文学最不便之一端，而文界革命非易言也。[28]5674

文言分离的现象给中国文学的发展带来了巨大的障碍，俗语在翻译西方作品的过程中也带来了不少问题，将文言和俗语相结合的方式也反映了梁启超等一代知识分子在社会变革中的矛盾性，既要求用新的方法来促进文学的发展，同时又无法摆脱传统的限制。在梁启超看来，建设民族文学并不是使新的文学彻底取代旧有的文化传统，更重要的是要争得一种话语权力，他希望中国能够有统一的国语，"中国以京语为主，以天下所能行也"[29]。这样，在以北京话为主统一语言下，能够实现翻译的通畅，进而能够在更广泛的程度上进行国民的培养，他的思想为日后普通话的形成和推广奠定了良好的基础。掌握语言文字，意味着掌握一种权力，"新习得一外国语言文字，如新寻得一殖民地"[30]，因此 1915 年《京报》因需要增刊国文版，梁启超为此特意写文以表祝贺，他认为国人读英文报纸，不但能读懂的人少，而且也不利于知识的普及；相反，国文版增加以后，对于"造于吾国者，视其前此所收之效，将倍蓰什百而未有已"[31]，能够在更广泛的范围内传播先进的思想，争取更多人的理解和支持，这是一件值得起舞祝贺的事情。国人有了自己的语言工具，那么用媒体来争取话语权的努力就向前迈进了一步，在世界竞争中能够占有更加有力的地位。

三、梁启超"民族文学观"的影响

纵览百年西方文学史，梁启超的除了"一部西洋史，一言以蔽之，就是国民运动史"[32]的结论。西方人"举国人之精神，莫不萃于此点，一切文学、诗歌、戏剧、小说、音乐，无不激扬导厉，务激发国民之勇气，以养为国魂"[15]712。在文艺复兴的影响下，作品在多大程度上代表人民的意愿是他评价作品的一个尺度和标准。反观中国文学，他认为魏晋以后的作品，比如《铙歌》就是"帮闲文人"的拟古作品毫无新意可言，作品的主旨只有一个人那就是皇帝，这样的作品读起来只会让人觉得无趣、肉麻；《汉铙歌》歌词都是为间里百姓所唱，读来别有韵味。中国文学中因为缺乏民族精神的体现而显得柔弱不堪，"词客之所讴吟，且皆以好武喜功为讽刺，拓边开衅为大戒，其所谓名篇佳什，类皆描荷戟从军之苦况，咏战争之流血之惨态，读之令人垂首丧志，气夺神沮。至其小说、戏剧，则惟描写才子佳人旖旎之柔情；其管弦音乐，则惟谱演柔荡靡曼亡国哀思之郑声。"[15]712

　　梁启超在他的文学作品中往往会过分渲染文学的政治功能。扪虱谈虎客在当年评价梁启超的作品时，认为他的作品将历史性和趣味性融于一体，可以做"中学教科书读之"[16]5653，其中虽不乏赞誉，但也指明了其存在的不足。无论如何，梁启超始终坚持文学是反映出国家、时代、社会以及人文精神好坏的晴雨表，他从心里肯定文学对社会发展所起到的作用，尤其是对那些伟大的文学家，"因为他们能够感化国民"。在进化论的指导下，梁启超迫切希望通过学习外来文化来加强建立民族文化的地位，他运用"以西补中"的方法，即大力输入外国文学，也就是要把外国优秀的著作，"用本国语言文字译写出来；……采了他的精神，来自己著作，造出本国的新文学。"[33]要完成这两点，必须建立在深厚的本国文学素养之上。在新文化运动以后，梁启超在文、白之争表明了自己的立场，他认为白话在中国不算稀奇的事情，但是五四以后的一些激进青年，把白话文作为唯一的新文学，这种观点在梁启超看来过于偏激，他对白话的认同并不等于默认任何水准的语言，当新文化运动进行得如火如荼的时候，他面对文学界的争论，曾提起《胡适文存》里说过的"打倒孔家店"的话，他认为这是一种"闲言语"，而且要"少讲为是"[34]，因为"打倒孔家店"、"线装书应当抛在茅坑里三千年"的说法是不切实际的。西洋文学的先进之处只能被看作药，而"药到底是药，不能拿来当饭吃"[35]，必须在本民族文学的基础之上，寻求新的发展；同时，他认为只要有好的意境、好的素材，那么白话和文言都能够写得出好的作品，多种文体的写作，因此过分地标榜白话只能会使中国的文学陷入另一种束缚。总而言之，梁启超对当时的文学思潮所持的态度还是比较客观的，在轰轰烈烈的文化运动下洞察到新文化运动所隐藏的偏执和矛盾之处，为运动中的人们敲响了警钟。

　　中国人应该形成自己的一种声音，因此在对西方文学进行借鉴的同时他都努力使其"中国化"。以《十五小豪杰》为例，这部小说是由法国人焦士威尔奴所著，原名叫《两年间学校暑假》，后来译成英文，日本人森田思轩又据英译本译成日文，名为《十五少年》。梁启超在第一回的后记中写道：

> 英译自序云："用英人体裁，译意不译词，惟自信于原文无毫厘之误。"日本森田氏自序亦云："易以日本格调，然丝毫不失愿意。"今吾此译，又纯以中国说部体段代之，然自信不负森田。[28]5666

　　经过多次豪杰译的《十五小豪杰》由于需要刊登在报纸上，因此作品在规模上要大于原作很多，而且限于报纸的容量，需要分次连载。他认为采用中国说部体制来翻译外国小说，虽然有些章节不能使读者一次欣赏外，但正是这种停顿却比原文更加有吸引力，因此在梁启超的翻译文本中，大量地引用了古典诗词，作品的叙述者随时出现在文本中，多以

"看官"二字作为标志，引起下文的"欲知……如何，且看下回便知明白"出现在每一回的最后，回目上也使用对偶句以提示作品的主要内容，如第三回的标题是"放暑假航海起雄心，遇飓风片帆辞故土"、第四回标题是"乘骇浪破舟登沙碛採地形勇士走长途"等等，体现了浓厚的国学底蕴。

梁启超的作品中流露出了很强的民族观念，在《新罗马传奇》中他较少使用西方的典故，虽然以西方人的口吻来结构故事，但是却"不再一译语名词"，也像屈原那样以美人香草来表达忧国忧民的思想，体现了传统文人的积习，这也是他的作品独具魅力之所在。但是在西方文明以无法阻挡之势浸透于中国人脑海时，他发现一切似乎都已经变了样，小说也没有最终逃得开诲淫诲盗的命运，就连那些当时时髦的词如自由、平等、人道等等都落得为人糟蹋蹂躏的下场，除了被后人耻笑诟病之外，国家于社会根本就没有什么作用。在这样的社会背景下产生的文学就让人无比担忧了。面对西方文学作品纷至沓来的局面，梁启超在中西比较中认为西方文学更强调"为文学而治文学"[24]4103，中国则更强调因文见道，往往所得到的结果自然是道、文两者俱伤。

此时距离《新小说》报的辉煌已经有二十年后了，梁启超在总结文学，也在总结自己。他希望在中国出现伟大的文学家，关于创作者本身的素养梁启超没有专门的文章来说，但是在《〈秋蟪吟馆诗抄〉序》中，他简单地提到了如何成就伟大的诗人，这也可以看作他对文学创作者的一种基本要求：所谓大家，"必其天才之绝特，其性情之笃挚，其学力之深博"是最基本的条件，除此之外，还要"其身世所遭值有异于群众，甚且为人生所莫能堪之境"，要求创作者要有独到的人生体验。前者，使作家具有"振奇磊落之气，百无所寄泄，而一以迸集于此一途"[36]；后者要求创作者要有特别的人生体验，有"无量之异象"作为自己创作的资本，这样创作的作品才能名垂千古。

国家的发展不仅仅是几个少数伟大人物的事，每一个国民作为其中的一分子都要贡献自己的一分力量，他告诫青年同胞：

> 夫自今以往二十年中，吾不患外国学术思想之不输入，吾惟患本国学术思想之不发明。夫二十年间之不发明，于我学术思想必非有损也。虽然，凡异国之立于天地，必有其所以立之特质。欲自善其国者，不可不于此特质焉，淬厉之而增长之。今正当过度时代苍黄不接之余，诸君如爱国也，欲唤起同胞之爱国心也，于此事必非可等闲视矣。不然，脱崇拜古人之奴隶性，而复生出一种崇拜外人、蔑视本族之奴隶性，吾惧其得不偿失也。[7]562

对于那些漠视民族文化的人梁启超始终持批评的态度，他对民族劣根性的描写可谓透彻心骨，他的思想和言论使人们不断地认识到自身所处的社会环境，提高了世人的爱国热情。蔡锷在《盾鼻集》的序中说，梁启超当年的呼唤和呐喊使众多国人"已死之人心，乃振荡而昭苏。先生所言全国人人所欲言。"[37]。总体而言，梁启超非常重视文学的社会作用，尤其是一个国家的民族文学对于民族精神的形成和建立起着无人可比的影响，所以梁启超致力于民族文学的建设，他认为一个受过一定程度（中学以上）教育的人，对于本国的优秀的重要的作品，关于学术、历史、文学的，"最少总应该读一遍"[25]4617，因为这些"历史绝不限于政治，其最主要者在能现出全社会心的物的两方面之遗影，而高尚的文学作品，往往最能应给此种要求。"[25]4657梁启超十分欣赏拜伦，其原因在于"拜伦最爱自由主义，兼以文学的精神……真可称为文界里头一位大豪杰"[38]，在《新中国未来记》中引用了拜伦三首不同的作品，力图激发其国人的爱国热情，从而实现中国民族的独立。

梁启超在《新民丛报》、《新小说》等报纸刊登和发表了一系列以民族为中心的文学作品，其好友蒋智由在为《中国之武士道》所写的序言中也表达了类似的看法："吾闻之也，凡有绝大之战争。往往赖有雄伟之文字，林立之诗歌，而后其印象日留于国民心目之间。否则不数年而暗晦消沉以尽。故战争必伴文学，为今时人所屡唱。盖非文学，则无以永战争之生命也。又岂特战争而已，凡社会中有超奇之事故，杰特之人物，又必赖有所纪念留传者，而后融化其超奇杰特之气风于全社会中，渐渍积久，而成为一民族特有之特性。不然，有奇行焉而不彰，有特操焉而不光，则无以激动社会之观念，而人民将日返于昏庸陋劣之状态。"[39]在他们的大力提倡下，中国掀起了建设民族文学的高潮。正是在梁启超的提倡和躬身实践下，中国人在历史转折时期重新审视自己的文化，并把建设民族文学作为重要的任务，为后来的民族革命奠定了理论基础。

参考文献

[1] 梁启超. 清代学术概论［G］// 梁启超. 梁启超全集：第五册. 北京：北京出版社. 1999：3106.

[2] 梁启超. 新大陆游记［M］. 北京：社会科学文献出版社. 2007：60.

[3] 梁启超. 警告留学生诸君［G］// 梁启超. 梁启超全集：第二册. 北京：北京出版社. 1999：962.

[4] 梁启超.《新太平洋》发刊词［G］// 梁启超. 梁启超全集：第六册. 北京：北京出版社. 1999：3378.

[5] 梁启超. 中国近三百年学术史［G］// 梁启超. 梁启超全集：第八册. 北京：北京出版社. 1999：4442.

[6] 梁启超. 辛亥革命之意义与十年双十节之乐观［G］// 梁启超. 梁启超全集：第六册. 北京：北京出版社. 1999：3380.

[7] 梁启超. 中国学术思想变迁之大势［G］// 梁启超. 梁启超全集：第二册. 北京：北京出版社. 1999.

[8] 梁启超. 欧洲地理大势论［G］// 梁启超. 梁启超全集：第二册. 北京：北京出版社. 1999：940-941.

[9] 梁启超.《欧洲文艺复兴史》序［G］// 梁启超. 梁启超全集：第五册. 北京：北京出版社. 1999：3065.

［10］（美）萨义德. 知识分子论［M］. 北京：三联书店. 2009：13.

［11］《马克思恩格斯选集》第一卷. 北京：人民出版社. 1972：255.

［12］梁启超. 翻译文学与佛典［G］//梁启超. 梁启超全集：第七册. 北京：北京出版社. 1999.

［13］梁启超. 中国工艺商业考［G］//梁启超. 梁启超全集：第一册. 北京：北京出版社. 1999：127.

［14］梁启超.《西学书目表》后序［G］//梁启超. 梁启超全集：第一册. 北京：北京出版社. 1999：85.

［15］梁启超. 新民说［G］//梁启超. 梁启超全集：第二册. 北京：北京出版社. 1999.

［16］梁启超. 新罗马传奇［G］//梁启超. 梁启超全集：第十册. 北京：北京出版社. 1999.

［17］梁启超. 欧游心影录［G］//梁启超. 梁启超全集：第五册. 北京：北京出版社. 1999.

［18］梁启超. 论译书. 载《梁启超全集》一. 北京：北京出版社. 1999：45.

［19］梁启超.《中国之武士道》凡例［G］//梁启超. 梁启超全集：第三册. 北京：北京出版社. 1999：1387.

［20］梁启超.“知不可为而为”主义与“为而不有”主义［G］//梁启超. 梁启超全集：第六册. 北京：北京出版社. 1999：3415.

［21］梁启超. 1925 年 7 月 3 日致胡适之［G］//梁启超. 梁启超全集：第十册. 北京：北京出版社. 1999：6057.

［22］梁启超. 治国学的两条大路［G］//梁启超. 梁启超全集：第三册. 北京：北京出版社. 1999：4069.

［23］梁启超. 人权与女权［G］//梁启超. 梁启超全集：第七册. 北京：北京出版社. 1999：4051.

［24］梁启超. 中国历史研究法［G］//梁启超. 梁启超全集：第七册. 北京：北京出版社. 1999.

［25］梁启超. 要籍解题及其读法［G］//梁启超. 梁启超全集：第八册. 北京：北京出版社. 1999.

［26］梁启超. 美术与科学［G］//梁启超. 梁启超全集：第七册. 北京：北京出版社. 1999：3961.

［27］梁启超. 1900 年 4 月 1 日致康有为［G］//梁启超. 梁启超全集：第十册. 北京：北京出版社. 1999：5931.

［28］梁启超. 十五小豪杰［G］//梁启超. 梁启超全集：第十册. 北京：北京出版社. 1999.

[29] 梁启超. 论译书 [G] // 梁启超. 梁启超全集：第一册. 北京：北京出版社. 1999：48.

[30] 梁启超. 东籍月旦 [G] // 梁启超. 梁启超全集：第一册. 北京：北京出版社. 1999：325.

[31] 梁启超.《京报》增刊国文祝辞 [G] // 梁启超. 梁启超全集：第五册. 北京：北京出版社. 1999：2822.

[32] 梁启超. 外交欤内政欤 [G] // 梁启超. 梁启超全集：第六册. 北京：北京出版社. 1999：3402.

[33] 梁启超.《晚清两大家诗钞》题辞 [G] // 梁启超. 梁启超全集：第九册. 北京：北京出版社. 1999：4927.

[34] 梁启超. 评胡适之《中国哲学史大纲》[G] // 梁启超. 梁启超全集：第六册. 北京：北京出版社. 1999：3992.

[35] 梁启超. 儒家哲学 [G] // 梁启超. 梁启超全集：第九册. 北京：北京出版社. 1999：4956.

[36] 梁启超.《秋蟪吟馆诗抄》序 [G] // 梁启超. 梁启超全集：第五册. 北京：北京出版社. 1999：2820.

[37] 梁启超.《盾鼻集》序 [G] // 梁启超. 梁启超全集：第五册. 北京：北京出版社. 1999：2748.

[38] 梁启超. 新中国未来记 [G] // 梁启超. 梁启超全集：第十册. 北京：北京出版社. 1999：5630.

[39] 蒋智由. 中国之武士道 [G] // 梁启超. 梁启超全集：第三册. 北京：北京出版社. 1999：1376.

（柳迎春　2008 级博士生　　指导教师：林精华）

马克思主义与鲁迅三十年代的文学观

赵 芳

1930 年 3 月，中国共产党领导下的革命文学团体中国左翼作家联盟（简称"左联"）在上海成立。虽然鲁迅最终没有加入中国共产党，虽然有冯雪峰、周扬等担任左联组织上的领导人，但不可否认的是，鲁迅以自己丰硕的创作实绩和在文学界乃至整个思想界的巨大影响力和感召力而成为左联事实上的领导核心和战斗核心。早在加入左联以前，因为曾经与太阳社和创造社就"革命文学"问题展开论战，鲁迅就已经开始努力尝试阅读并翻译马列理论著作，并因此而"明白了先前的文学史家们说了一大堆，还是纠缠不清的疑问"[1]，因此已经开始了转向的过程——即对马克思主义的认同和接受；待到加入左联阵营后，他更是竭力克服某些领导人的教条主义和宗派主义的消极影响，团结和带领一批踏实勤恳的青年作家，在马克思主义文艺理论的宣传和研究方面，在无产阶级革命文学的创作方面，在推进文艺的大众化方面，均取得了巨大的成就。而就鲁迅个人而言，接受并认同马克思主义无疑是一个极其重大的文学方向甚至是人生方向的抉择和转向。那么，马克思主义究竟在什么层面上、在多大程度上影响了鲁迅三十年代的文艺观？换言之，"左"转后鲁迅的文艺观包含了哪些方面的内容？本文拟就这些问题进行一点探究。

一、文学是有阶级性和政治性的

强调文学是有阶级性和政治性的，文学是阶级斗争的武器和工具，这些都是马克思主义文学观的基本观点，所阐述的主要就是文学与政治之间的关系问题。关于这两者之间的关系，在中国自古以来就有"文以载道"和"诗言志，歌咏言"两派表面看来好像是截然不同的观点。为什么这样讲呢？"文以载道"自不必说，它所坚持的就是文学与政治之间的密不可分的关系，既然是"载道"的工具，那么当然就是有政治性的；至于后者，如果单从字面意思看来，似乎文学仅仅是表达个人思想、情感、志向和愿望的工具，与政治无涉，但如果我们对这"所言之志"细加分析的话，就应该提出这样的问题：究竟是什么人在言志？他所言之志的具体内容是什么？经过这样的分析我们就不难发现，其实这看似与政治无关的超脱的"个人之志"其实还是包含着政治上的倾向性，只不过这倾向性可能或明晰，或模糊，或强烈，或平和而已。事实上只要我们不把政治作狭隘意义上的理解，也就是说不把它仅仅理解为政党政治，甚至是少数几个政治家、政客的政治，那么政治的范围其实是极为宽泛的，它几乎就像阳光、空气一样与我们的生活须臾不可分，渗透和充斥于经济、军事、外交、文化、教育等各个领域。如果承认文学是对社会生活的反映，是对人性的表现，那么它就或多或少都会带有政治性，但这种政治性有时候未必是作者刻意、着力表现的结果，它也有可能是潜在的、模糊的政治倾向的不经意间的外在流露。

回到鲁迅关于文学的阶级性和政治性的论述上来。关于这一问题的论述，集中见于20世纪30年代鲁迅与"新月社"作家梁实秋、国民党当局所策划的旨在反对无产阶级革命文学并为蒋介石的不抵抗政策效劳的"民族主义文学"运动以及"第三种人"的论战文字中，在这里限于篇幅，我们就主要以他与梁实秋的论战来展开叙述。

关于阶级性的问题，梁实秋是先承认了世界上许多地方是资本主义制度，在这制度之下有无产者，不过"这无产者本来并没有阶级的自觉。但几个过于富有同情心而又态度偏激的领袖把这个阶级的观念传授给了他们。阶级的观念是要促起无产者的联合，是要激发无产者的争斗的欲念。一个无产者假如他是有出息的，只消辛辛苦苦诚诚实实地工作一生，多少必定可以得到相当的财产。这才是正当的生活争斗的手段。"[2]也就是说，梁实秋虽然承认阶级差别的存在，但是却完全认可这种阶级差别的合理性，并坚持认为无产阶级就该安于自己的阶级地位和阶级身份，并只能追求跟自己的阶级地位相适应的财产状况而不该作"非分之想"，即不该团结起来夺取政权，成为统治阶级，因为"资产是文明的基础"，所以"攻击资产制度，即是反抗文明"，而且作为反抗手段的"革命的现象不能是永久的，经过自然进化之后，优胜劣汰的定律又要证明了，还是聪明才力过人的人占优越地位，无产者仍是无产者"。

针对梁实秋的上述观点，鲁迅进行了如下的反驳：无产者的确原本没有阶级的自觉，是少数领袖把阶级观念传授给了他们，要促成他们的联合，激发他们争斗的欲念，不过"传授者应该并非由于同情，却因了改造世界的思想。况且'本无其物'的东西，是无从自觉，无从激发的，会自觉，能激发，足见那是原有的东西。原有的东西，就遮掩不久……承认其有而要掩饰为无，非有绝技是不行的"[3]。而且未来的文明也并不以资产为基础，所以梁实秋所谓的无产者应该"辛辛苦苦"爬上有产阶级去的"正当"的方法，其实是中国有钱的老太爷高兴时候，教导穷工人的古训，是麻痹他们的斗争意志，要他们安守本分的。而无产者一旦有了阶级的自觉之后，就会联合起来，不再求个人的"有出息"和飞黄腾达，而是求推翻资产阶级，实现本阶级的解放，要实现这一目标，其中重要手段之一就是建立无产阶级文化，其中当然包括文学艺术。由此，就进入了文学有无阶级性问题的论争。

梁实秋认为无产阶级文学理论的错误，是在"把阶级的束缚加在文学上面"，因为资本家和劳动者固然有不同的地方，但还有相同的地方，"他们的人性"并没有两样，例如都有喜怒哀乐，都有恋爱，"文学就是表现这最基本的人性的艺术"，因此倘若"把文学的题材限于一个阶级的生活现象的范围之内，实在是把文学看得太肤浅太狭隘了"。针对梁实秋的这一论调，鲁迅针锋相对地指出：文学不借人，就无以表示"性"，一用人，而且还是在阶级社会里，即断不能免掉所属的阶级性，无需加以"束缚"，实乃出于必然。"自然，喜怒哀乐，人之情也，然而，穷人绝无开交易所折本的懊恼，煤油大王那会知道北京检煤渣老婆子身受的酸辛，饥区的灾民，大约总不会去种兰花，像阔人的老太爷一样，贾府的焦大，也不爱林妹妹的……倘以为表现最普通的人性的文学为至高，则表现最普遍的动物性的文学，或者表现生物性的文学，必当更在其上。"[4] 所以说，既然我们是人，文学又要表现人性，那么，无产者既然是无产阶级，当然就要作无产文学。其实不仅是无产阶级文学有阶级性，每一个阶级的文学都有自己的阶级性，都有为自己的阶级服务的意识形态色彩。那些自以为客观中立、自以为超越了阶级、超越了时代的作家，其实至少在无意识的层面，是受着本阶级的阶级意识所支配的，那些创作，归根结底都会涂抹和浸润着本阶级的文化底色。就如梁实秋吧，看起来好像是在取消文学的阶级性，弘扬普遍的真理，但实际上却是以资产为文明的祖宗，指穷人为劣拜的渣滓，终究还是资产阶级斗争的"武器"，由此可见，"生在有阶级的社会里而要做超阶级的作家，生在战斗的时代而要离开战斗而独立，生在现在而要做给与将来的作品，这样的人，实在也是一个心造的幻影，在现实世界上是没有的。要做这样的人，恰如用自己的手拔着头发，要离开地球一样"[5]。

其实关于文学有无阶级性问题的论述，鲁迅的观点是比较中肯的：文学固然有普遍性，否则就无以流传；但同时它必然也有阶级性、意识形态性，这一点古今中外的文学作品皆然。当我们说"我最喜欢（或者最不喜欢）读哪一类的作品"时，这其实就已经预设了一个标准，自觉不自觉地就有了一个立场和取向的问题，这也可以说是"政治标准"吧；其次我们才会去看作品"写得怎么样"，也就是艺术标准的问题，这两个标准都是客观存在的。由于事实上不可能存在没有政治立场的人，你可能没有明确的、清晰的、坚定的政治立场，也可能没有意识到，但不可能完全没有，也就是说你不能生活于政治立场的真空状态，因此文学作品也就不可避免地要带有政治色彩和意识形态色彩。就以诺贝尔文学奖获奖作品为例：总是有一些为自己的祖国所不容的作品会获此殊荣，比如前苏联的诸多获奖作品，难道评奖委员会果真完全是客观中立，仅仅是因为艺术上的卓越成就才将奖项颁给这些作品吗？恐怕也不尽然。围绕着《日瓦戈医生》所产生的一系列文坛纷争不正是当时东西方两大阵营冷战的产物吗？倘若不是因为这部作品中有对苏联社会主义革命和建设过程中的负面因素的描写，倘若没有对苏联社会各个层面所出现的问题的反思，倘若没有这些为西方国家阵营所需要的恰好用于攻击社会主义苏联的意识形态方面的因素（当然这些在帕斯捷尔纳克那里并不是有意为之的），即使艺术水准再高超，恐怕也未必就会获奖吧。

二、文学是为大众的

也许有人会隐隐存在这样的疑问：鲁迅曾经描写过那么多的愚昧、麻木、冷漠甚至是自私、残忍的大众，看起来他对大众的态度即使不是憎恶、轻蔑，但至少也是不抱多少希望的。如果事实果真如此的话，那他又怎么会突然转变对大众的态度呢？的确，鲁迅一直都在致力于揭露批判所谓国民性的丑陋甚至是卑劣："昏乱的祖先，养出昏乱的子孙，正是遗传的定理。民族根性造成之后，不论好坏，改变都不易的……但我总希望这混乱思想遗传的祸害，不至于有梅毒那样猛烈，竟至百无一免。"[6]将国民性中的昏乱因素比作梅毒，其措辞之激烈、情绪之愤怒可见一斑，难怪朝鲜的申彦俊在见到鲁迅之前会把他想象为一个"冷酷的人""怪人物"，"手拿解剖刀，对遇到的每一个人（当然他们都是患者），连麻醉药都不用，就解剖他们的病灶——他的解剖，虽然冷酷无情，但手术刀所刺之处，一定会感到疼痛和爽利"[7]。然而这手持解剖刀，连麻药都不肯施用的医生自己又是怎样的一种心境，我们能够想象得到吗？他何尝不悲悯，何尝不心痛？他的文字看似冷酷，但实际上那笔端却饱含着热泪与同情。那看似冷酷的分析里面其实燃烧着爱憎的火焰。正如他自己所言：能杀才能生，能憎才能爱，能生能爱才能文。他就是要使自己敢于正视现实的丑陋与黑暗，在施以无情解剖的同时又要给予有情的疗救。无情的冷嘲和有情的讽刺相去虽不及一张纸，但其中所蕴含的感情和态度却是有着天壤之别，所以我们既要看到那无情的鞭子和解剖刀，更要看到那刀子和鞭子背后的感情和热泪。这与父母在对子女的不争气进行责罚时，往往自己也是声泪俱下是同样的道理！理解了这一点，我们就不难想象鲁迅其实是以一种"革命之爱在大众"的圣者情怀，勇敢地注视着民族现状的丑陋和苦难，顽强地背起了黑暗的历史担子。"苟奴隶立其前，必衷悲而疾视，衷悲所以哀其不幸，疾视所以怒其不争"，正是因为心底汩汩流淌着为民请命的情感洪流和切迫的寻求民族和社会解放的情怀抱负，所以才会对群众精神的麻木状态深感痛心和愤怒，所以才执着地要使他们从封建意识的麻木里面觉醒，起来奋起反抗并进而主宰自己的命运。

鲁迅深谙旧社会的腐败，向往新社会的到来，但是他的确有很长一段时间并不是很清楚这"新的"社会该是什么；也不清楚促成和继续建设这"新的"社会的该是哪一种社会力量，即哪一部分人才有可能成为"新人"；同时更不知道"新的"起来以后是否就一定好。待到十月革命以后，他才知道"新的"社会的创造者该是无产阶级，不过因为资本主义各国的反共宣传，他对于十月革命的态度其实是比较冷淡的，甚至多少还有些怀疑；然而后来苏联这世界上第一个社会主义国家的继续存在和依靠工农群众在建设过程中的成功实践，就使得他确信无产阶级社会一定会出现，这时候不但扫除了很多先前的怀疑情绪，而且还平添了更多的勇气。与此同时，鲁迅所接触到的那些从江西中央苏区回来的共产党员所描述的那里的人民群众的崭新的精神风貌，和他们在艰苦卓绝的革命斗争中所取得的足以惊天地、泣鬼神的辉煌业绩，更是进一步坚定了他的人民立场，并表明了这样的希望：就世界现有人种的事实看来，却可以确信将来总有尤为高尚尤近圆满的人类出现，而到了晚年，这种愿望则变成了"由于事实的教训，以为惟新兴的无产阶者才有将来"这样一种更加雄壮的断言。

由此可见，鲁迅对大众病态性格的揭露和批判，不但不意味着对他们的绝望和放弃，相反，倒恰恰是出于对他们的前途、命运的关切，是出于对他们有可能被唤醒、被改造的前景的坚信和乐观，更是出于对觉醒后的他们当中将可能蕴蓄的无法估量的改造中国、改造社会的潜力和能量的憧憬和期待！认识不到这一点，我们就无法把握鲁迅对大众实际上的情感和态度，更无法理解他的"为大众"的无产阶级文学观。

在明晰了鲁迅对大众的情感立场问题之后，我们再回到文学究竟"为什么人"的问题上来。如果承认了文学是有阶级性的，那么不论是哪一个阶级的作家，必然都有一个"自己"，这个"自己"就是他所属的阶级的一分子，就是那个忠于他本阶级的艺术的人，在资产阶级是如此，在无产阶级也同样如此。中国的劳苦大众向来就承受着最酷烈的剥削和压迫，由于得不到识字受教育的机会，因此便只能默默地身受着宰割和灭亡。正是在这种情况下，智识青年们意识到了自己的前驱的使命，首先发出了战叫，这战叫就是无产阶级革命文学。这文学必然代表无产阶级的情感、意志和愿望，必然是"属于革命的广大劳苦群众的"，是"革命的劳苦大众的文学"，因此是为大众的。正因为它是为大众的，所以就一定与大众有着同样的运命：它将与劳苦大众作一样的战斗，遭受一样的压迫和一样的残杀；同样还是因为它是为大众的，所以只要大众存在一日，壮大一日，无产阶级文学也就必定会因此而壮大、发展、滋长。两者会共同为着无产阶级的翻身解放，为着最终的无阶级社会的到来，而甘愿"牺牲别的一切，用骨肉碰钝了锋刃，血液浇灭了烟炎。在刀光火色衰微中，看出一种薄明的天色，便是新世纪的曙光。"[8] 同样，如果承认了文艺是有政治性的，那么鲁迅当时所处的时代，中国最大的政治任务就是国家和民族的独立解放，而且这一伟大的历史使命又注定主要由人民大众来承担，而文艺作为革命斗争的武器之一，自然就要服务于这占人口最多数的大众，努力通过无产阶级革命文学的繁荣进步去唤醒大众的革命斗志，鼓舞他们的革命热情，坚定他们的革命信念。

三、文学如何为大众

（一）作家必须具备大众的立场和感情

中国的知识分子向来习惯于将自己看作一个独立的阶层，以为诗人或文学家高于一切人，他的工作比一切工作都高贵，都神圣，因此现在为劳动大众革命，将来革命成功了，劳动阶级就该对自己感恩戴德，从丰报酬，特别优待，特别尊重。这样的以为知识阶级高人一等的思想倘若不能从创作者的思想中彻底地排除掉的话，于革命文学创作是极为不利的。因此，在鲁迅看来，能否创作出真正"为大众"的无产阶级革命文学，其关键和根本不在于口号喊得多么响亮，旗帜挥舞得多么飘扬，而在于创作者是否是一个真正意义上的"革命人"。"革命人"是鲁迅的思想中一个非常核心的概念，指的是那些能够从灵魂深处与国家、民族和人民同呼吸，共命运，能够深切地感受着时代和革命的脉搏，能够"切切实实，足踏在地上，为着中国人的生存而流血奋斗"的人，一句话，就是能否彻底地转变自己原有的观念立场，真正地具有大众的情感和立场，与他们血脉相通、命运相连的人，而不是整天以一副高高在上的、悲天悯人的姿态俯视人间，空喊着同情大众、关注底层的口号，却始终不肯做任何实际工作的人。所以，倘若是一个真正的革命人，是战斗的无产者，只要他所写的是可以成为艺术品的东西，那么无论他所写的是什么事情，所使用的是什么材料，对于现代以及将来都是有意义、有贡献的，原因就在于作者本身就是一个战斗者；反之，如果不能在情感和立场方面与无产阶级一气，那么即使貌似革命，即使确实在写着底层，但他们"所谓的客观其实是楼上的冷眼，所谓的同情也不过是空虚的布施，于无产者并无补助"[9]。

鲁迅之所以如此看重创作者的立场，如此强调"革命人"的培养于革命文学之重要性，原因就在于他亲见亲历了太多的"脚踩两只船"的革命作家，或者是"翻筋斗"的作家。在鲁迅看来，中国文人的性质是颇不好的，因为他们智识、思想都比较复杂，又往往处于可以东倒西歪的地位，所以坚定的人并不多。左联开始的时候，基础就不大好，因为那时候的压迫还不是很重，所以有些人就以为左翼文学很兴盛、很时髦，加入其中后既可以被称为前进，又没有多大危险，所以就立刻左倾，而且姿态仿佛比谁都激进、革命；然而后来随着压迫的加重，危险的来临，很多人马上就受不住了，于是纷纷转向逃跑，甚至于投敌卖友，以向敌方表明自己的忠诚和清白。所以鲁迅才会由衷地感慨："人少倒不要紧，只要质地好，而现在连这也做不到。"[10]其实这里面所说的"质地好"指的就是要有坚定的革命立场，对于自己所抱定的信仰要有至死不渝的执着追求，但实际上这样的人在左翼作家队伍中还是少数，更多的人是那些整天高喊着革命的口号、演戏似地指着自己的鼻子夸耀着"惟我是无产阶级"，而骨子里却是十足的资产阶级思想、满脑子旧的思想意识的残渣，他们既然原本就是抱着各种各样的私人目的和动机进入到了左翼作家队伍中，指望着通过这个团体和旗号来实现自己的个人野心和目的，因此也就根本不可能真正具备大众的立场和情感。

（二）立足民间，古为今用，洋为中用，推陈出新

鲁迅向来就对民间所蕴藏的巨大的艺术和思想资源表现出极大的热情和关切，这一点无论是从他所写的回忆性散文中所描摹的民间鬼魂形象"无常""女吊"，还是从他在三十年代所不遗余力地培养青年版画、木刻、连环画创作者的实践活动中都可见一斑。在鲁迅的观念世界中，民间文学是一个没有被公众和"君子们"的眼光所着色和玷污过的世界，那里有血肉鲜活的"无常"，有执着复仇、做鬼也不放过活着的敌人的"女吊"，有袋子似的帝江，有"执干戚而舞"的无头的刑天……那是一个"疯狂的、怪诞的、颠覆了等级秩序的世界"，一个与"一切成规定论、一切庄严永恒"都格格不入的世界。而且

最重要的是民间文学所构筑的那个幽默、讽刺、诙谐、诅咒的怪诞世界中的"强烈的感情表现并不是简单的否定，那里面包含了再生和更新，包含了通过诅咒置敌于死地而再生的愿望，包含了对世界和自我的共同的否定"[11]。正因如此，鲁迅最不能容忍的便是因为文人学者对民间文学肆意的篡改和破坏而扭曲了原作本来的面貌和用意。就以他对京剧的批判为例：他曾经多次表达过对京剧的反感，而且他对梅兰芳的某些批判已经近乎人身攻击，这里就有一个问题需要我们去思考：鲁迅其实并不讨厌地方戏，就比如绍兴的地方戏，他几乎喜欢得如痴如醉，可是他为什么偏偏会对京剧表现出如此的反感？其实他所反感和攻击的并非针对个人，而是针对一种文化和文明现象：那就是因为文人雅士的篡改所造成的中国人的一种畸形、病态的审美旨趣和心态，至少在他看来是如此。他觉得梅兰芳的本子和他所表演的京剧，是文人雅士们参与造出来的一个结果，他们把一个原本产生于民间的血肉丰满的东西放进了玻璃罩里，使其与民间生活隔绝。在鲁迅看来，梅兰芳原本是俗人的宠儿，然而士大夫却总是喜欢夺取民间的东西，而且一切东西一经沾着他们的手，就会跟着他们灭亡。应该说，鲁迅对以梅兰芳为代表的京剧的批判固然有其个人旨趣上的好恶，但不得不承认的是那其中确实体现着他对文化与民间文化之间关系的独到而深刻的思考。他认为真正的民间文化是最富生命力的，把它装进玻璃罩里面当成雅的象征是他绝对无法容忍的。无产阶级革命文学如果要实现为大众的目标，就一定要真正做到立足民间，因为民间事实上蕴藏着文学艺术原料的最丰富、最宝贵的矿藏，这矿藏固然是自然形态的、粗糙的东西，但同时也是最生动、最有活力、最基本的东西，从这个角度说，它们将使一切文学艺术相形见绌。总之，民间文学中既存在着与大众的生活息息相关的题材内容，又保留着为大众所喜闻乐见的文学形式，同时也藏伏着中华民族古老智慧与文明的源泉和秘密。只有不断从民间文学中吸取养料，才能使新兴的无产阶级文学不断繁荣、滋长、进步。

除了将创作的根基牢牢地扎根于民间之外，鲁迅认为新文学的发展同样不能忽视古代文学传统的宝贵资源，因为任何一种新文学的兴起都不是无根无蒂，突然发生的，必然继承着此前的文学遗产，享受着先人所提供的文学养料的滋养，沐浴着传统的文学阳光的恩泽。所以倘若有谁以为继承和采用古代文学遗产就是投降，那实际上是没有弄清楚自主地学习继承和被动盲目地模仿照搬之间的关系，将二者混为一谈了。不过在学习和借鉴古代文学遗产的时候一定要注意这样的问题，即：古代文学遗产是流而不是源，它们是古人根据他们彼时彼地所得到的人民生活中的文学艺术原料和自身的感受、经历创造出来的东西。我们必须继承一切优秀的文学艺术遗产，批判地吸收其中一切有益的东西，作为我们从此时此地的人民生活中的文学艺术原料创造作品时候的借鉴。在鲁迅看来，既是采用借鉴，那就要有条件、有区分、有改造，不能为了追逐流行品味和吸引读者眼球而特别吸收传统中低级趣味的因素，那不但不利于新文学的健康发展，反而会将其拖入泥潭。必须力求既能够让人读得懂，同时又要有所收益，同时还不失其艺术水准，这才是真正的"为大众"的文学所要力争实现的目标和努力的方向。其实向传统中摄取故事题材就是一个很好的思路，因为大众对于那些故事和人物是熟悉的，至少是有所了解的，因此就容易引起他们的阅读兴趣，有效地减少因对作品题材的陌生所产生的阅读障碍和隔阂，同时也更有利于推动他们通过阅读进而展开深入的思考。比如传统文学中关于白蛇娘娘的故事就有小说、话本等多种为大众所喜闻乐见的形式，因为这其中的故事和人物大众都是很熟悉的，所以很可以拿来服务于新文学的建设，但不是全盘吸收照搬，而是要根据革命的需要和新的时代精神对于其中的事迹和人物进行全新的解读，这就需要在原有的基础上进行合理的更改：对于诸如白蛇娘娘忠贞于爱情、敢于蔑视并反抗压迫自己的异己力量和权威以及为了追寻自由和幸福而百折不回的勇气等因素，要予以适当的渲染和加增，以使读者大众更深刻地体会到封建势力是如何地摧残和戕害人最起码也是最美好的追求幸福的愿望，同时又要使他们从白蛇娘娘的斗争行为中汲取在现实生活中反抗不合理的社会制度，争取美好的新社会早日到来的力量和勇气；而对于白蛇娘娘出于报私恩的行为动机和为了自己能与丈夫早日团聚便不惜水漫金山以致造成大量无辜百姓伤亡的行为等则要尽量地削弱。而在这对传统因素的鉴别、增删和取舍的过程中，需要的则是新文学工作者的创造力！只有在创造性地运用古代文学资源和传统的前提下，才有可能实现真正的古为今用，推陈出新！

除了向民间和传统学习，无产阶级革命文学更要向国外学习，积极广泛地译介外国文学作品和理论。当然，这个学习是有选择有重点的学习，而不是"眉毛胡子一把抓"的学习：向哪些国家、哪些文学经验学习，这是新文学工作者首先必须明确的问题。在鲁迅那里，首要的就是要译介苏俄和东欧的被压迫的弱小民族的作品，因为"文学是战斗的"，而苏联社会主义革命和建设的成功实践可以给苦难中的中国大众以挣扎反抗的力量和勇气，而他们在战斗和建设途程中的艰辛和最终的成功，则可以如指路的明灯一样照亮中国人改造旧社会、创建新社会的伟大征程；至于像东欧这样的一些被压迫的弱小民族，因为与我们处于相似的历史发展阶段，又与我们有着相似的苦难境遇，因此，他们以文学的形式所进行的争取民族解放和社会解放的斗争，同样可以给我们提供宝贵的可资借鉴的经验。

在学习外国文学经验这个层面上，我们首先就要明确这样一个至关重要的问题：鲁迅从走上文学救国之路的第一天起，便自觉和不自觉地反对着文学上的"事大主义"。不同于日本在明治和大正时代拼命地介绍英美德等先进国家的第一流的文学和最有名的作品，鲁迅在留学日本时期就开始介绍波兰、匈牙利、希腊乃至沙皇统治下的俄国文学，大多是东欧即所谓落后、弱小民族国家的"第三流"的偏僻的文学，这是因为当时中国社会所处的社会地位问题：因为他把最大的关心，放在"中国社会首先应当要求什么"这样一个比文学更为重要的社会基础、或者叫做历史现实的问题上。由此可见，从鲁迅最初欲以文学救国这样的初衷看来，他就不可能是那种"为艺术而艺术"的搞所谓的"纯文学"的人，文学艺术在他这里是有功利目的的——救国救民。所以，倘若单纯从艺术的角度考虑，当然要介绍那些先进国家的文学，似乎更有助于推进完善我们的文学创作，但国难当头之际，文学技巧的成熟、先进与否显然不是头等重要的大事。那些国家的文学即使再先进，但空间上距离太远，时间上又与我们处于不同的社会历史发展阶段：菲茨杰拉德的《夜色温柔》、普鲁斯特的《追忆似水年华》即使再伟大，跟中国苦难的现实和社会变革都没有多大关系，至多只是供梁实秋那样真正有闲、有钱的文人提供所谓闲情逸致而已。时时辗转于饥饿、苦痛、战争、流血中的中国百姓怎能理解 20 世纪 20 年代消费狂热潮流主导下的美国青年的颓废、迷惘呢？所以说倒是那些与我们有着相似的历史命运和苦难现状的弱小落后民族，与我们有着相同的感受和历史诉求，了解他们"想什么，要求什么"倒是与我们的社会变革有所裨益。可见，鲁迅并不是把文学当做一种教养，因而他不是在文学中追求没有国家没有民族的抽象的人和人生，而是须臾不肯止歇地、始终探求和思考着中国的历史、现实和未来的出路。

所以说像"包探，冒险家，英国姑娘，菲州野蛮的故事，是只能当醉饱之后，在发胀的身体上搔搔痒的，然而我们的一部分的青年却已经觉得压迫，只有痛楚，他要挣扎，用不着痒痒的抚摩，只在寻切实的指示了。"[12]而能够给痛楚和挣扎中的中国人以"切实的指示"的首先当然就应该是来自于如苏俄和东欧那样的或者先前和现在正在遭受压迫而寻求解放的，或则已经成功地获得了解放的国家的那些"立意在反抗，旨归在动作"的作品。当然，向外国学习，绝不意味着仅仅学习苏俄和东欧国家的作品，同时也包括其他欧美先进国家的作品和理论。总之，对于外国文学作品、理论的学习，不只是要求的思想上的共鸣，内容上的借鉴，同时也包括创作形式、技巧、方法上的为我所用。

应该承认，鲁迅在三十年代所形成的文学观与马克思主义有着千丝万缕的联系，不过他对马克思主义的接受和认可又有着自己独特的方式，这种独特就在于他不是像以太阳社和创造社为代表的某些作家那样将马克思主义奉为不容置疑的权威，进而在创作和批评领域机械地照搬和套用这些理论；而是结合着中国当时的实际社会情形和现实的斗争需要，形成了自己独特的文学观。也就是说他的接受方式既不是像某些人那样毫无保留、毫无反思地照单全收，也不是固执地死守着自己原已形成的文学观而全部拒绝，更没有和稀泥式地进行看似折中公允的调和，而是成功地吸收了马克思主义最本质的内容：既承认文学艺术是有阶级性和历史性的，并且被阶级性和历史性所规定，进而延伸出"一切文学都是宣传"这样的观点；同时又对作家作品的主体性保持着清醒的意识，始终坚持相对于其他的革命宣传工具如口号、标语、布告、板报等，文学有着自己不可替代的特点和优势，这也正是革命为什么在标语、口号等工具之外还更需要文学的原因。所以无产阶级革命文学既要注重政治标准，以实现特殊时期的"文学是战斗的"这样的创作目标，同时又不能忽视内容的充实和技巧的"上达"，这样就在肯定了"一切文学都是宣传"的同时又明确地否定了"一切宣传都是文学"的观点，于是也就与事实上存在的某些仅仅是"将标语、口号贴上了杂志"那样的根本称不上文学的文学划清了界限。正如冯雪峰所言，鲁迅无意于创造一个思想系统或一种主义，"在他那里，一切新的和好的思想，一切真理，不是要拿来堆砌自己的学说，而是要用真理之光，来照彻现实和照明前进的道路，要把一切新的和好的思想用到现实的战斗上去"[13]。其实这段话既可以看作鲁迅之所以会接受马克思主义的一个最好的解释，同时又是对他在三十年代所形成的既与马克思主义有着本质上的关联，又保持着自己鲜明独立性的文学观的一个极为恰切的评价！

参考文献

［1］鲁迅.《三闲集》序言，《鲁迅全集》第四卷［M］. 北京：人民文学出版社，2005：6.

［2］梁实秋. 文学是有阶级性的吗，转引自《鲁迅全集》第四卷［M］. 北京：人民文学出版社，2005：220.

［3］鲁迅."硬译"与"文学的阶级性"，《鲁迅全集》第四卷［M］. 北京：人民文学出版社，2005：206.

［4］同上208.

［5］鲁迅. 论"第三种人"，《鲁迅全集》第四卷［M］. 北京：人民文学出版社，2005：452.

［6］鲁迅. 随感录·三十八，《鲁迅全集》第一卷［M］. 北京：人民文学出版社，2005：329.

［7］史沫特莱等. 海外回响——国际友人忆鲁迅［M］. 河北：河北教育出版社，2001：247.

［8］鲁迅. 随感录·五十九，《鲁迅全集》第一卷［M］. 北京：人民文学出版社，2005：373.

［9］鲁迅. 关于小说题材的通信，《鲁迅全集》第四卷［M］. 北京：人民文学出版社，2005：377.

［10］鲁迅. 致萧军，萧红，《鲁迅全集》第十三卷［M］. 北京：人民文学出版社，2005：288.

［11］汪晖. 死火重温［M］. 北京：人民文学出版社，2000：421.

［12］鲁迅. 祝中俄文字之交，《鲁迅全集》第四卷［M］. 北京：人民文学出版社，2005：473.

［13］冯雪峰. 冯雪峰忆鲁迅［M］. 河北：河北教育出版社，2001：24.

（赵芳　2009级博士生　　指导教师：易晓明）

"二元对立"思维的凸显和消解

——论前期英国文化研究思维方式的演变

吴远林

摘　要: 本论文拟考察前期英国文化研究的四位巨擘阿诺德、利维斯、霍加特、汤普森各自代表性著作《文化与无政府》、《大众的文明与少数人的文化》、《识字的用途》、《英国工人阶级的形成》之间的内在关系，认为四者的学术研究之间体现了"文化研究思维方式"的内在演变，即对西方现代思维方式——"二元对立"的使用、凸显、调和和消解，为理解英国前期文化研究的发展历程提供启示。

关键词: 二元对立　前期英国文化研究　凸显和消解

"二元对立"是西方人看待世界的基本方法，它认为任何事物都可以一分为二、彼此相互对立，突出世界在差异中呈现。追根溯源，"二元对立"思维模式最早由柏拉图提出，经过笛卡尔的丰富和发展，启蒙运动后开始走向成熟，并在理性主义与经验主义、人文主义和科学主义的相互对立中发展到极点，而后开始衰落。20世纪以来，随着结构主义、后结构主义的崛起，这一根深蒂固的"二元对立"思维传统面临着巨大的挑战。

"前期英国文化研究"正是在这种"二元对立"思维模式由凸显到消解的渐变的背景下发展起来。本论文拟考察"前期英国文化研究"四部重要著作，阿诺德的《文化与无政府》(1869)、利维斯《大众的文明与少数人的文化》(1930)、霍加特《识字的用途》(1957)以及汤普森《英国工人阶级的兴起》(1963)，认为四者的学术研究之间既非简单的继承也非断然的对立，而是体现在"文化研究思维方式"的内在演变，即对西方现代思维方式——"二元对立"的使用、凸显、调和和消解，这不仅反映了19世纪到20世纪英国知识分子学术思想的转变，更是时代从现代主义到后现代主义哲学思潮衍化的结果。

一、阿诺德: 确立"文化"与"文明"的对立

英国文化研究的兴起，从思想渊源上讲，很大程度上受惠于阿诺德开创的英国"文化

与文明"①的传统，他也因此被誉为英国文化研究史上具有里程碑意义的人物。在《文化与无政府》中，阿诺德站在精英主义立场审视社会文化现象，关注文化与政治意义，视"大众文化"为"无政府"，强烈批判"大众文化"。其中，"文化"与"文明"的对立和冲突是本书的核心，主要表现为：

首先，"我们"与"他们"的对立。阿诺德曾把"英国社会"分为三个阶级，即贵族阶级、中产阶级和工人阶级。"他们"指的是那些精力旺盛却墨守成规的野蛮贵族、沉醉于物质文明又唯利是图的市侩中产阶级和粗野愚昧而自甘堕落工人阶级群氓。阿诺德最为不屑的是工人阶级群氓，"他们"来自穷山僻壤，"走出了自己的藏身之地，……想去哪就去哪，想在哪见面就在哪，想喊就喊，想做就做"②，不受管教、没有约束，成为"无政府"的代名词。这些人统统"非我族类"，不足为伍，他们享受着"他们的啤酒、他们的杜松子酒，他们的乐趣"。

诚然，在上述每一个阶级内部也存有一定数量的"异族"，这些人主要不受阶级精神的支配，而是顺从普遍的"人类"精神，渴求世间"最美好的思想和言辞"，是一个"小部分优秀群体"，成为"我们"的代言人。"我们"与"他们"的对立不仅代表了两种截然不同的文化主体，而且也体现了"文化"与"文明"两个范畴的根本性对立。

其次，"文化"和"文明"的二元对立。在阿诺德看来，"文明"主要是描述社会及社会发展状态的概念，其贡献归结每一个人。"文明"是工业社会的产物，是社会各阶层通力合作的结果，属于"他们"的文化形式，主要包括当时流行的通俗剧、音乐厅、流行小说、大众报刊杂志以及海边假日等"大众文化"形式。

而"文化"则是伟大艺术品的价值和标准以及欣赏和理解它们的能力，它是一个知识习得、人格完善的过程，主要包括三层意思：首先，它是一种"知识的体系"，是"是举世公认的最好的思想和言辞"③；其次，它是一个"人格完善的过程"，提升和完善人的内在精神和心灵状态；最后，它是一种"行为实践"，不仅服务自己和群体，而且可以"治愈时代的病症"。"文化"的贡献不属于每一个人，只局限于"小部分优秀群体"，它属于"我们"的范畴，是"我们"的文化形式。诚如阿诺德所说，"受过很高教育的少数人，而不是很少受教育的多数人，将成为人类知识和真理的器官。就词的完全意义上说，知识和真理是人民大众根本不能达到的"④。

阿诺德运用"二元对立"的思维模式确立了"文化与文明"的对立式文化传统，即高尚的文化与低俗的文明，开创了英国文化研究的新传统，一种"看待大众文化的特有的思维方式，置大众文化于总体文化中的方式"⑤，这极大地影响了随后的精英主义文化研究者利维斯。

二、利维斯：凸显"精英文化"与"大众文明"的对立

英国工业革命的成果不仅带来了巨大的社会变化，而且也彻底改变了人们的文化生活

方式。进入 20 世纪后，传统的"文化"逐渐演变和分化成"精英式文化"和"大众型文化"，即利维斯所描绘的，少数人掌握的文化和多数人享用的大众文明。在《大众的文明与少数人的文化》中，利维斯直接继承阿诺德开创的"文化/文明"传统，猛烈抨击"大众文明"的娱乐性、庸俗性和欺骗性，主张运用少数人的"文化"来对抗和拯救大多数人的"文明"，"精英文化"与"大众文明"的二元对立在本著作中得到了前所未有的凸显。

首先，"小众"和"大众"的对立，或者说"少数人"与"多数人"的对立。工业革命前，社会分工明确、各层人士各司其职，人类最美好的"思想和言辞"凝聚在伟大的文学传统中，在少数受过良好教育的精英人物那里得以保存和传递。工业革命后，随着科技的快速发展，"大众文明"形式如流行小说、广告、电影、广播、电视及出版业等得到了迅速生产和传播，"文化"突破少数精英人物的局限，多数没有受过良好教育的人也开始分享着"文明"的乐趣和快感。于是，少数人的文化与多数人的文明之间产生了对抗，直到后来，这种矛盾愈演愈烈，"后者"逐渐取代了"前者"。

其次，"伟大传统"与"大众文明"的对立。有感于"文化"与"文明"的本末倒置，利维斯痛心疾首。他运用传统文学的"文本细读"法，深入剖析了"多数人的文明"。"流行小说"为人们的生活增添了少许乐趣，提供的却是一种"毒品式的"消遣，"不是增强和更新对生活的感受，而是给予生活的不适和对生活的拒绝和逃避"⑥。"广告"，以"其不知疲倦、四处弥漫、浸淫式的操纵"⑦，控制和影响着人们的生活和选择。"电影"，特别是好莱坞的大片，"迎合了人们的低级情趣，是一种潜在的恶果，因为它制造的是现实生活的诱人而又鲜明的假象"⑧，是人们幸福的罪魁祸首。

不满于"大众文明"的操纵性、愚弄性，利维斯提出了"少数人的文化"的概念，即英国文学的"伟大传统"，包括奥斯汀、艾略特、詹姆斯、康拉德、劳伦斯等人"伟大的英国文学传统和文学经典"，并且认为："唯有依靠少数人，我们才能感受过去美好的人类体验；只有他们才能让传统中微妙的、易变的部分保持生命力。唯有他们才能制定一个时代美好的生活标准，是这个标准而非其他，才是我们前进的方向，中心就在这儿。"⑨

利维斯将"小众与大众"、"伟大传统"与"大众文明"进行对举，歌颂和推崇精英式文化、排斥和敌视大众型文明，凸显了"精英文化"与"大众文明"的对立，深化了阿诺德开创的"文化/文明"对立传统。不过，与阿诺德仅仅提供审视"大众文化"的方法不同，利维斯直接运用"文本细读"法分析"大众文明"现象，为后来的英国文化研究提供了典范。

三、霍加特：区分"工人阶级文化"自身的差别

20 世纪 50 年代后，阿诺德开启的"文化与文明"的"二元对立"思维传统受到了强烈的质疑。受利维斯直接分析"大众文化"现象的启发，当代英国文化研究的奠基者霍加

特着手分析和研究"工人阶级文化"。在《识字的用途》中，作者区分了"前期工人阶级文化"与"后期工人阶级文化"的差别，把视线从"文化与文明"的对立传统转移到"工人阶级文化"自身的对立之上，强有力地缓解与调和了"文化与文明"对立与矛盾。

首先，前期工人阶级文化，又称"三十年代的文化"。它是作者年轻时亲自体验的工人阶级文化，强调各种大众休闲方式的联系，注重社区意识和家庭观念等，主要包括"工人俱乐部"、"铜管乐团"、"旧式杂志"、"海滨假日"等。霍加特曾这样描写三十年代工人阶级海边生活的场景："各个不同小组扇形散开后，但很少相隔太远，因为他们知道自己就是城市和海边生活的一分子，在这里他们很舒适。他们轻松地走过商铺；喝杯饮料；坐在海边木制椅上吃着冰淇淋和薄荷味汉堡包；……。如果是男士，集体去玩，在他们行进的途中可能在逗留处遗下一箱或两箱啤酒"[⑩]。

"工人阶级文化"深深扎根于工人阶级的现实，表现工人阶级的情感和价值，呈现他们丰富多彩的生活，是真正的"人民大众的文化"，不是"为了人们大众而制作的文化"[⑪]。它"具体可感"、"健康严肃"，具有"丰富性"和"完美性"，值得回味和"怀旧"。

其次，后期工人阶级文化，又称"五十年代的文化"。它是当前涌现的各种文化，包括"泡沫剧"的盛行、卡通画的制作、流行音乐、通俗小说、廉价杂志、自动投币唱机等。其中，"美国式"文化对年轻人的毒害至深至远，霍加特举了美国"自动投币唱机"的例子："如同以前章节描述的'咖啡馆'、'奶吧'，它显示了现代种种花里胡哨的小玩意，艳丽的服饰，审美品位的彻底崩溃……与街角的酒吧相比，它是实足的单调乏味的放荡形骸的形式，在煮沸牛奶的香味里，弥散着萎靡不振的精神，在很大程度上，大多数顾客——他们的衣着、发型、面部表情告诉我们——沉溺在一个夹杂着美国式生活因子的神秘世界。"[⑫]

当前的"工人阶级文化"远离英国的文化传统，是物质文明高度发展的产物，属于商业性的文化。它单调乏味、没有生机，不是人民大众"鲜活"的文化果实，是虚假、骗人的玩意。

霍加特延承英国"文化与文明"传统，不再局限阿诺德、利维斯式的"精英文化"，而是把触角延伸至"工人阶级文化"，有效地调和和改造了这一对立传统。但是，霍加特也没有脱离前人窠臼，继续运用"文化与文明"的思维模式考察"工人阶级文化"，主张前期工人阶级文化属于"文化"的范畴，而后期工人阶级文化属于"文明"的范畴，这只不过是一种改造版的"文化与文明"的二元对立。不过，霍加特让"工人阶级文化"回归日常生活，这为汤普森彻底消解"文化与文明"的价值对立奠定了基础。

四、汤普森：消解文化的价值对立

20 世纪 60 年代后，后起的文化研究者汤普森不满于传统的"文化与文明"的二元对立，专心致力于"工人阶级文化"研究。在《英国工人阶级的形成》中，作者否定用"少数人的文化"代替"多数人的文明"，明确提出"工人阶级文化"的概念，强有力地颠覆了"少数人的"精英主义文化传统。

首先，"工人阶级文化"必须建立在"工人阶级"的历史意识之上。汤普森认为，"工人阶级"历史意识与"特权阶级"历史意识相互对立。他批评少数特权阶级置工人阶级于不顾，一味地远离普通百姓，执着地描写狭隘的、成功人的历史，主张重塑"工人阶级"的历史意识，呼吁"如果想获得总体的概述，建议历史学家永远做一个聆听者"，聆听"那些穷苦的织袜工、卢德派的剪绒工、'落伍的'手织工、'乌托邦式'的手艺人，乃至受骗上当而跟着乔安娜·索斯科特跑的人"[13]。"工人阶级文化"就是要饱含工人阶级的"历史意识"，描写其不同群体"隐秘的小巷，受挫的事业，失败的人，所有的这被忘却的一切"[14]，反映他们辛酸而又痛苦的生活体验史和斗争史。

其次，"工人阶级文化"存在于"工人阶级"的阶级意识的形成中。正如汤普森所说，"当一些人，因为有了共同经验（无论是继承的还是共享的）而察觉并宣称利益的彼此一致，并反对利益不同的人们，阶级就产生了"[15]。"阶级意识"形成于"阶级"的产生过程并体现于"特定的文化环境、社会传统、价值体系、思想观念和制度形式之中"[16]。"工人阶级文化"就是要描写工人阶级的日常生活和文化体验，表现他们的阶级情感、价值观念、文化追求，个体角色在其中得到凸显，只有这样，它才能真正地成为"人民大众"的文化。

汤普森的"工人阶级文化"理论建立在历史意识与阶级意识之上，植根于工人阶级的日常生活之中，它不仅远离了阿诺德开创的"文化与文明"传统，而且彻底地消解了"文化与文明"的价值对立。

首先，肯定"人民大众"的历史地位。相对于阿诺德、利维斯的少数精英主义文化传统，汤普森站在马克思主义文化立场，提出"文化"是人民大众参与和创造的，它属于全体人民，这彻底扭转了精英人士与人民大众的二元对立，肯定了人民群众创造历史的重要作用。其次，提倡"工人阶级文化"价值。汤普森相信工人阶级有能力创造属于自己的文化形式，它不仅能够体现工人阶级"鲜活的"现实生活，而且也能够反映他们的思想体验和文化追求，真正地代表了"人民大众"的声音。最后也是最重要的，汤普森在霍加特的"工人阶级文化研究"研究基础上之，旗帜鲜明地提出文化是"大众的文化"，是"普通人民的文化"，"文化"不仅包括精英文化而且也包括大众文化，至此，阿诺德、利维斯的"文化/文明"二元对立式思维和传统得到彻底摈弃，文化的价值对立将不复存在。

综上所述，伴随阿诺德、利维斯极端的、顽固的"文化/文明"二元对立式思维的逐渐瓦解，以及以霍加特、汤普森为代表的强调"工人阶级文化"的大众文化研究者的迅速崛起，"英国文化研究"在"文化/文明"的二元对立的确立与破除中得到了建立和发展。他们四者的学术研究既有继承又有超越，生动地再现了"文化研究思维方式"的演变历程，即通过"二元对立"的使用、凸显、调和和消解，共同推动了文化研究成为了一门独立的学术研究，并且他们对"文化"的含义、范围和意义的阐述，使英国前期的文化研究得以开创、深化和改造。

注释

①John Storey, Cultural Theory and Popular Culture：An Introduction, 4th edition, 2006, Pearson：Prentice Hall, p14.

② Matthew Arnold, Culture and Anarchy, 1960, London：Cambridge University Press, p105.

③Ibid. , p6.

④Matthew Arnold, Complete Prose Works, Volume Ⅲ, 1960-77, Ann Arbor：Michigan University Press, p591.

⑤John Storey, Cultural Theory and Popular Culture：An Introduction, p14.

⑥F. R. Leavis and Denys Thompson, Culture and Environment, 1977, Westport, Connecticut：Greenwood Press, p100.

⑦Ibid. , p139.

⑧F. R. Leavis, Mass Civilization and Minority Culture, （qtd. ）Cultural Theory and Popular Culture：A Reader, 3rd edition, ed. John Storey, 2006, London：Pearson Education, p14.

⑨F. R. Leavis and Denys Thompson, Culture and Environment, p5.

⑩Richard Hoggart, The Uses of Literacy, 1990, Harmondsworth：Penguin, pp. 147-48.

⑪Ibid. , p151.

⑫Ibid. , pp. 247-48.

⑬［英］汤普森著，《英国工人阶级的形成》，钱乘旦等译，2001年版，译林出版社，第5页。

⑭E. P. Thompson, Preface from The Making of the English Working Class, （qutd. ）Cultural Theory and Popular Culture：A Reader, p43.

⑮Ibid. , p41.

⑯Ibid. , p42.

（吴远林　2008级博士生　　指导教师：易晓明）

附 录

参考文献著录规则

按照《文后参考文献著录规则》国家标准（GB/T7714-2005），结合本刊的实际，将参考文献的顺序编码制标注法和注释要求列如下，供撰写论文时参照。

一、参考文献与注释应分别标注

1. 参考文献是为撰写论文而引用的有关文献的信息资源。参考文献采用实引方式，即在文中用上角标（序号［1］、［2］……）标注，并与文末参考文献表列示的参考文献的序号及出处等信息形成一一对应的关系。同一文献被多次引用的，全文中始终标注第一次引用的序号。

（1）一篇文献如只被引用一次，页码在文末的参考文献表中著录；一篇文献如被多次引用，页码标注在文中上角标"［ ］"外。

示例：

张××[4]15-17……；张××[4]38……；张××[4]101-108……．

（2）文中同一处引用多个文献时，将各个文献的序号在方括号内全部列出，各序号间用"，"隔开；如为连续序号，可用"-"标注起讫序号。

示例：

张三[1]指出；李四[2,3]认为……；形成了多种观点[11-13]……

2. 注释是对文中有关内容的解释、说明或补充，使用上角标（序号①、②……）标注，可采用脚注方式，也可排在文末。

示例：

刘表也是当时的一个名士，"八顾"②之一。

注释：②《后汉书·党锢列传第五十七》："郭林宗、宗慈、巴肃、夏馥、范滂、尹勋、蔡衍、羊陟为'八顾'。顾者，言能以德行引人者也。"

二、参考文献著录项目与著录格式

1. **专著（普通图书、古籍、学位论文、技术报告、会议文集、汇编、多卷书、丛书等）**

序号　主要责任者．文献题名：其它题名信息［文献类型标志］．其它责任者（任选）．版本项（任选）．出版地：出版者，出版年：引文页码．获取和访问路径．

示例：

［1］余敏．出版集团研究［M］．北京：中国书籍出版社，2000：179-193．

［2］昂温 G，昂温 PS．外国出版史［M］．陈生铮，译．北京：中国书籍出版社，1980．

［3］汪昂．（增补）本草备要［M］．石印本．上海：同文书局，1912．

［4］王夫之．宋论［M］．刻本．金陵：曾氏，1845（清同治四年）．

［5］中国《文心雕龙》学会．第 3 届《文心雕龙》国际学术会议论文集［C］．天津：［出版者不详］，1990．

［6］张志祥．《禁语》考辨［D］．北京：首都师范大学文学院，1998．

［7］PIGGOT T M. *The cataloguer' s way throng AACR2*：*from document receipt to document retrieval*［M］．London：The Library Association，1990．

［8］World Health Organization. *Factors regulating the immune response*：*report of WHO Scientific Group*［R］．Geneva：WHO，1970．

2. 连续出版物（期刊、报纸）

序号　要责任者．题名：其它题名信息［文献类型标志］．年，卷（期）报纸题名，出版日期（版次）．

示例：

［1］陈驰．批评的解剖［J］．四川师范大学学报：社会科学版，2000，27（1）：1-9．

［2］丁文祥．我为《中国，我的钥匙丢了》忏悔［N］．中国青年报，2000-11-20（15）．

3. 标准

序号　主要责任者（任选）．标准编号，标准名称［文献类型标志］．出版地（任选）：出版者（任选），出版年（任选）．

示例：

［1］GB/T7714-2005，文后参考文献著录规则［S］．北京：中国标准出版社，2005．

4. 析出文献

序号　析出文献责任者．析出文献题名［文献类型标志］．析出文献其他责任者//专著主要责任者．专著题名：其他题名信息．版本项．出版地：出版者，出版年：析出文献的页码［引用日期］．获取和访问路径．

示例：

［1］韩吉人．论职工教育的特点［G］//中国职工教育研究会．职工教育研究文集：第 5 集．北京：人民出版社，1985：90-99．

［2］李炳穆. 理想的图书馆员和信息专家的素质与形象［J］. 图书情报工作, 2000 (2): 5-8.

［3］MARTIN G. *Control of electronic resources in Australia*［M］//PATTLE L W, COX B J. *Electronic resources: selection and bibliographic control*. New York: The Haworth Press, 1966: 85-96.

5. 电子文献

序号　主要责任者. 题名: 其他题名信息［电子文献/载体类型标志］. 出版地: 出版者, 出版年 (更新或修改日期)［引用日期］. 获取和访问路径.

示例:

［1］Online Computer Library Center, Inc. History of OCLC［EB/OL］.［2000-01-08］. http: //www. oclc. org/ about/history/default. htm.

［2］萧钰. 出版业信息化迈入快车道［EB/OL］. (2001-12-19)［2002-04-15］. http: //www. creader. com/news/200112190019. htm.

［3］江向东. 互联网环境下的信息处理与图书馆管理系统解决方案［J/OL］. 情报学报, 1999, 18 (2): 4［2000-01-18］. http: //www. chinainfo. gov. cn. /periodical/qbxb/qbxb99/qbxb 990203.

三、参考文献类型标志

以纸张为载体的传统文献不标载体类型。文献类型标志为: M—普通图书, C—会议录, N—报纸文章, J—期刊文章, D—学位论文, R—报告, S—标准, P—专利, G—汇编。

非纸张型载体文献需在文献标志的同时标注载体类型。电子文献类型标志为: DB—数据库, CP—计算机程序, EB—电子公告。电子文献及载体类型标志为: M/CD—光盘图书, DB/MT—磁带数据库, CP/DK—磁盘软件, J/OL—网上期刊, DB/OL—联机网上数据库, EB/OL—网上电子公告, C/OL—网上会议录, N/OL—网上报纸。